Der Tod trägt Schwarz
Blue Light Berlin, Band 2

Nika Lubitsch

Der Tod trägt Schwarz

Blue Light Berlin
Band 2

Nika Lubitsch
mit
Michael Hellmann

Kriminalroman

Lindenthaler Allee 36, 14163 Berlin
Telefon-Nr. 030/770 59 774
Mail: info@nikalubitsch.de

Webseite: www.nikalubitsch.de
Facebook: www.facebook.com/NikaLubitsch

Lektorat: Regine Weisbrod, www.lektorat-weisbrod.de
Korrektorat & Satz: Corinna Rindlisbacher, www.ebokks.de
Coverdesign: Catrin Sommer, www.rausch-gold.com
Coverfoto: shutterstock_311858096 und shutterstock_556233868

Der Regen fällt nicht nur auf ein Dach.

Sprichwort aus Kamerun

Ludger

„Feigling, Feigling. Komm hoch!" Durch die Blätter der Baumkrone hindurch kann er hinters Haus schauen. Sie haben einen tiefen Graben ausgehoben. Rote Erde. Darin liegen bunt bekleidete Leiber. Ohne Köpfe. Die liegen daneben. Viele Leiber, viele Köpfe. Auch einige Hände liegen verstreut in dem Graben.

„Feigling, los, komm hoch!"

Sein kleiner Bruder steht unter dem Baum und schaut ängstlich nach oben. Wie es hier riecht! Der Geruch des Todes.

„Ludger, Elmar, kommt rein, Abendessen!"

Die Stimme des Vaters riss ihn aus dem Traum. Ludger schlug die Augen auf. Sein Kopfkissen war nass – war es Schweiß, oder hatte er im Schlaf geweint? Ein Sonnenstrahl hatte sich direkt in den Spalt zwischen den Vorhängen geschmuggelt und schien ihm mitten ins Gesicht.

Ludger setzte sich auf die Bettkante. Er war noch ganz benommen von dem entsetzlichen Traum, den er schon so oft in so vielen Varianten geträumt hatte. Und jedes Mal aufs Neue war er dankbar, dass es nur ein Albtraum war.

Dieser Geruch, von dem er wusste, dass er ihn nie wieder aus der Nase bekommen würde. Nicht aus der Nase, nicht aus den Haaren, nicht aus der Haut. Der Geruch des Todes hatte sich eingebrannt in seinen Körper, unauslöschlich, unabwaschbar, unvergesslich. Ludger fiel vor seinem Bett auf die Knie. „Danke, oh Herr, für diesen neuen Tag."

Mit steifen Knochen erhob er sich und trat zum Fenster. Er öffnete die Vorhänge – die Morgensonne ließ das Maigrün der Linde im Hof leuchten. Direkt vor seinem Fenster hatte ein Amselpaar ihr Nest gebaut. Ludger liebte den Gesang der Amseln und bewunderte ihren Fleiß, mit dem sie dafür sorgten, dass ihre Jungen groß und stark wurden. Er hörte das Fiepen der Vogelbabys, die ihre Mutter mit weit geöffneten Schnäbeln begrüßten.

Anfang und Ende, Leben und Sterben, wie nah das doch beieinanderlag. Ludger schlurfte in das Badezimmer, wo er versuchte, mit einer heißen Dusche die Schatten der Nacht zu vertreiben. Doch die Traurigkeit hielt sein Herz im Würgegriff. Was für ein Kontrast zu dem frischen Grün vor seinem Fenster, das ihm wie ein Symbol für die Auferstehung und das ewige Leben vorkam.

Sein Koffer war bereits gepackt. Nach der Messe in St. Elisabeth würde er mit der Bahn nach Warendorf fahren. Am Abend zuvor hatte er einen Anruf bekommen, dass sein kleiner Bruder Elmar im Sterben lag. Es war Elmars Wunsch, die Krankensalbung aus der Hand des Bruders zu erfahren.

Als Ludgers Handy klingelte, wurde ihm heiß. Würde er zu spät kommen?

Aber es war niemand aus seiner Familie. Ludger entspannte sich ein wenig.

„Ich muss Ihnen dringend etwas zeigen", sagte der Anrufer. „Können Sie heute früher kommen, könnten Sie vielleicht schon um elf hier sein?"

„Worum geht es?", fragte Ludger, dem das gar nicht passte.

„Das würde ich Ihnen gern vor Ort zeigen, bitte."

Der alte Mann sah auf die Uhr. „Also gut, wenn ich mich beeile, kann ich um elf da sein."

Als Ludger anderthalb Stunden später in der Sakristei von St. Elisabeth eintraf, sah er verwundert auf die Uhr. Der Raum schien leer, niemand wartete auf ihn, obwohl es bereits kurz nach elf war. Im nächsten Moment nahm er eine Bewegung hinter sich wahr.

„Vater", war das letzte Wort, das Ludger in diesem Leben hörte.

Ivie

Ihr Vater setzte sie direkt vor der Kirche ab, bevor er sich auf die Suche nach einem Parkplatz begab. Wie schön es auch in Deutschland sein kann, dachte Ivie. Zum ersten Mal in diesem Jahr war es richtig warm geworden.

Die Straßen waren gesäumt von maigrünen Bäumen, die Kastanien trugen weiße und rote Kerzen, und die Magnolien in den Vorgärten verströmten einen betörenden Duft. Die Luft war erfüllt von dem Zwitschern der Vögel.

Als sich ihre Blicke trafen, verstummten die Vögel. Die Welt um sie herum existierte nicht mehr, es gab nur noch sie und ihn. Er war tatsächlich gekommen, nur um sie zu sehen. War das Brausepulver in ihrem Bauch? Ihr Vater würde sie umbringen, wenn er von ihm wüsste. Er stand ein wenig abseits von den Gläubigen, die sich bereits vor den Kirchenstufen versammelt hatten. Die Kirchgänger hielten die Gesichter in die Sonne, schwatzten, lachten und begrüßten Bekannte und Freunde.

Ivie musste sich zwingen, direkt in die Kirche zu gehen, ihn nicht zu begrüßen, ihm nicht zuzuzwinkern. Sie schenkte ihm ein angedeutetes Lächeln, er lächelte zurück, und obwohl sie zwei Treppenstufen auf einmal nahm, kam es ihr vor, als bewegte sie sich in Zeitlupe. Hier kannte jeder jeden, nicht auszudenken, wenn jemand sie ertappen würde.

Die Kühle des Kirchenvorraums holte sie zurück in die Wirklichkeit, sie blickte sich nicht um, sondern erklomm schnell die Stufen, die hinauf ins Kirchenschiff führten. Sie warf einen Blick auf die Uhr, eigentlich war sie viel zu früh dran, aber sie hätte es nicht ausgehalten draußen, in seiner Nähe, ohne mit ihm sprechen, ohne ihn berühren zu dürfen.

Sie tauchte die Fingerkuppen in das Weihwasserbecken, bekreuzigte sich und deutete eine Kniebeuge vor dem Altar mit dem Tabernakel in der Mitte an. Die Kirche war noch so gut wie leer, kein Wunder bei dem schönen Wetter, da blieben die Gläubigen so lange wie möglich draußen. Nur wenige knieten in den Kirchenbänken, versunken in ein stummes Gebet. Ivie ging den Kreuzgang entlang zur Sakristei, in der Hoffnung, dass der Küster sie bereits aufgeschlossen hatte.

In der Kirche war es kühl, Ivie fröstelte in ihrem dünnen T-Shirt. Konzentrier dich, Ivie, sagte sie sich. Sie war mit ihren siebzehn Jahren heute die Älteste unter den Messdienern, sie war ein Ceroferar, eine Leuchterträgerin, und sie wusste, dass sie vorangehen musste und sich die jüngeren Ministranten während der Messe an ihr orientieren würden. Ivie hatte erst hier erfahren, dass der Papst auch Mädchen zum Dienst in der Heiligen Messe zuließ.

Ivie schüttelte den Pferdeschwanz, in den sie ihre Rastazöpfe gebunden hatte, und drückte die Türklinke zur Sakristei herunter. Die Sakristei war bereits geöffnet, aber noch leer. Schnell schloss sie die Tür hinter sich.

Irgendetwas war anders. Das große Kreuz an der gegenüberliegenden Wand fehlte. Komisch, dachte Ivie. Und dann sah sie ihn. Ivies Schrei war bis draußen auf der Kolonnenstraße zu hören.

Bereitschaftsdienst

Es gibt Tage, die sind zu schön zum Sterben, dachte Claudia und reckte das Gesicht in die warmen Strahlen der hoch am Himmel stehenden Frühlingssonne.

Sie saßen auf Double-us Terrasse, das Hausboot dümpelte auf den grünbraunen Wellen des Landwehrkanals.

Claudia versuchte herauszufinden, ob das Spreewasser nun in Richtung Mitte oder nach Spandau floss, je nachdem, wohin es die Tiergartenschleuse gerade entließ. Eine Blässhuhnfamilie machte einen ersten Ausflug mit ihren frisch geschlüpften Küken. In das Wak-wak-wak der Stockenten mischte sich das Schnarchen des Hundes, der sich in der Sonne zu einem Nickerchen zusammengerollt hatte. In stiller Eintracht lauschten Claudia und Double-u den friedlichen Geräuschen dieses Sonntags, der Großstadtlärm von der Straße des 17. Juni war hier unten im Schleusengarten kaum mehr zu hören.

Claudia fragte sich, warum sie nie mit einem Lover oder ihrem Ex-Mann so herrlich hatte schweigen können. Immer wollten die Kerle wissen, was sie gerade dachte, warum sie so oder so guckte und was sie später noch vorhatte. Double-u fragte nie, er brauchte nicht zu fragen.

Sie kannte Robert W. Robinson, seitdem sie gemeinsam studiert hatten. Nachdem Claudia ihre Sportkarriere mit einer Silbermedaille bei der Karate-WM in Bukarest beendet hatte, waren die beiden sieben Jahre lang Partner bei einer Berliner Mordkommission gewesen.

Als die den beiden so vertraute Melodie das Idyll zerriss, fluchte Claudia leise. „Ja", meldete sie sich am Handy, während Double-u sie aus dem Augenwinkel beobachtete. Sie hatte sehr wohl gesehen, wie er sich beim Klingeln des Telefons anspannte, es war wie ein Pawlow'scher Reflex. Double-u erinnerte sie manchmal an einen Panther, der in der Deckung darauf wartete, Witterung aufzunehmen, um seine Beute zu jagen und schließlich zu erlegen. Dabei war Double-u schon seit einem halben Jahr nicht mehr bei der Mordkommission, wo sie früher Seite an Seite ermittelt hatten. Er hatte sich eine Kneipe gekauft und um seine Entlassung ersucht. Was nach einer Spontanhandlung ausgesehen hatte, war in Wahrheit das Ergebnis von jahrelang aufgestautem Frust gewesen – und der Erkenntnis, dass das Dasein als Kriminalkommissar noch nicht alles in seinem Leben gewesen sein konnte.

Einmal Bulle, immer Bulle, hatte er schief lächelnd einem ehemaligen Kollegen gesagt, als dieser ihn laut um sein neues, unabhängiges Leben ohne Bereitschaftsdienste beneidet hatte.

Claudia orderte über mytaxi einen Wagen und gab die Adresse durch, wo das Taxi oberhalb des Schleusengartens halten konnte.

„Toter Priester in St. Elisabeth", erklärte sie Double-u.

„Ach, St. Elisabeth, die Kirche auf der Roten Insel? Glückwunsch zu deinem ersten eigenen Fall", sagte Double-u. Vor zwei Monaten war Claudia mit der Aufgabe der Stellvertreterin des Kommissionsleiters betraut worden. Ihr Boss Lohfinger lag im Moment vermutlich am Strand von Alicante und ließ sich die spanische Sonne auf den Pelz brennen. Sie war also jetzt die Chefin der Mordkommission, die in Berlin gerade Bereitschaftsdienst hatte, im Polizeijargon „Fängerkommission" genannt.

„Gib Agathe mein zweites Brötchen und einen dicken Kuss." Claudia zwängte sich an dem schweren Holztisch vorbei, so dass ihre noch halbvolle Kaffeetasse überschwappte.

„Warte, ich ziehe mir nur schnell ein Hemd über, dann bringe ich dich rauf zur Straße", sagte Double-u. „Ich hätte dich auch fahren können."

„Du genieß mal deinen wohlverdienten Sonntagvormittag. Ist blöd, dass ich gestern mein Auto in der Keithstraße habe stehen lassen."

Agathe war aufgewacht und aufgesprungen. „Ach, Agathchen, immer noch einsatzbereit, wenn es drauf ankommt", sagte Claudia und streichelte dem alten Leichenspürhund den Kopf. „Musst nicht mehr arbeiten, genieß deinen Ruhestand." Vor einem halben Jahr hatten Claudia und Double-u die alte Polizeihündin vor dem Einschläfern gerettet. Ihr Hundeführer war bei einer Leichensuche einem plötzlichen Herztod erlegen, und Agathe war mit ihren neun Jahren zu alt, um sich an einen neuen Hundeführer zu gewöhnen. Inzwischen hatte sogar der Innenausschuss des Berliner Senats beschlossen, dass Polizeihunde pensionsberechtigt sind und einen monatlichen Obolus von der Stadt zu erhalten haben. So gesehen war Agathe ganz hoch offiziell Pensionärin.

„Komm“, sagte Double-u. Er hatte sich ein strahlend weißes Hemd übergezogen. Agathe trottete hinter ihnen her.

„Ist ein komisches Gefühl, ohne dich zu fahren“, sagte Claudia. „Manchmal fühle ich mich wie ein Hund ohne Schwanz.“

„Na, ohne Schwanz stimmt ja“, lachte er. „Wag the dog, Baby. Du rockst das schon!“ Double-u legte den Arm um sie.

„Bist du sicher, dass die Kollegen nicht sauer sind, weil ich befördert worden bin und sie nicht? Vielleicht werden sie mauern. Plötzlich bin ich ihre Vorgesetzte. Und dazu zum Teil noch deutlich jünger als sie. Jedenfalls als Matze und Ekki. Fühlt sich merkwürdig an.“

„Die sind einfach nur froh, dass Oli Kleinert seine eigene Mordkommission bekommen hat und aus dem Weg ist. Du weißt doch: Keiner ist kleiner als Oli seiner. Ich bin sicher, dass jeder im Team sich den Arsch aufreißen wird, damit ihr deinen ersten eigenen Fall mit Bravour löst.“

„Sie hätten lieber dich als Chef gehabt“, meinte Claudia.

„Jetzt haben sie entschieden die bessere Variante“, sagte Double-u und gab ihr einen Kuss auf ihre zu einem Pferdeschwanz hochgebundenen braunen Haare.

„Da kommt mein Taxi.“

Double-u öffnete ihr die Autotür. „Mach’s jut, Partner!“

„See ya!“ Claudia hatte bereits auf Dienstmodus geschaltet. An einem schönen Sonntag im Mai wird nun mal genauso gemordet wie an jedem anderen Tag.

St. Elisabeth

„Wieso heißt das eigentlich ‚Rote Insel'?", fragte Claudia den Fahrer, der seinem Akzent nach zu urteilen eines dieser seltenen Sonderexemplare von geborenem Berliner war.

„Weil die da alle die Roten wählen."

„Ach, ich dachte, in Schöneberg wählen die meisten Grün", sagte Claudia.

„Dit tunse wahrscheinlich, die Gentrifizierung macht ooch nich vor Schöneberg Halt. Aber früher, da warn die Roten hier janz stark. Also seit Kaisers Bart, wa. Hier war der arme Osten von Schöneberg, da wohnten nur Arbeeter."

„Und wieso ‚Insel', hier ist doch nirgends Wasser?"

„Dit issn Jebiet zwischen drei Bahnlinien", erklärte ihr der Mann. „So ne Art spitzwinklijet Dreieck zwischen die S-Bahnhöfen Schöneberg, Südkreuz und Yorckstraße."

„Was Sie alles wissen!"

„Na, ick sitze zwanzig Jahre uffm Bock. Oller Berliner Droschkenkutscher, vastehste. Wat meenste, wie ville Touris ick durch die Stadt jeschleift habe! Jibt imma n jutet Trinkgeld, wennde da wat von die Geschichte schwadroniern kannst."

„Bin lange nicht mehr von einem ollen Berliner kutschiert worden“, sagte Claudia.

„Ach weeßte, is allet nich mehr so wie früher. Vonne Kollegen spricht kaum noch eena Deutsch, die Stadt müssen se ooch nich mehr kennen, die kennen nur noch ihr Navi, und die Fahrgäste müssen die Straßennamen buchstabieren, weil se nich wissen, wie man Kudamm schreibt. Und dann dit Jekloppe am Flughafen oder am Hauptbahnhof, Mann, da haben die meisten ollen Taxifahrer doch null Bock druff, dit kannste globen. Oder dit Affentheater am BER. Dürfen wa ja nich anfahrn. Und unsere Berliner Jäste stehn nachts alleene vorm Terminal, wennse aussem Urlaub kommen, und warten drei Stunden uffn Taxi. Hör mir uff!“

Claudia lächelte in sich hinein. Früher waren die Berliner Taxifahrer als extrem unfreundlich verschrien gewesen. Was früher als unfreundlich gegolten hatte, kam heute geradezu herzerfrischend rüber.

„Eigentlich komisch, dass die ärmeren Gebiete immer im Osten liegen, oder?“, sinnierte Claudia.

„Na, dit ist doch sonnenklar, wegen die Westwinde. Bei uns weht der Wind doch meistens von Westen. Und früher qualmten hier die Schlote, wat dit Zeug hielt. Da habn sich die feinen Leute im Westen niederjelassen, da war de Luft besser, und die armen Schlucker durften sich im billigen Jestank des Ostens de Lungen verpesten lassen. Is überall so in Europa“, sagte der Fahrer, als er am Kaiser-Wilhelm-Platz in die Kolonnenstraße einbog.

„Darüber habe ich noch nie nachgedacht. Aber das stimmt wohl, wenn ich so an andere Städte denke.“ Claudia nickte.

„Ach du Scheiße", entfuhr es ihr im nächsten Moment, als der Wagen sich der Elisabeth-Kirche näherte. „Was ist das denn?"

„Dit sieht verdammt nach Ärger aus", sagte der Fahrer.

Claudia schaute sich um. Sie hatte das Gefühl, in einer Filmszene gelandet zu sein. Sämtliche verfügbaren Funkwagen der Direktion 4 schienen am Tatort im Einsatz zu sein, sie parkten kreuz und quer auf dem Bürgersteig und tauchten St. Elisabeth in ein Blaulichtgewitter. Die „Schampels", wie die Kripobeamten die Kollegen von der Schutzpolizei mehr oder weniger liebevoll nannten, hatten nicht nur den Eingang der Kirche und den Bürgersteig davor mit Flatterband abgeriegelt, sondern auch eine Spur der Kolonnenstraße abgesperrt. Da es Sonntag war, war das Verkehrschaos allerdings ausgeblieben.

Von allen Seiten strömten Neugierige auf die Kirche zu. Kein Wunder bei der Polizei-Light-Show, dachte Claudia.

Rechts und links von der Absperrung standen stumm und nahezu regungslos mindestens hundertfünfzig Schwarze Menschen, was die Szenerie fast unwirklich erscheinen ließ. Sie waren festlich gekleidet, die Männer in dunklen Anzügen, wie für eine Beerdigung, die Frauen dagegen trugen Kleider in strahlenden Farben, zum Teil bunte Hüte, manche hatten die Haare in leuchtende Tücher oder in viele dünne Zöpfe gebunden. Sie hielten kleine Mädchen auf den Armen, deren Löckchen mit neonfarbenen Klammern hochgesteckt waren, sie beruhigten Jungs in blauen Anzügen und blütenweißen Hemden, die sich an die Beine ihrer Eltern drückten. Es blinkte und glitzerte viel Goldenes in der Mittagssonne.

Daneben liefen unschlüssig Polizisten in blauen Uniformen hin und her, sie schienen nicht so richtig zu wissen, was sie mit dieser Menge machen sollten.

Der M-Bus, wie sie den VW-Bus der Mordkommission nannten, parkte bereits auf dem Bürgersteig gegenüber dem Kirchenportal, ihr Tatortmann Schmitti stand mit Tina und Alex rauchend in einer Toreinfahrt. Sie hatten sie bereits erspäht, ebenso wie die üblichen Verdächtigen, die sich vor der Abflatterung eingefunden hatten: die unermüdlichen Polizeireporter und Fotografen der Berliner Medien, die Tag und Nacht den Polizeifunk abhörten.

„Wat denn, jehörste etwa dazu?", fragte der Taxifahrer, als Claudia ihn bat, sie neben dem M-Bus abzusetzen.

„Ich fürchte, ja. Sozusagen Master of Desaster, würde ein Freund von mir sagen", sagte Claudia und bat um eine Rechnung.

„Hier is meene Karte, wenn de mal wieder jefahrn werden willst, ick hol dir ooch ab."

Claudia lächelte und gab dem Fahrer ein ordentliches Trinkgeld.

Im gleichen Moment trafen Ekki und Matze ein. Fehlte also nur noch der Neue: Tomasz Grabowski.

„Ich hätte mir auch was Schöneres vorstellen können an diesem Sonntag, als euch schon wiederzusehen", begrüßte Claudia ihre Kollegen.

„Wieso, sonntags geht man doch in die Kirche", sagte eine Stimme hinter ihr. Sie drehte sich um. Tomasz Grabowski, der Neue.

„Dann sind wir ja vollzählig", sagte Claudia. „Kann mir

einer sagen, mit welcher Konfession wir es hier zu tun haben?"

„Katholisch natürlich", sagte der Neue.

Claudia schaute ihn an. „So natürlich finde ich das nicht, wir sind in Berlin, da gibt es mehr Muslime als Katholiken. Bist du Katholik?", fragte Claudia.

„Ist der Papst katholisch? Ich bin Pole."

„Na prima, dann kannst du uns hier ganz bestimmt nützlich sein. Aber denk dran, in erster Linie bist du jetzt ein deutscher Kriminalbeamter."

Tomasz nickte. „Schon klar."

Von ihrem Standort aus sah man nur das Portal der Kirche, das als Querriegel in die Bebauung der Straße eingefügt war. Die prächtige Klinkerfassade mit ihren drei spitzen, grünen Türmen erhob sich hoch über die angrenzenden Gebäude. Claudia hatte keine Ahnung von der Architektur solcher Kirchen. Noch weniger allerdings wusste sie als geborene Berlinerin von katholischen Gemeinden im Allgemeinen und von dieser im Besonderen.

„Kann mir einer sagen, warum sich so viele Afrikaner vor der Kirche versammelt haben?"

„Die englischsprachige Mission Berlin feiert hier jeden Sonntag eine Messe in englischer Sprache", erklärte Tomasz. „Und bekanntlich gibt es viele afrikanische Länder, in denen Englisch gesprochen wird, entweder als Haupt- oder als Amtssprache."

„Mission? Ich dachte, so was gäbe es nur in Afrika?"

„Gibt es überall, wo Katholiken in der Minderheit sind.

Und Berlin ist eindeutig Diaspora. Es gibt auch Gottesdienste in polnischer Sprache", sagte Tomasz.

„Na, dann wollen wir mal in die Höhle des Löwen. Aber bitte, denkt dran: Wir brauchen Fakten, keine Vermutungen, keine persönlichen Deutungen." Was sie nicht laut sagte, sondern dachte: Und schon gar keinen Fremdenhass oder Glaubenskrieg, würde Double-u jetzt sagen. Wenn er doch bloß dabei wäre.

Mindestens hundert Augenpaare starrten sie ängstlich an, als ein Kollege von der Direktion 4 ihr Team hinter die Absperrung ließ.

Double-u

Als Double-u zurück zu seinem Hausboot ging, war er in einer merkwürdigen Stimmung. Zum ersten Mal war ihm aufgefallen, dass die Menschen, mit denen er bisher sein Leben geteilt hatte, genauso weiterlebten wie immer, während er ein anderes, ein neues Leben führte. Natürlich kamen seine ehemaligen Kollegen fast täglich zu ihm ins *Blue Light*, natürlich war er weiterhin mit ihnen und vor allem mit Claudi befreundet, natürlich hatte er immer noch seine Band *K 11*, aber ihm war jetzt erst richtig bewusst geworden, dass er nicht mehr Teil des Systems war. Vielleicht, weil es Claudis erster Fall war, den sie allein leiten musste, vielleicht war es auch schlicht der Tatsache geschuldet, dass er bei dem Anruf dabei gewesen war.

Er spürte das Kribbeln in den Gliedern, er war unruhig, es war wie ein Fieber, das durch diesen einfachen Telefonanruf ausgelöst worden war: toter Priester in St. Elisabeth. Er wusste, dass Claudi den Fall geradezu vorbildlich aufklären würde. Und er war sich sicher, dass sie sich auf ihr Team hundertprozentig verlassen konnte, alle liebten die Toffifee, wie sie Claudia manchmal nannten, weil sie immer irgendwo etwas Süßes versteckt hatte. Aber was, so dachte er, wenn der Behördendschungel, die teils widersprüchlichen und hemmend sinnfreien Vorschriften Claudi den Erfolg vermiesen oder ihn gar verhindern würden?

Double-u hatte keine Lust mehr auf seine Terrasse. Er räumte das Frühstücksgeschirr ab und beschmierte Claudias zweites Brötchen dick mit Leberwurst. Die alte Hollandse-Herdershond-Hündin schlabberte es mit Begeisterung.

„Was meinst du, Agathe, wollen wir heute mal woanders Gassi gehen?"

Agathe neigte den Kopf ein wenig zur Seite, schaute ihn aus ihren schon ein wenig milchigen Augen an und signalisierte mittels heftig wedelndem Schwanz, dass sie nichts lieber täte, als neue Bäume zu erkunden.

Die schon hinter ihrem Zenit liegende Sonne sagte ihm, dass es bereits nach dreizehn Uhr war. Er hatte Rosie versprochen, spätestens um sechs im *Blue Light* zu sein, bis dahin hatte er also noch Zeit.

Agathe sprang begeistert in den Laderaum seines Volvos, den er auf der Straße des 17. Juni geparkt hatte. Sie fuhren wie jeden Tag um den großen Stern herum und bogen in die Hofjägerallee ein. Die Kolonnenstraße war nicht weit von der Kurfürstenstraße entfernt, wo Double-u vor einem halben Jahr einem Schotten seine Kneipe abgekauft und in *Blue Light* umbenannt hatte.

Seine Hoffnung, dass die Kneipe innerhalb kürzester Zeit die zweite Heimat der Berliner Mordkommissionen werden würde, hatte sich erfüllt. Vom ersten Monat an schrieb er schwarze Zahlen, so dass er inzwischen genug Personal hatte einstellen können, damit er nicht mehr achtzehn Stunden am Tag hinter dem Tresen stehen musste. Bis heute war er mit seinem neuen Leben durchaus zufrieden gewesen, kein Paragrafenreiter machte ihm idiotische Vorschriften, wenn man mal von den Vorschriften für den Betrieb einer Gaststätte absah, die ihn in den ersten Wochen fast zur Verzweiflung gebracht hatten. Er arbeitete mit Menschen zusammen, die er sich ausgesucht hatte, und er hatte Gäste, die zu ihm kamen, weil sie sich bei ihm wohlfühlten.

„Oh shit", entfuhr es ihm, als er die Ecke Naumannstraße hinter sich gelassen und freien Blick auf den Tatort hatte. Obwohl Double-u in Berlin geboren war, gab es einiges, was er vorzog, in der Sprache seines Vaters zu erledigen. Zum Beispiel sprach er seinen Namen grundsätzlich englisch aus, was zu seinem Spitznamen Double-u, das englische „W." für William, geführt hatte. Auch Fluchen fand er auf Englisch eleganter.

Double-u bog vorsorglich in die Hohenfriedbergstraße ein, um sich in den Seitenstraßen einen Parkplatz zu suchen. Er wusste, dass er der sprichwörtliche bunte Hund war, aber er wollte von den Kollegen und der Presse unbemerkt bleiben, schon um Claudi nicht zu düpieren. Als er einen Parkplatz vor einem Müllcontainer gefunden hatte, zog er sich sein Basecap mit dem Logo der New York Yankees so tief es ging ins Gesicht und ließ Agathe aussteigen. Das fiel der alten Hundedame immer schwerer, Double-u vermutete, dass sie an Rheuma litt. Oder Gicht?

Auf dem Sportplatz in der Kesselsdorfstraße lief ein Fußballspiel, Double-u konnte nicht erkennen, welcher Verein gegen wen kickte. Sogar in den Nebenstraßen waren Schampels postiert, Double-u kam an ihnen unerkannt vorbei, indem er so tat, als interessiere ihn nichts mehr als das Geschäft seines Hundes.

Als Double-u um die Ecke bog, sah er, dass Staatsanwalt Dr. Holger Brenner eingetroffen war. Fliege, wie sein Freund allgemein genannt wurde, war der Pianist und Keyboardspieler in Double-us Band. Seinen Spitznamen hatte er nicht etwa seiner Körpergröße zu verdanken, die laut Claudi knapp über Bordsteinniveau lag, sondern weil er seine weißen Oberhemden gern mit breiten, roten Hosenträgern und täglich wechselnden Fliegen zu dekorieren pflegte.

Double-u blieb im Schutz eines Baumes stehen, den Agathe ausführlich beschnupperte, und ließ die Szenerie auf sich wirken. Was für ein Affentheater, dachte er. Haben die Kollegen eigentlich nichts Besseres zu tun, als hier eine *Blue-Light*-Show abzuziehen? Natürlich wollte jeder Bulle bei so einem Ereignis dabei sein. Vom Tatorttourismus irgendwelcher „leitenden Beamten“ ganz zu schweigen, die mit den Ermittlungen so gut wie nichts zu hatten, aber es für wichtig hielten, an spektakulären Tatorten gesehen zu werden. Und was gab es Spektakuläreres als eine katholische Kirche als Tatort. Das wird nicht leicht, Babe, dachte Double-u. Sei ein toughes Mädchen!

Immer mehr Menschen, vermutlich auch Zuschauer des Fußballspiels, strömten in Richtung Kirche. Im Schutz der Menge wagte auch Double-u sich weiter vor. Ein Pulk Schwarzer Menschen stand vor der Absperrung. Wunderbar, dachte er, Tauchstation. Langsam pirschte er sich an die Gruppe heran. Er wusste, dass für die meisten Weißen Schwarze Menschen alle gleich aussahen, so wie für ihn Chinesen auf den ersten Blick. Erst, wenn man genauer hinschaute, sah man individuelle Unterschiede. Deshalb war er sich sicher, dass er mit seiner dunklen Hautfarbe unter den vielen Schwarzen Menschen nicht auffallen würde.

Der Tatort

Ein Beamter der Direktion 4 ließ Claudia und ihr Team durch die Absperrung. Ein weiterer Beamter bat sie, ihm zu folgen. Zu Claudias Erstaunen lag hinter dem großen Portal ein schmuckloser, beigefarben gestrichener Raum, in dem sich ungefähr fünfzehn Afrikaner und etwa genauso viele Polizisten befanden. Eine Treppe mit roten Linoleumstufen führte rechts in den ersten Stock. Erst von hier konnte man das Kirchenschiff betreten, das in Nord-Süd-Richtung verlief.

Claudia blieb kurz stehen und ließ die Kirche auf sich wirken. Was für eine Pracht! Auf der östlichen Seite des Kirchenschiffs gab es deckenhohe Fenster mit Heiligenmotiven in leuchtenden Farben, durch die viel Licht in den Kirchenraum fiel. Offensichtlich gibt es einen Innenhof auf dieser Seite, sagte sie sich, während die westliche Seite des Kirchenschiffs über keine Fenster verfügte. Der Beamte führte sie an der fensterlosen Seite an den Kirchenbänken vorbei.

Über dem Eingang zur Sakristei gab es eine Art Erker, der im Stil der Kirchenfenster verglast war. Darüber war ein Kopf abgebildet, darunter standen die Worte „VERA BODI VAM LUC“. Claudia kramte in ihren Lateinkenntnissen. Ich werde kommen und mein Körper wird scheinen? Haute nicht so ganz hin. Aber ihr kleines Latinum wurde dieses Jahr volljährig, also kein Wunder, wenn sie das nicht übersetzen konnte.

„The Cloud persönlich, Gott zum Gruße", wurde sie vor der Sakristei von dem Schichtleiter von VB1 begrüßt. Wolfgang von Freesen war ein alter Hase bei der Direktion 4, die für den Südwesten Berlins zuständig war. Ihr Einsatzgebiet umfasste die Verwaltungsbezirke Tempelhof-Schöneberg und Steglitz-Zehlendorf mit mehr als sechshundertdreißigtausend Einwohnern, was in etwa der Einwohnerzahl einer Metropole wie Boston entsprach. Die Abteilung VB1 war bei schweren Straftaten immer als erste vor Ort. Die Beamten nahmen die sofort erforderlichen Ermittlungen vor, wie zum Beispiel die Tatortsicherungen und erste Befragungen.

„Schön, dich zu sehen, Freesinuss", begrüßte sie ihren Kollegen. „Ist es hier passiert?"

„Ja, in der Sakristei", bestätigte von Freesen.

Claudia zog sich vor der Tür den weißen Papieroverall und Handschuhe an und streifte die Stulpen über ihre Sneakers. „Dein Reich", sagte sie zu Schmitti, als sie zusammen mit ihm den Tatort betrat.

Hinter einem hölzernen Mittelblock, auf dem verschiedene Utensilien standen, die wohl für eine katholische Messe gebraucht wurden, fanden sie den Rechtsmediziner Dr. Martin Mendelsohn über das Opfer gebeugt.

„Das ist Pater Ludger", informierte Wolfgang von Freesen. Der Leichnam des Priesters lag bäuchlings hingestreckt neben dem Holzblock.

„Da wusste einer, was er tat“, sagte der Pathologe zu Claudia gewandt und stand auf, um ihr einen Blick auf die Leiche zu ermöglichen.

Fast hätte Claudia laut gesagt: Gott sei Dank, konnte sich aber in letzter Sekunde noch zurückhalten. Seit sie gehört hatte, dass die englischsprachige Mission Berlin hier ihren Gottesdienst abhielt, hatte sie befürchtet, dass der Getötete ebenfalls ein Schwarzer wäre.

„Danke, Mendel. Ein Unfall ist wohl ausgeschlossen, oder?“, fragte sie pro forma den Rechtsmediziner.

„Du meinst, ob das Kreuz auf ihn gefallen sein könnte? Da müsste er sich aber schon massiv den Zorn Gottes zugezogen haben.“ Dr. Mendelsohn deutete auf die mutmaßliche Tatwaffe.

Pater Ludgers blaues Blouson war blutdurchtränkt, neben seinem zertrümmerten Kopf lag ein etwa ein Meter großes Kruzifix, mit dem ihm jemand offenbar den Schädel eingeschlagen hatte. Ungefähr zwanzig Zentimeter neben dem Kruzifix lag der dornenbekränzte Kopf des gekreuzigten Jesu, der bei der Tat offensichtlich abgebrochen und halb zersplittert war.

„Und um deinen Fragen nach dem Todeszeitpunkt zuvorzukommen: Nach der Blutgerinnung und der Körpertemperatur zu urteilen, ist das Opfer ganz kurz vor dem Auffinden der Leiche erschlagen worden.“

„Definiere ‚kurz‘, Mendel, zehn Minuten, eine halbe Stunde – ich brauche das so präzise wie möglich. Du weißt doch, Minuten entscheiden über Verurteilungen.“

„Noch präziser geht im Moment nicht.“

„Wann wurdet ihr alarmiert?“, fragte Claudia.

„Der Notruf ging exakt um elf Uhr dreiunddreißig ein.“

„Wer hat die Leiche gefunden?“, fragte Claudia weiter.

„Die Leiche wurde von einer siebzehnjährigen Messdienerin gefunden, die als Erste in der Sakristei war.“

„Wo ist das Mädchen jetzt?“

„Wir haben sie drüben im Chor platziert, eine Beamtin ist bei ihr.“

„Habt ihr sie schon befragt?“

„Ja, sie hat die Sakristei geöffnet, hat den Leichnam gefunden und sofort die halbe Gemeinde zusammengeschrien. Alle, die in der Kirche waren, sind zusammengelaufen, mehrere haben die Polizei und den Notarzt gerufen.“

„Wo sind diejenigen, die in der Kirche waren?“, fragte Claudia. „Ist das der Pulk, der draußen steht?“

„Nein, nein, draußen sind die Gemeindemitglieder, die nach und nach gekommen sind. Die Messe beginnt erst um zwölf. Diejenigen, die zum Zeitpunkt des Auffindens der Leiche in der Kirche waren, haben wir im Kirchenvorraum separiert, ihre Personalien aufgenommen und ihre Erreichbarkeit festgestellt.“

Claudia nickte und wählte die Nummer des Lagedienstes im Polizeipräsidium, ihr alter Chef Jürgen war an diesem Sonntag der Schichtleiter. „Wir übernehmen den Fall des toten Priesters. Sag bitte den Fängern Bescheid, mit diesem Fall schickt Haffe uns garantiert in Kommission“, sagte sie.

Sobald eine Berliner Mordkommission einen Fall „in Kommission“ nahm, war ihr Bereitschaftsdienst beendet und ging auf die sogenannte Fängerkommission über, das heißt auf die nächste Mordkommission, die akut keinen aktuellen Fall bearbeitete. Die acht Berliner Mordkommissionen waren durchnummeriert. Darüber hinaus musste nun der Inspektionsleiter Hans-Ferdinand Schleinitz benachrichtigt werden. Claudia war klar, dass Haffe, wie der Inspektionsleiter hinter seinem Rücken genannt wurde, den Tatort innerhalb kürzester Zeit mit seiner Anwesenheit beehren würde.

„Ach, Jürgen, und ich brauche natürlich die Kriminaltechniker und einen Fotografen."

„Ganz großes Kino, was? Zeig's ihnen, Claudi", sagte der Mann vom Lagedienst, der früher selbst Erstermittlungen an Tatorten geleitet hatte.

Claudia bedankte sich und fragte Wolfgang von Freesen: „Gibt es hier so etwas wie einen Ansprechpartner für die Kirche, einen, der sich auskennt? Einen anderen Priester oder den Küster, so was gibt es doch wohl auch bei den Katholiken, oder?"

„Es gibt den Küster von St. Elisabeth, das ist Ulf Torwald, ein Hauptamtler. Wir haben ihn vorn links im Chorgestühl platziert. Er kann euch das Gebäude mit all seinen Ein- und Ausgängen zeigen. Dann gibt es noch einen Küster der Englisch sprechenden Gemeinde, das ist ein Freiwilliger aus Ruanda, der Auskunft über Pater Ludger geben kann. Sein Englisch ist allerdings, nun ja, gewöhnungsbedürftig."

„Das Mädchen, das den Toten gefunden hat, kommt aus welchem Land?", fragte Claudia.

„Nigeria. Sie spricht ein wenig Deutsch und sehr gut Englisch."

„Sie ist siebzehn, sagtest du? Sind ihre Eltern auch in der Kirche?", fragte Claudia.

„Keine Ahnung", sagte Wolfgang von Freesen, der in der Zwischenzeit wohl mehr zu tun gehabt hatte, als sich um die Zeugin zu kümmern.

„Tina und Alex", wies Claudia an, „ihr kümmert euch bitte um die Kleine. Versucht herauszufinden, ob ihre Eltern irgendwo in der Nähe oder zumindest erreichbar sind. Und dann schlage ich vor, dass ihr Simone bittet, einen amtlich vereidigten Dolmetscher für Nigerianisch zu besorgen. Befragt das Mädchen bei uns, nicht hier in der Kirche. Und wenn ihr schon dabei seid, Dolmetscher zu organisieren, Ruanda ist auch vertreten, welche Sprache auch immer man dort spricht."

„Englisch ist in Ruanda auch Amtssprache – genauso wie in Nigeria. In Ruanda spricht man Kinyarwanda", sagte eine Stimme hinter ihnen vor der Sakristei. „Wobei in Nigeria fünfhundert verschiedene Sprachen gesprochen werden."

Claudia drehte sich um. Ein Beamter der Direktion 4 war mit einem kleinen Schwarzen Mann vor die Tür der Sakristei getreten. „Das ist Pater Dr. Ambrose Awojobi, der Leiter der englischsprachigen Mission Berlin", stellte der Beamte den Mann vor.

„Sehr gut, dass Sie kommen, Herr Dr. Awojobi", sagte Claudia und zeigte dem kleinen Mann ihren Ausweis. „Claudia Westermann, Mordkommission. Sie sind soeben erst eingetroffen?"

„Ja, es tut mir leid, ich habe in Dahlem in St. Bernhard die Heilige Messe zelebriert", sagte der kleine Mann, der eine Goldrandbrille trug, die ihm ständig ein wenig heruntertrutschte, so dass er sie mittels Nasenkräuseln wieder nach oben schob.

„Bitte betreten Sie nicht die Sakristei, sie ist ein Tatort."

„Was ist denn genau passiert?", fragte der Priester, der eine leichte Anzugjacke aus braunem Leinen trug.

„Bitte haben Sie Verständnis dafür, dass wir Ihnen im Moment keine Einzelheiten nennen können. Was können Sie uns über Pater Ludger erzählen?"

„Es ist also wahr, Pater Ludger ist ermordet worden? Draußen schwirren nur Gerüchte herum. Irgendjemand muss doch die Gemeindemitglieder informieren, muss sie beruhigen, sie werden nicht von der Straße weggehen, solange sie nicht wissen, was mit Pater Ludger passiert ist."

„Ich kann Ihnen lediglich bestätigen, dass Pater Ludger tot ist und wir aktuell von einem Fremdverschulden ausgehen müssen", sagte Claudia.

„Wir haben diejenigen, die während der Auffindung von Pater Ludger in der Kirche anwesend waren, im Vorraum der Kirche separiert, damit keine Informationen nach draußen dringen", erklärte Wolfgang von Freesen.

„Sie haben den Zeugen aber nicht die Handys abgenommen", sagte Pfarrer Ambrose. „Draußen wissen alle, dass Pater Ludger in der Sakristei erschlagen wurde, das ist sogar bis in unsere Kirchen in Dahlem durchgedrungen. Und ich wäre sicherlich früher hier gewesen, wenn ich während der Heiligen Messe mein Smartphone dabeigehabt hätte, was sich natürlich von selbst verbietet."

„Natürlich", sagte Claudia sanft und dachte: Scheiße.

Wieso hat Freesinuss daran nicht gedacht? Doch dann wurde ihr klar, dass er und die Kollegen von der Direktion 4 gar keine Chance gehabt hatten, die Kommunikation zwischen den Gemeindemitgliedern zu unterbinden. „Kennen Sie die Zeugin, die Pater Ludger entdeckt hat? Sie sitzt dort drüben im Chorgestühl."

„Selbstverständlich, das ist unsere Ivie. Professor Toyin Bankole und seine Frau Dora stehen draußen und sind verzweifelt, weil man sie nicht zu ihrer Tochter lässt", sagte er, nachdem er einen Blick auf das im Chorgestühl kauernde junge Mädchen geworfen hatte.

„Danke für die Information. Könnten Sie mir den Namen der Eltern buchstabieren?", fragte Claudia. Sie reichte einem der Beamten der Direktion 4 den Zettel mit dem Namen der Eltern. „Holen Sie doch bitte die Eltern von der Kleinen herein und führen Sie sie zu ihrer Tochter."

„Ist es denn nicht möglich, dass ich unsere Gemeindemitglieder, die draußen warten, zu einem gemeinsamen Gebet in den Saal im St.-Vinzenz-Haus bitte? Dann sind sie weg von der Straße."

„Bitte, Pfarrer Ambrose", sagte Claudia, die sich den komplizierten Nachnamen des promovierten Priesters nicht hatte merken können. „Das kommt auf die Lage des Saals an. Ich möchte mir erst einmal hier einen Überblick verschaffen, bevor ich das entscheiden kann."

„Das Gästehaus St. Vinzenz ist nebenan", sagte Wolfgang von Freesen. „Wir sind noch gar nicht so weit gekommen, dass ich euch den Tatort erklären konnte. Die Sakristei hat drei Eingänge."

„Vier, genau genommen“, sagte Pfarrer Ambrose, der sich damit einen bösen Blick von Freesen einfing. „Über der Sakristei gibt es noch eine Kapelle für Gäste, die man über die Treppe in der Sakristei erreicht. Und diese Kapelle hat einen weiteren Eingang.“

„Also ganz langsam und noch mal von vorn“, bat Claudia. „Eingang eins ist der, vor dem wir jetzt stehen, richtig?“ Von Freesen nickte. „Eingang zwei ist der Eingang, der gegenüberliegt. Wo führt der hin?“

„Das ist Eingang zwei und drei“, grätschte Pfarrer Ambrose dazwischen. „Denn der Eingang mündet in einen Gang, der sowohl zum Kirchhof als auch in das St.-Vinzenz-Haus führt.“

„Okay, also für mich ist das ein Eingang beziehungsweise Ausgang.“ Der VB1-Schichtleiter wirkte zunehmend genervt. „Und der dritte Ein- beziehungsweise Ausgang liegt ein Stockwerk darüber und führt in das St.-Vinzenz-Haus.“

„Das ist das Gemeindehaus?“, fragte Claudia nach.

„Nein, das ist ein Gästehaus, aber es gibt dort einen Saal, den wir ab und an als Gemeindesaal nutzen.“

„Das heißt, wenn Sie jetzt Ihre Gemeinde dort versammeln, trampeln uns einhundert Leute in einem möglichen Fluchtweg herum, sehe ich das richtig?“

Der Priester schaute sie entsetzt an. „Sie glauben doch wohl nicht, dass das jemand aus unserer Gemeinde Pater Ludger angetan hat, völlig unmöglich!“

„Im Moment können wir gar nichts ausschließen. Ist die Sakristei vom Saal aus zu betreten?“, fragte Claudia.

„Natürlich nicht, jedenfalls nicht direkt. Wir können ja

die Türen zum Gang abschließen, wenn Sie Angst um Ihre Spuren haben“, sagte Pfarrer Ambrose.

Claudia rief ihren Tatortmann Schmitti zu sich, der in der Sakristei die von den Kollegen bereits gesicherten Spuren inspizierte. „Schmitti, schnapp dir doch bitte mal den Küster, das ist der, der da vorn links im Chor sitzt, und lass dir die Ein- und Ausgänge der Sakristei vom großen Saal im St.-Vinzenz-Haus aus zeigen. Wenn du meinst, dass es nichts schaden würde, dass die draußen Wartenden dort zu einem Gebet zusammengerufen werden und den Tatort nicht kontaminieren können, sag uns bitte Bescheid.“

„Wir haben alle möglichen Fluchtwege abgeriegelt und überall Beamte postiert“, sagte Wolfgang von Freesen.

„Sehr gut, Wolfgang, das habe ich nicht anders von dir erwartet“, versuchte sie den etwas aufgebrachten Ermittler zu beruhigen. Sie wandte sich noch mal an Pfarrer Ambrose: „Wir müssen natürlich verhindern, dass der Täter im Schutz der Menge eine Fluchtmöglichkeit hat.“

„Das verstehe sogar ich“, sagte der Priester und ging einen Schritt auf die Sakristei zu.

„Sorry, aber selbst Sie dürfen im Moment nicht den Tatort betreten. Ich bitte um Ihr Verständnis, Pfarrer Ambrose. Können wir uns gleich irgendwo in Ruhe unterhalten? Ich möchte erst einmal von meinem Kollegen vollständig eingewiesen werden.“

„Ich halte mich am Marienaltar zu Ihrer Verfügung.“

Als sie wieder unter sich waren, schloss Claudia die Tür hinter sich. „Wer schließt denn normalerweise die Sakristei auf?“, fragte sie ihren Kollegen von VB1.

„Der Küster. Der Küster von St. Elisabeth. Die Gemeinde gehört zu St. Matthias, das ist die Backsteinkirche am Winterfeldtplatz. Aber irgendwie wuselt da noch dieser Freiwillige aus Ruanda dazwischen. Ich muss dir noch etwas sagen. In diesem St.-Vinzenz-Haus wurden an diesem Wochenende Exerzitien abgehalten, es gab acht Gäste. Die Exerzitien sind allerdings um dreizehn Uhr beendet gewesen."

„Was heißt überhaupt Gästehaus und was sind Exerzitien?"

„Vinzentiner-Pater führen dieses Haus", sprang ihr Tomasz zur Seite, der bis dahin schweigend zugehört hatte. „Dort kann sich jeder, der sich dafür interessiert, von Freitag bis Sonntag einmieten und an den Gruppenevents teilnehmen."

„Und die kommen auch in die Sakristei?"

„Ja, möglich, weil sie oben in der Kapelle die Heilige Messe zelebrieren."

„Wie jetzt, eine eigene Messe? Oder nehmen sie an der normalen Messe in St. Elisabeth teil?"

„Das musst du die Vinzentiner fragen, das weiß ich nicht", sagte Tomasz.

„Was wissen wir denn über den Toten?", fragte Claudia, an von Freesen gewandt.

„Pater Dr. Ludger Meerbusch, fünfundsiebzig Jahre alt, gehört zu den Afrikamissionaren", sagte Wolfgang von Freesen und fügte bedeutungsvoll hinzu: „Die im Übrigen auch als die Weissen Väter bekannt sind."

„Der Mann lebte doch in Berlin?"

„Ja, in der Wohngemeinschaft der Weissen Väter im Wedding. Aber er war wohl laut Küster über dreißig Jahre in Ruanda als Missionar tätig."

Claudia biss sich auf die Zunge, um nicht zu fluchen. Das wurde ja immer schlimmer.

„Ist das ein Orden oder nur einfach eine Wohngemeinschaft?"

„Das ist ein Orden. Der Mann ist ein Ordensbruder", sagte Tomasz.

Auch das noch, dachte Claudia und fragte: „Habt ihr bereits ermittelt, wer alles Zugang zum Tatort hatte?"

„Das ist zwar nicht ganz so schlimm wie in einer öffentlichen Toilette, aber kommt dem schon ziemlich nah."

„Du machst mich echt neugierig."

„Also das sind zum einen die Küster und die Priester und die Messdiener und die Menschen, die die Kapelle besuchen."

„Was heißt zum einen?", fragte Claudia.

„Das heißt, dass es eigentlich fünf verschiedene Nutzer der Sakristei gibt. Die ganz normale Gemeinde St. Elisabeth, die zum Beispiel am Samstag um 16.30 Uhr und am Sonntag morgens um 8.00 Uhr die Messe feiert. Dann gibt es die slowenische Gemeinde, die am Sonnabend um 18.00 Uhr dran ist, dann die Vinzentiner, und um 20.30 Uhr am Sonnabend ist die Neokatechumenale Gemeinschaft dran."

„Die was?", fragte Claudia.

„Die" – Wolfgang von Freesen musste das Wort auf seinem Spickzettel noch mal nachschauen – „neo-kate-chumenale Gemeinschaft."

Ich schreie gleich, dachte Claudia. „Was ist das denn, bitte?"

„Das sind Menschen, die am katholischen Glauben interessiert sind oder sich taufen lassen wollen, neokatechumenal bezeichnet sozusagen die Katechismus-Ausbildung. Zweiter Bildungsweg, wenn du so willst", erklärte Tomasz.

Claudia war dankbar, dass wenigstens einer von ihnen halbwegs etwas von der katholischen Kirche verstand. Der Neue erwies sich tatsächlich als hilfreich.

„Und all die haben eigene Priester, es gibt immer andere Messdiener, und alle ziehen sich in der Sakristei um und hinterlassen dort drin ihre Fingerabdrücke."

Claudia räusperte sich. „Na gut, wir brauchen die Namen und Adressen von allen Menschen, die in den letzten Tagen die Sakristei betreten haben. Soll sich die Spusi mit deren Spuren amüsieren. Ekki und Matze, ihr übernehmt das bitte, ich kann mir niemand Besseren wünschen als euch zwei erfahrene Hasen, ihr habt schon Ordnung in weitaus größeres Chaos gebracht." Sie lächelte ermutigend. „Tomasz, du sprichst bitte mit den Vinzentinern. Sieh zu, dass du die Menschen, die an diesem Gruppenevent teilgenommen haben, entweder direkt befragst, so sie noch da sind, oder aber auf jeden Fall von allen eine Adresse bekommst."

„Wird gemacht, Boss", sagte Tomasz und drehte sich auf dem Absatz um.

Alex war zu Claudia getreten, um sie davon in Kenntnis zu setzen, dass die Eltern der Auffindezeugin eingetroffen waren.

„Ihr solltet dann mit unserer Zeugin und den Eltern in die Keithstraße fahren und schon mal mit der Vernehmung beginnen. Mal sehen, wen wir euch noch schicken müssen."

„Ich hoffe, Simone bekommt so schnell einen Dolmetscher", sagte Alex. „Die Kleine spricht noch nicht sehr gut Deutsch."

„Wird wahrscheinlich nicht gerade ein Zuckerschlecken mit den Eltern und einem Dolmetscher, den wir noch nicht kennen", sagte Claudia.

„Wir lieben Herausforderungen." Alex grinste ein wenig schief. Was er nicht zu sagen brauchte, war, dass die Ermittler auf Dolmetscher angewiesen waren, zu denen sie hundertprozentiges Vertrauen haben mussten. Denn abgesehen davon, dass der Dolmetscher beide Sprachen perfekt beherrschen musste, sollte er etwas von der Arbeit der Ermittler verstehen und die Fragen so geschickt übersetzen, wie die Vernehmer sie gemeint haben. Zusätzlich gab es bei Jugendlichen immer ein Problem, wenn die Eltern dabei sein mussten. Viele Jugendliche sagten dann das, was die Eltern hören wollten, und das war nicht unbedingt die Wahrheit. Und zumindest war nicht ganz auszuschließen, dass die Auffindezeugin auch diejenige gewesen sein könnte, die den Tod des Priesters mittel- oder unmittelbar verursacht hatte.

„Da kommt unser sprechendes Gesetzbuch", sagte Alex, der alle Anwesenden um mindestens dreißig Zentimeter überragte.

„Was für eine sonntägliche Freude, Claudia Westermann!", hörte sie die ein wenig zu hohe Stimme ihres Lieblingsstaatsanwaltes Dr. Holger Brenner.

„Welch ein Glück, dass ausgerechnet du Bereitschaft hast", sagte sie, als sie sich umdrehte – und das meinte sie ehrlich. Mit Fliege konnte man Klartext reden, bisher hatte er sie in ihren Fällen unterstützt, was bei vielen Staatsanwälten nicht immer der Fall war. Böse Zungen behaupteten, dass Fliege seit Jahren heimlich in Claudia verliebt wäre.

Claudia zeigte ihm den Tatort und fasste kurz zusammen, was sie von Wolfgang von Freesen erfahren hatte.

„Habt ihr irgendwelche Verdächtigen feststellen können? Wie ich sehe, seid ihr ja mit großer Kapelle hier angereist", fragte Fliege zu von Freesen gewandt.

„Nein, es gab niemanden, der sich irgendwie verdächtig gemacht hat, niemand ist gesehen worden, wie er den Tatort versucht hat zu verlassen, auch draußen bei der Gemeinde hat sich nach meinen bisherigen Informationen niemand auffällig gezeigt. Der Täter muss aus dem Kreis der Kirchengemeinden stammen. Wenn ich eine Vermutung anstellen darf, würde ich sogar sagen, aus dem engeren Kreis."

„Also so ein Schlag mit diesem schweren Kruzifix auf den Hinterkopf ist ja nicht ganz einfach auszuführen. Der Täter muss nicht nur über ziemliche Kräfte verfügen", sagte Mendel, „sondern dürfte auch blutbespritzt sein. Da ist auch Gehirnmasse ausgetreten, das ist doch eine Riesenschweinerei. Ganz so einfach kommt man da mitten am Tag nicht ungesehen weg, selbst wenn es mehrere Ausgänge und ein angrenzendes Gästehaus gibt."

„Vielleicht hatte der Täter Schutzkleidung an?", vermutete Claudia. „Habt ihr danach gesucht?"

Freesen schüttelte den Kopf. „Nein, noch nicht, wir haben erst mal alles abgesperrt und die Lage sondiert."

„Dann sollten wir jetzt in alle verfügbaren Schränke, Ecken, Mülltonnen gucken lassen, ob irgendwo blutbeschmierte Kleidung entsorgt wurde. Freesinuss, könnten das deine Leute mit den Schampels zusammen übernehmen?", bat Claudia den Kollegen um Unterstützung.

„Machen wir."

„Da ist auch ein Waschbecken", sagte Schmitti.

„Na klar ist da ein Waschbecken, die Priester brauchen Wasser, um sich die Hände zu waschen vor der Messe, und der Weinkelch muss gewaschen werden, und es wird Wasser während der Messe zur symbolischen Reinigung gebraucht", sagte von Freesen.

„Dann sollten sich die Kriminaltechniker bitte auch sehr gründlich dieses Waschbecken und vor allem den Abfluss ansehen", sagte Claudia an Schmitti gewandt. „Die müssten ja bald eintreffen." Sie wusste, dass das ein wenig dauern konnte, denn auch die Bereitschaftskollegen von der Kriminaltechnik kamen von zu Hause und mussten in der Regel erst mal zum Tempelhofer Damm und kamen dann mit ihren speziell ausgerüsteten Dienstfahrzeugen von dort zum Tatort.

Vor der Kirche

Er stand hinter den Gläubigen, während Agathe den Baum beschnüffelte, an dem die Abflatterung angebracht war. Als die Kollegen von der Kriminaltechnik eintrudelten, drehte sich Double-u mit dem Rücken zur Straße.

Einige der wartenden Kirchenbesucher telefonierten, andere filmten mit ihren Smartphones die Szenerie. Double-u tat es ihnen gleich. Aber anders als die Neugierigen, die die Polizisten, die Kriminaltechniker und die Absperrungen filmten, nahm er langsam und konzentriert jeden Einzelnen der Wartenden auf.

Sie schienen sich alle untereinander zu kennen, niemand benahm sich irgendwie auffällig oder stand abseits, jeder schien dazuzugehören. Oder doch nicht?

Ein junger Mann drückte sich regelrecht an die Kirchentür, es war, als wollte er unbedingt in die Kirche hineingehen oder zumindest einen Blick hineinwerfen. War er nur besonders neugierig, oder hatte er ein spezielles Interesse?

Double-u wartete, bis die Kirchentüren hinter den Kriminaltechnikern geschlossen waren, und überquerte die Kolonnenstraße, um auf die andere Seite der Absperrung zu gelangen. Von dort aus sah die wartende Menge noch bizarrer aus, wie eine Hochzeitsgesellschaft, die auf das Brautpaar wartet, um es mit Münzen und Konfetti zu bewerfen.

Er filmte die gesamte Szenerie und überquerte westlich der Absperrung erneut die Kolonnenstraße. So ein Hund war durchaus praktisch: Niemand fand es merkwürdig, dass Agathe an allem und jedem schnüffelte. Wieder filmte Double-u die Gesichter, diesmal auf der anderen Seite des Flatterbands.

Er arbeitete sich weiter vor in die Nähe des jungen Mannes, der nervös von einem Bein auf das andere trat. Agathe fand den Jungen sehr interessant, Double-u entschuldigte sich bei ihm für ihre Aufdringlichkeit. Dem Jungen war es egal, ob ein Hund an ihm schnüffelte. Wer es gewohnt war, Menschen zu beobachten, sah, dass der Junge Angst hatte. Schweißperlen standen ihm auf der Stirn, und er schnipste nervös mit den Fingern der rechten Hand.

Agathe schnüffelte an den Hosenbeinen eines ebenfalls wartenden Mannes. Double-u entschuldigte sich auf Englisch.

„Kein Problem", sagte der Mann.

„Wissen Sie, was hier passiert ist?", fragte Double-u.

Der Mann drehte sich halb zu ihm um und sagte: „Es hat wohl einen Mord gegeben."

„Einen Mord? Wo, hier, oder in der Kirche?", fragte Double-u.

„Wir wissen noch nichts Genaues, nur dass unser Priester blutüberströmt in der Sakristei gefunden wurde."

„Lebt er noch?"

„Wir glauben nicht, der Notarzt hat ihn nicht mitgenommen, dafür ist die Polizei da. Sehen Sie doch."

„Wer ist denn der Priester?"

„Unser Pater Ludger, er hat heute hier die Heilige Messe zelebrieren sollen."

„Ein Deutscher?"

„Ja, ein deutscher Priester. Von den Afrikamissionaren."

„War er ein guter Priester?"

„Unser Pater Ludger war der Beste. Er versteht uns. Er war lange in Afrika."

„Wieso ist ein Deutscher Afrikamissionar in Berlin?"

„Weil es hier mehr Heiden gibt als bei uns", sagte der Mann, der ein gepflegtes Englisch mit einem starken afrikanischen Akzent sprach. Double-u hätte nicht sagen können, aus welchem Land der Mann ursprünglich stammte.

Aus den Augenwinkeln sah Double-u, dass eine dunkelgraue Limousine direkt gegenüber der Kirche hielt. Instinktiv zog er sein Basecap noch ein wenig tiefer in die Stirn. Er hatte recht. Dem Wagen entstieg der große Zampano persönlich: Hans-Ferdinand Schleinitz, der Inspektionsleiter. Damit war zu rechnen gewesen.

Double-u musste sich beherrschen, um nicht aufzulachen: Haferschleim, wie er den Inspektionsleiter innerlich nannte, war noch in voller Golfmontur, weiße Golfschuhe mit Gumminoppen, eine grün-gelb karierte Hose und dazu ein bonbonrosafarbenes Shirt mit dem wohlbekannten Krokodil auf der Brustwarze. Am Arm leuchtete eine dicke Uhr, die selbst auf diese Entfernung signalisierte: „Lacoste es, was es wolle, Geld spielt keine Rolex." Immerhin hatte er die Sonnenbrille abgenommen und vorn in die Knopfleiste geklemmt.

Vor seinem inneren Auge sah Double-u die Szene auf

dem Golfplatz: Wie Haferschleim gerade mit dem vierten Schlag versuchte einzuputten, als sein Handy klingelte. Natürlich ging der Schlag daneben, Haferschleim war entsprechend sauer, er wollte dieses Loch unbedingt Par spielen. Der Mann war krankhaft ehrgeizig, ein danebengegangener Putt würde ihn noch tagelang ärgern. Während er sich auf seinen Schläger stützte, zog er das Handy aus der Gürteltasche. Guckte bedeutungsvoll. „Ich komme sofort!“ Jetzt war er ganz Herr Wichtig.

Einhundert Euro hätte Double-u darauf verwettet, dass Haferschleim ein Golfcart geordert hatte, das ihn vom sechsten Loch abholte. Wahrscheinlich hatte er ohnehin mit irgendeinem Freund aus dem Innensenat oder mit der neuen Polizeipräsidentin nebst Partner die Runde gedreht.

„Das schafft man nicht mit ein paar Bierchen im Casino“, pflegte er zu sagen, wenn er gefragt wurde, wie er es zum jüngsten Leiter der Berliner Mordkommissionen aller Zeiten gebracht hatte. Nein, dachte Double-u, dazu brauchte man noch die richtigen Kontakte, den richtigen Club und ein sehr elastisches Rückgrat.

Die Medienleute stürzten sich auf Haferschleim wie Fliegen auf einen Kuhfladen. „Kein Kommentar“, sagte er, aber man sah, dass es ihm ganz und gar nicht unangenehm war.

Als der Kollege von der Direktion 4 Haferschleim durch die Absperrung ließ, hörte Double-u, wie Haferschleims Handy klingelte. Er blieb mitten in dem abgesperrten Bereich stehen und nahm das Gespräch an.

„Selbstverständlich, Euer Exzellenz. Mit aller Diskretion. Ich halte Sie auf dem Laufenden.“

Haferschleim hatte so laut gesprochen, dass auch der letzte Redaktionspraktikant mitkriegen musste, dass er soeben den Erzbischof persönlich am Apparat hatte.

In diesem Moment war Double-u doch wieder froh, dass er sich gegen eine weitere Karriere bei der Mordkommission entschieden hatte. Niemals wäre er in der Hierarchie bis ganz nach oben aufgestiegen, seine Abneigung gegen aufgeblasene Vorgesetzte hatte ihm schon oft genug Ärger eingebracht. Dafür konnte er sich morgens ohne Brechreiz beim Rasieren im Spiegel anschauen. Wobei er nicht eine Sekunde glaubte, dass Haferschleim sich vor seinem Spiegelbild ekelte.

Anweisungen von oben

Claudia erkannte ihn an seinem Gang. Double-u und sie hatten sich mal gefragt, ob sie in der Führungsakademie in Münster-Hiltrup auch chefmäßig laufen lernten. Sie hatten sich ein Lauftraining vorgestellt wie bei Heidi Klum. „Die Aktentasche, sie muss leben!", hatte Double-u mit der Stimme von Bruce Darnell gerufen, und sie hatten Tränen gelacht. Auf jeden Fall konnte Haffe so laufen, dass alle auf dem Flur das mitbekamen. Seine Gumminoppen quietschten auf dem Steinboden der Kirche.

Claudia drehte sich um. „Hallo, Chef!"

„Das ist ja eine schöne Schweinerei", sagte Haffe und wollte in die Sakristei stürmen.

„Halt!" Claudia hielt ihn zurück. „Es wäre besser, wenn Sie nicht reingingen, ist schon ziemlich voll da drin." Sie zeigte durch die geöffnete Tür auf die Männer der Direktion 4, auf Schmitti, auf die Kriminaltechniker, den Fotografen und Mendel. Was sie nicht hinzufügte, weil es eigentlich selbstverständlich war: nicht ohne Schutzkleidung!

„Ach du Scheiße", hörte man von Freesen aus der Sakristei rufen.

„Was ist los?“, fragte Claudia.

„Guckt euch das an!“

Wieder wollte Haffe die Sakristei stürmen. Claudia hielt ihn sanft zurück. Sie trat in den Raum, blieb aber im Türrahmen stehen. Von Freesen hatte einen Schrank in der Sakristei geöffnet. Darin hingen diverse Gewänder in Warmweiß, in Lila, Rot und in Grün. Von Freesen hatte einen Bügel herausgezogen. Daran hing eine weiße Kutte. Sie war mit Blut bespritzt.

„Ich schätze, du hast die Schutzkleidung gefunden, mit der die Tat begangen wurde“, sagte Claudia und schloss die Frage an: „Was ist das? Ist das für die Ministranten oder für die Priester?“

Hinter ihr antwortete Haffe, der ebenfalls einen Blick in die Sakristei geworfen hatte: „Das ist der Schrank für die Priester. Links hängen, wie man gut erkennen kann, die Messgewänder, die Stola und so weiter. Rechts hängen die Unterkleider, das sind die Gewänder, die unter dem Messgewand getragen werden. Das ist ein einfaches Untergewand, das leicht zu waschen ist.“ Nicht nur Claudia drehte sich verblüfft zu dem Inspektionsleiter um.

„Ich war früher Messdiener. Erzdiözese Paderborn – das war dort ein Muss“, erklärte er seine Kenntnisse.

„Na prima. Dann könnten Sie mir vielleicht behilflich sein, ich würde gern den Chef der englischsprachigen Mission befragen.“ Claudia warf einen Blick auf ihre Notizen. „Dr. Ambrose Awojobi. Ein Katholik an meiner Seite wäre hilfreich“, sagte sie.

„Ich helfe sehr gern, Frau Westermann. Ist ja schließlich

der erste Fall, den Sie selbstständig leiten, wenn ich mich nicht irre. Scheuen Sie sich nicht, mich zu fragen oder um Hilfe zu bitten."

Claudia lächelte und hoffte, dass es dankbar aussah. Gemeinsam gingen sie zu dem Marienaltar, der nicht mehr als ein Marienbild mit einer Gebetsbank davor war, auf der Dr. Ambrose Awojobi kniete.

„Wie spricht man eigentlich so einen Pfarrer richtig an?", flüsterte sie ihrem Chef zu.

„Offiziell ‚Hochwürden', aber heute sagt man eher ‚Herr Pfarrer'. Die Pater können Sie auch mit ‚Vater' anreden."

Wahrscheinlich haben die auch einen Kurs in diplomatisch korrekter Anrede von Würdenträgern gemacht in Münster-Hiltrup, dachte sie.

Der kleine Mann mit der rutschenden Brille stand von seinem Gebet auf. „Wenn Sie jetzt für uns Zeit hätten, Herr Pfarrer", sagte sie und stellte Hans-Ferdinand Schleinitz vor.

Pfarrer Ambrose nickte und führte sie in die letzte Bank des Kirchengestühls. „Bitte, nehmen Sie Platz. Was wollen Sie wissen?"

„Was können Sie uns über Pater Ludger berichten? Uns interessieren auch die persönlichen Umstände", sagte Claudia.

„Ja, lassen Sie mich nachdenken. Also Dr. Ludger Meerbusch stammt ursprünglich aus dem Münsterland."

„Moment mal, der Tote ist Dr. Ludger Meerbusch?", fragte der Inspektionsleiter. Claudia sah, dass er blass geworden war.

„Kennen Sie den Mann?“, fragte sie und dachte: Nein, bitte nicht auch das noch.

„Dr. Ludger Meerbusch? Nein, nicht persönlich, aber in Münster, wo ich Jura studiert habe, ist er eine Berühmtheit. Sehr angesehene Familie. Mit seinem Neffen hab ich ab und an Tennis gespielt.“

Claudia schaute den Inspektionsleiter erstaunt an. Sie hatte nicht gewusst, dass er in Münster auch studiert hatte, weil er immer nur von der Führungsakademie in Münster-Hiltrup gesprochen hatte.

„Was wissen Sie über die Familie, Herr Pfarrer?“, fragte Claudia.

„Wenig. Ich weiß nur, dass er viele Jahre als Priester in Ruanda tätig war.“

„Und wann kam er nach Berlin? Und wieso?“

„Das Alter, verstehen Sie. Pater Ludger ist über fünfundsiebzig. Er ist vor mir gekommen, also bestimmt schon länger als zwei Jahre hier.“

„Wo lebte er? Haben Sie eine Adresse?“

„Zusammen mit vier Mitbrüdern lebt – äh – lebte er in einer Wohngemeinschaft der Afrikamissionare im Berliner Wedding. Die Pater betreuen unter anderem das Afrika Center in der Hohenstaufenstraße.“

Claudia schrieb die Adressen der Wohngemeinschaft und des Afrika Centers auf. „Wissen Sie, ob Pater Ludger Feinde hatte?“

„Unser Bruder war ein sehr beliebter Seelsorger und Priester.“

„Auch in der Schwarzen Gemeinde?“, hakte Claudia nach.

„Gerade in der Schwarzen Gemeinde. Sein Herz schlug für Afrika. Er wäre lieber heute als morgen zurück dorthin, wenn es seine Gesundheit zugelassen hätte."

„Welche Nationalitäten gehören denn der englischsprachigen Mission Berlin an?"

„Das ist unterschiedlich", sagte Dr. Ambrose Awojobi. „In der Kirche All Saints am Hüttenweg sind hauptsächlich Amerikaner, das ist die alte Military Chapel der amerikanischen Alliierten. In St. Bernhard in Dahlem haben wir ein Drittel Weiße, ein Drittel Asiaten und ein Drittel Schwarze, davon viele Amerikaner. Viele Gläubige von der Freien Universität. Und hier nach St. Elisabeth kommen vorwiegend englischsprachige Afrikaner und ihre Familien, also Gemeindemitglieder, die ursprünglich aus Ländern kommen, in denen Englisch entweder Haupt- oder Amtssprache ist."

„Und das wären …?", fragte Claudia.

„Nun, erst mal Nigeria, wo ich selbst herkomme, dann Ghana, Lesotho, Sierra Leone, Ruanda, Tansania, Malawi, Gambia, Simbabwe, Kamerun, Sudan, Swasiland, Uganda, Namibia. Ach ja, und Burundi, Kongo und Burkina Faso, Niger und Sambia. Und natürlich aus dem Tschad. Und Südafrika. Äh, habe ich die Elfenbeinküste schon erwähnt? Dazu kommen noch ein paar karibische Staaten. Bermuda und die Bahamas beispielsweise. Ich hoffe, ich habe kein Land vergessen."

„Haben Sie Asylsuchende unter Ihren Gemeindemitgliedern?"

„Nein, die Flüchtlinge werden direkt seelsorgerisch betreut. Aber manche unserer Gemeindemitglieder sind natürlich früher als Asylsuchende nach Deutschland gekommen und sind mittlerweile integriert."

„Und die sprechen alle Englisch?"

„Mal mehr, mal weniger, aber grundsätzlich ja. Sie brauchen keine Dolmetscher in den einzelnen Stammessprachen, das wollte ich Ihnen vorhin schon sagen."

Claudia warf dem Inspektionsleiter einen fragenden Blick zu. Der zuckte die Schultern. Natürlich, dachte Claudia, was hätte sie von dem Mann auch anderes erwarten können.

„Nun, irgendjemandem muss Pater Ludger ja im Weg gestanden haben, sonst würde er noch leben", sagte sie. „Sie haben keine Idee, wer einen Vorteil von Pater Ludgers Tod haben könnte?"

„Ich bitte Sie, wer bringt einen Priester um?"

„Wissen Sie etwas über persönliche Konflikte von dem Pater?"

„Nein, ganz und gar nicht."

„Er kam also mit allen gut aus?"

„Ja, er war ein freundlicher, zugewandter älterer Herr."

Claudia wandte sich an den Inspektionsleiter: „Herr Dr. Schleinitz, Sie sagten, der Tote habe Familie im Münsterland. Wollen Sie diese vielleicht persönlich benachrichtigen?"

„Selbstverständlich."

„Ich benötige die Adresse. Sie sagten, es sei eine angesehene Familie. Wie meinen Sie das, Chef?"

„Eine alteingesessene westfälische Familie von Großbauern. Ihnen gehört nicht nur eine große Landwirtschaft mit Bullenmast und -zucht, wenn ich mich recht entsinne, sondern vor allem ausgedehnte Ländereien und Immobilien. Ich glaube, die Familie hat auch einen Anteil am örtlichen Schlachthof. Und natürlich die Pferdezucht vom Junior, die inzwischen ein weltweites Renommee hat", sagte Haffe.

„Ach, der Verstorbene war also vermögend?", fragte Claudia.

„Nein, nein. Die Afrikamissionare pflegen einen einfachen Lebensstil", sagte der Missionschef.

„Hatte Ihre Kirche oder die englischsprachige Mission in der Vergangenheit mit Anfeindung zu kämpfen?", versuchte Claudia es ein wenig vorsichtig zu formulieren.

„Sie meinen, ob wir bedroht wurden? Sie denken an religiöse Anfeindungen, zum Beispiel von Andersgläubigen?"

Claudia nickte.

„Die Afrikamissionare haben sich immer für die Aussöhnung mit den Muslimen eingesetzt", antwortete Dr. Ambrose Awojobi.

„Gab es Anfeindungen, Androhungen, Auseinandersetzungen mit Muslimen?", hakte Claudia nach, weil ihr die Antwort ein wenig zu verschwurbelt war.

„Äh, nein", sagte der Priester.

„Oder gab es von der deutschen Bevölkerung Anfeindungen gegen die Schwarze Gemeinde hier?"

„Nicht wirklich."

„Was heißt das?"

„Na ja, es gab schon mal Schmierereien an der Kirchenwand. Die haben wir sofort entfernen lassen. Und einmal wurde im Foyer ein Fenster eingeworfen."

„Haben Sie das der Polizei gemeldet?“

„Nein, das war nicht der Rede wert.“

„Herr Pfarrer, ich benötige eine Liste von allen Personen, die Ihres Wissens nach Zugang zur Sakristei hatten. Und deren Fingerabdrücke, um sie aus dem Kreis der Verdächtigen auszuschließen.“

„Das hat mir einer Ihrer Kollegen schon erklärt. Ich maile ihm nachher eine Liste. Ich muss vorher noch in meiner Kartei im Pfarrbüro nachschauen, wegen der Rufnummern und Adressen der Beteiligten. Das Pfarrbüro ist allerdings in Dahlem. Bitte, ich würde gern mit meiner Gemeinde ein paar Worte wechseln, einen Gedenkgottesdienst ankündigen und mit ihnen in dem großen Saal im St.Vinzenz-Haus ein Gebet für Pater Ludger sprechen.“

„Aber selbstverständlich, Herr Pfarrer, das ist doch gar kein Problem“, beeilte sich der Inspektionsleiter zu versichern.

„Moment, ich muss erst checken, ob das unbedenklich für die Sicherung der Tatortspuren ist“, sagte Claudia und rief Schmitti an.

„Alles roger, hier ist niemand, ich habe alle möglichen Wege zur Sakristei abriegeln lassen. Lasset die Kindlein um ihn sein.“

„Okay, Sie können Ihre Gemeinde zusammenrufen. Aber befriedigen Sie doch bitte vorher noch meine Neugierde. Was heißt das auf Deutsch, was da oben in dem Fenster über der Sakristei geschrieben steht: VERA BODI VAM LUC. Mein Latein reicht dafür nicht aus.“

„Kein Wunder, das ist auch nicht Latein, sondern Slowenisch. Das Fenster wurde von der slowenischen Gemeinde gestiftet. Anton Martin Slomšek ist der erste Slowene, der selig gesprochen wurde. Es heißt wohl sinngemäß: Der Glaube ist euer Licht."

„Vielen Dank, Dr. Awojobi."

Noch mehr Priester

Die Nachricht von einem Verbrechen in St. Elisabeth verbreitete sich unter den Berliner Katholiken offenbar wie ein Strohfeuer. Der Kirchenvorstand der St.-Matthias-Gemeinde, der auch für diese Kirche zuständig war, war ebenfalls angereist. Pfarrer Dr. Reinhold Möhle brachte seinen Stellvertreter mit. Dazu kam ein weiterer Afrikamissionar, der mit Pater Ludger zusammen in der Wohngemeinschaft gelebt und von dem Tod seines Mitbruders in All Saints in Dahlem erfahren hatte, wo er am Vormittag die Messe zelebriert hatte.

„Gut, dass Sie kommen", begrüßte Claudia die Kollegen von Pater Ludger und erklärte ihnen, dass die Kriminaltechniker gern ihre Fingerabdrücke und ihre DNA nehmen würden. Das sahen die geistlichen Herren zunächst als Unverschämtheit an, deshalb reichte sie die Männer an Ekki und Matze weiter, damit die beiden ihre Liste von Sakristeinutzern zusammenstellen konnten. Claudia wusste, dass es den beiden immer ganz gut gelang, auch schwierigen Kandidaten klarzumachen, dass ihre Fingerabdrücke und ihre DNA dazu gebraucht wurden, um sie als Täter zweifelsfrei auszuschließen.

Die Kriminaltechniker waren immer noch damit beschäftigt, die Spuren in der Sakristei akribisch zu sichern. Aber die sterblichen Überreste von Pater Ludger konnten jetzt zu Mendel in die Rechtsmedizin geschafft werden.

„Danke für eure Hilfe, Freesinuss“, sagte Claudia und verabschiedete sich von Wolfgang von Freesen, der das Team von VB1 und die Funkstreifen anwies, ihre Berichte zu schreiben.

Nachdem auch der Staatsanwalt zusammen mit Haffe gegangen war, übergab Claudia die Leitung vor Ort an Ekki. „Sobald ihr hier alles erledigt habt, treffen wir uns in der Keithstraße. Schmitti soll dann hier den Abgesang machen“, fügte sie hinzu.

Als Claudia auf die Straße trat, sah sie, dass in der Zwischenzeit noch mehr Menschen am Tatort eingetroffen waren. Auf der gegenüberliegenden Straßenseite hatte sich eine große Menge angesammelt. Im Gegensatz zu den Mitgliedern der englischsprachigen Gemeinde schien es sich dabei allerdings um Schaulustige zu handeln, denn die Neugierigen waren mehrheitlich Weiße. Die Afrikaner hatten sich wohl alle zu dem Gebet mit Pfarrer Ambrose begeben.

Claudia rief Tomasz an. „Wo bist du?“, fragte sie ihn.

„Nebenan. Ich war mit dem Direktor des Exerzitien- und Gästehauses unterwegs. Er hat mir das Gästehaus gezeigt.“

„Hast du die Namen und Adressen dieser Menschen, die an den Exerzitien teilgenommen haben?“

„Der Direktor hat sich anfangs ein wenig quergestellt, weil er die nicht preisgeben wollte.“

„Es lebe der deutsche Datenschutz!"

„Ich habe ihm einfach gesagt, dass der Erzbischof persönlich wünscht, dass der Fall lückenlos aufgeklärt wird, und unser Chef ihm jede Unterstützung zugesagt hat. Allein die Erwähnung des Namens hat als Türöffner gewirkt."

„Und das war, wie ich Haffe kenne, garantiert nicht gelogen", sagte Claudia.

Als sie sich umdrehte, bemerkte sie, dass vor dem St.-Vinzenz-Haus ein Hund angebunden war, der Agathe zum Verwechseln ähnlich sah. Angesichts der Fotografen, die immer noch an der Absperrung warteten, unterdrückte sie ein Lächeln.

„Bist du fertig?"

„Ja, ich habe, soweit es ging, auch schon die Gäste befragt. Die sind allerdings schon abgereist, die werde ich mir erst später vornehmen können."

„Am besten kommst du jetzt mit mir in die Keithstraße. Bist du mit dem Auto hier?", fragte Claudia.

„Nö."

„Na, dann ordere ich uns mal ein Taxi", sagte Claudia und zog die Visitenkarte aus der Tasche, die der Berliner Taxifahrer ihr vorhin gegeben hatte.

Ansichtssache

„Meine Fresse, Mädel, da haste aber ne Uffjabe", sagte ihr Fahrer, als Claudia und Tomasz ins Taxi stiegen. „Janz jroßet Kino, wie die alle hier durcheinanderwuseln. Ick globe, alle Bullen Berlins sind hier anjereist, und die Großkopferten sowieso."

„Ja, ist ein mächtiger Auftrieb", sagte Claudia, die sich zunehmend nach der Ruhe ihres Büros sehnte, um Ordnung in ihr gedankliches Chaos zu bringen. „Tomasz, wir bestücken erst mal das Whiteboard und schreiben dann noch ein Protokoll. Bevor wir irgendwen oder irgendwas vergessen. Die vielen Beteiligten machen das Ganze sehr unübersichtlich."

„Sei froh, dass das nicht in Polen passiert ist, da wären Tausende Gläubige gekommen."

„Wieso haben die überhaupt ne Spur jesperrt, dit is doch bescheuert, die verursachen ohne Not een Verkehrschaos."

„Keine Ahnung, war wohl eine Vorsichtsmaßnahme. Ein Wunder, dass die nicht auch noch den Staatsschutz alarmiert haben", sagte Claudia.

„Ick sach ja, allet Unheil kommt von die Rilljohn", ließ der Taxifahrer die beiden Beamten an seiner Weltsicht teilhaben.

„Vorsicht, Katholik an Bord“, sagte Claudia.

„Wieso, er hat ja gar nicht so unrecht. Vielleicht nicht alles Unheil, aber doch vieles. Nicht nur von Religionen, auch Ideologien können sich, sobald sie fanatisch und mit Ausschließlichkeitsanspruch verfolgt werden, in Unheil verwandeln“, sagte Tomasz.

Claudia nickte. Der Neue gefiel ihr immer besser.

„Trotzdem möchte ich meine Kirche nicht missen. Als wir nach Deutschland gekommen sind, war die Kirche der einzige Platz, an dem sich meine Eltern in Berlin zu Hause gefühlt haben. Und mich hat die Kirche als Kind sozusagen in den Arm genommen, man hat sich um uns gekümmert. Mit Sommerferiencamps, mit der katholischen Pfadfindergruppe, ich habe im Jugendzentrum Gitarre spielen gelernt und mir Bücher aus der Bibliothek geholt, regelmäßig kam der Pfarrer zu meinen Eltern nach Hause und hat gefragt, ob alles in Ordnung sei. Ehrensache, dass man dann auch Messdiener wurde. Es war eine sehr behütete Kindheit und Jugend in der polnischen Mission in Kreuzberg. Ich selbst habe nie eine schlechte Erfahrung mit der katholischen Kirche oder mit einem ihrer Vertreter gemacht. Es gibt ja diesen Spruch: Es braucht ein ganzes Dorf, um ein Kind großzuziehen. Wenn du in der Großstadt lebst, kannst du dich glücklich schätzen, wenn du in der Geborgenheit einer solchen Gemeinschaft aufwächst.“

„Interessant.“ Claudia musterte ihn aufmerksam. „Das ist für mich wie ein fremdes Land, aber so in etwa dürften wohl auch die Afrikaner empfinden, die von der englischsprachigen Mission betreut werden.“

„Ganz sicher ist ihre Bindung noch stärker, denn sie sind viel weiter weg von zu Hause und leben hier in einer anderen Kultur. Und Afrikaner ist ja nicht gleich Afrikaner. Das sind viele verschiedene Nationalitäten und noch mehr verschiedene Stämme. Wenn wir Polen nach Hause wollten, dann sind wir mal eben am Wochenende hingefahren, um Oma und Opa zu besuchen."

„Wie alt warst du, als ihr nach Deutschland gekommen seid?"

„Sechs. Ich kam in die Schule, ohne ein einziges Wort Deutsch zu sprechen. Das ging allerdings mehr als der Hälfte unserer Klasse so."

„Das stelle ich mir sehr schwer vor für die Kinder", sagte Claudia.

„Und erst recht für die Lehrer", sagte der alte Droschkenkutscher.

Tomasz lachte.

Personalangelegenheiten

Double-u stand inmitten der Gläubigen im St.Vinzenz-Haus. Pfarrer Ambrose kündigte an, dass am kommenden Sonntag ein Gedenkgottesdienst für Pater Ludger abgehalten werden sollte. Die Mienen der Gemeindemitglieder waren wie versteinert. Offensichtlich tief erschüttert falteten sie die Hände zu einem gemeinsamen Gebet. Die Menschen hier standen eindeutig unter Schock. Nur der nervöse junge Mann fehlte.

Double-u sah auf seine Uhr. Er sollte früher ins *Blue Light* fahren. Nach Schichtende würden die Kollegen von der Wache 42 in der Hauptstraße seine Kneipe stürmen, ebenso wie Freesinuss und seine Kollegen von VB1. Da würde er vermutlich mehr erfahren als hier vor Ort.

„Wat machst du denn schon hier, Sonnenstich jekricht?“, begrüßte ihn Rosie kurz darauf, als er aus dem gleißenden Sonnenlicht in die mit blauem und rotem Neonlicht beleuchtete Kneipe trat.

„Toter Priester in St. Elisabeth“, informierte Double-u Rosie, die so etwas wie die Mutter der Kompanie war. „Hast wohl keinen Polizeifunk gehört, was?“, fügte er lächelnd hinzu. Er wusste, dass Rosie über Jahrzehnte den

Polizeifunk abgehört hatte. So war sie immer informiert, was ihre „Junx“ gerade bewegte, egal, ob die „Junx“ nun Jungs oder Mädels waren.

Die Kommissare der Berliner Mordkommissionen waren Rosies Ziehkinder. Aber nicht nur seine ehemaligen Kollegen in der Keithstraße beteten Rosie an, auch der gesamte Zirkus drum herum war Rosie verfallen. Dreiunddreißig Jahre hatte Rosie ihre eigene Kneipe in der Landhausstraße geführt und von einem gemütlichen Lebensabend auf Mallorca geträumt. Generationen von Kommissaren, Kriminaltechnikern und anderen Polizisten hatten bei ihr ihre Triumphe gefeiert und ihre Niederlagen ersäuft, sie hatten bei ihr mit Staatsanwälten gekungelt, mit Kollegen Deals ausgehandelt, auf Inspektionsleiter geschimpft und Polizeipräsidenten verflucht. Sie hatten ihre Scheidungen genauso begossen wie ihre Hochzeiten, ihren Nachwuchs und Geburtstage. Rosie kannte jeden Einzelnen von ihnen und seine Geschichte.

Sie hatte sich ein schönes Haus in Portocolom gebaut, und dorthin zog sie, als sie ihre Kneipe verkauft hatte. Aber da waren eben nicht ihre „Junx“.

„Ein Pope? Wer übernimmt?“, fragte Rosie.

„Claudi.“

„Oha. Und Lohfinger ist im Urlaub, wa?“

Bevor Double-u das *Blue Light* eröffnet hatte, war er auf Claudias Rat hin nach Mallorca geflogen und hatte Rosie besucht. Er musste immer noch lachen, wenn er daran dachte, wie er Rosie schlussendlich überredet hatte, zurückzukommen. Nie hatte er in den zehn Jahren bei der

Mordkommission jemanden so in die Mangel nehmen müssen, bis er einen Erfolg zu verbuchen hatte. Rosie war ein verdammt zähes Luder.

„Aber ich komme nur zur Eröffnung, die ersten Wochen, bis sich das mit deiner Kneipe eingespielt hat", hatte Rosie schließlich zugestimmt, nachdem er sie bei etlichen Flaschen Rotwein bearbeitet hatte. Und Rosie vertrug eindeutig mehr Rotwein als er. Es war das erste und letzte Mal, dass er sich diesbezüglich mit ihr angelegt hatte.

Das war jetzt über ein halbes Jahr her. Seit kurzem stand Rosies Finca in Mallorca zur Vermietung bei Airbnb und Rosie immer noch hinter dem Tresen im *Blue Light*, ein Arrangement zur allgemeinen Zufriedenheit.

Rosie war schon rein optisch ein Original: Sie hatte die Figur eines Kaltblüters, abgesehen von ihrem erstaunlichen Hinterteil und einem wogenden Busen war sie nicht eigentlich dick, sondern eher robust. Sie hatte ein rundes Gesicht und dünne Haare, die sie karottenrot färbte, manche nannten es orange, andere verfärbt. Da ihre Haare so brüchig waren wie ein Neuköllner Abrisshaus, gelang es ihr nur sehr unzureichend, diese Pracht oben auf dem Kopf zu einem Knoten zu befestigen, so dass um sie herum immer ein Kranz von dünnen roten Flusen leuchtete, die in alle Windrichtungen abstanden. Dazu liebte sie auffällige Gewänder in leuchtenden Farben mit stilisierten Mustern.

Rosie konnte man also nicht übersehen, aber noch weniger überhören. In ihrer Stimme lag der Rauch von täglich mindestens fünfzig filterlosen Zigaretten, auch wenn sie ihre letzte Packung Gauloises in der Nacht zum ersten

Januar 2008 vor ihrer Kneipe mit einem Böller atomisiert hatte. Es war ihre Art, das Rauchverbot in der Berliner Gastronomie zu kommentieren.

„Schätze, es wird voll werden heute Abend", sagte Double-u. „Den Aufmarsch hättest du sehen sollen."

„Kann ick mir jut vorstellen. St. Elisabeth, sagst du? Ist das nicht in der Kolonnenstraße?"

„Exakt, Abschnitt 42."

„Also umme Ecke. Sag Cookie Bescheid, dass er ordentlich vorbereitet."

Double-u ging am Tresen vorbei in die Küche. Agathe war bereits vor ihm in die Küche gelaufen und ließ sich von Cookie mit ein paar Leckerlis verwöhnen, die er immer für die Hundedame zur Seite legte.

„Was hast du denn heute Schönes gezaubert?", fragte Double-u seinen Koch Denis, den alle im *Blue Light* nur Cookie nannten. Der Spitzname Cookie bezog sich auf Denis' Funktion und nicht etwa auf sein Äußeres.

Der junge Mann maß rund zwei Meter, hatte Schultern wie ein Wrestling-Star und Hände wie ein Schaufelbagger. Trotz seiner weichen Gesichtszüge, seiner Hamsterbäckchen und seiner babyblauen Augen würde sich niemand freiwillig mit Cookie anlegen.

Denis war Double-us letzter Fall bei der Mordkommission gewesen. Double-u und Claudia waren überzeugt gewesen, dass Denis seinen Stiefvater in Notwehr erstochen hatte. Sie hatten diesem gutmütigen Riesen geholfen, so gut sie konnten. Auch wenn sein Leben total aus den Fugen geraten war, war er den beiden Kommissaren so dankbar, dass er seinen alten Job in einem Berliner Puff gekündigt hatte und jetzt den Kochlöffel im *Blue Light* schwang. Was die Stammgästeschar im *Blue Light* um ein paar Schönheiten der Nacht durchaus bereicherte.

„Willste mal kosten?“, fragte Cookie und reichte Double-u einen Löffel.

„Hhm, was ist das?“

„Remoulade!“, sagte Cookie und gab klein geschnippelte Gurken in die Schüssel.

„Ich hoffe, die Remoulade ist mit Hellmann’s Mayonnaise?“

„Aber hallo!“

Double-u importierte inzwischen seine Lieblingsmayonnaise selbst aus England. „Boah, geil. Was gibt’s dazu?“

„Ick hab Eisbein-Sülze jemacht, und dazu jibts Bratkartoffeln. Ick dachte, bei dem Wetter musste wat Kaltet machen.“

„Gute Idee. Deine Bratkartoffeln sind immer der Hammer“, sagte Double-u.

„Und wer keene Sülze will, kricht Brathering!“

„Super! Ich schätze, heute Abend wird es voll werden, in der Kolonnenstraße haben sie einen Priester umgebracht, die Direktion 4 ist fast vollzählig angetreten. Schaffst du das mit den Bratkartoffeln, wenn viele Bestellungen gleichzeitig kommen?“

„Werden ja nicht alle Bratkartoffeln essen. Aber weeßte wat, ick mach noch schnell’n paar Salate.“

„Hört sich gut an. Bleibst du dann, bis der Anfall vorbei ist?“

„Na logo, kannst mir ooch später noch holen, falls die mal wieder mitten in die Nacht kommen."

Denis hatte die kleine Wohnung hinter der Kneipe bezogen, was für beide Seiten ein großer Vorteil war. Cookie war Tag und Nacht einsatzbereit, Kochen war für den jungen Mann seine Art, Zuwendung, Liebe und Dankbarkeit zu zeigen. Nichts machte ihn glücklicher, als gebraucht zu werden. Außerdem lenkte es ihn von seinen eigenen Lebensumständen ab. Double-u, Claudi und Rosie waren für Denis eine Art Ersatzfamilie geworden, an der er all das wiedergutmachen wollte, was er meinte, in seiner eigenen Familie versäumt zu haben. Seine Mutter war seit den tragischen Ereignissen im letzten Jahr in einer geschlossenen psychiatrischen Einrichtung untergebracht.

Keithstraße

„Hallo Simone“, begrüßte Claudia die Schreibkraft ihrer Mordkommission.

„Hi Claudi, ihr habt ja ganz schön für Verwirrung gesorgt“, sagte Simone, normalerweise ein Fels in der Brandung.

„Wieso das jetzt?“

„Dolmetscher in Nigerianisch. Ich glaube, mein Schwein pfeift.“

„Ich habe schon gehört, fünfhundert verschiedene Stammessprachen.“

„Die haben uns für verrückt erklärt. Ich habe dann einen vereidigten Dolmetscher für Edo aufgetrieben. Aber Ivie spricht kein Edo, das wird in Zentral-Nigeria nur von dem Stamm der Edo gesprochen. Tina und Alex sind am Rand ihrer Nerven.“

„So schlimm?“

„Na ja, zusätzlich besteht der Professor darauf, dass seine Tochter wie die ganze Familie exzellentes Englisch spricht und die Befragung außerdem auch sehr gut auf Deutsch erfolgen könnte. Schließlich würde er auch in Deutsch an der FU unterrichten, und das müsse ja wohl bei uns allemal ausreichen. Der Edo-Dolmetscher hat dann gesagt, er sei auch vereidigter Pidginenglisch-Dolmetscher, was die Familie Bankole noch mehr auf die Palme gebracht hat. Der Professor ist in seiner Ehre gekränkt, der hat das Gefühl, dass man ihn als Menschen zweiter Klasse ansieht. ‚Wir sind ja nur die dummen Afrikaner', hat er geschrien. Ist ein wenig jähzornig, der Mann."

„Ach herrje, das war gar nicht unsere Absicht. Was machen Tina und Alex jetzt?"

„Die befragen den afrikanischen Küster. Der Dolmetscher für Kinyarwanda ist nämlich bereits eingetroffen. Ich muss wieder rein, wollte nur schnell Kaffee machen."

„Danke, Simone. Wo ist der aufgebrachte Professor jetzt?"

„Er ist mit seiner Familie ins *Il Sorriso* abgeschwirrt. Was essen."

„Na klar, die haben jetzt Hunger, Mittagessen ist ja ausgefallen. Sind die telefonisch zu erreichen?"

„Klar, sonst hätten wir sie nicht gehen lassen."

„Das kann ja heiter werden", sagte Claudia, als Tomasz das Büro betrat. Seit Claudia die stellvertretende Leiterin der Mordkommission war, musste sie sich das Büro mit ihrem Chef Lohfinger und dem Besprechungstisch teilen. Ihr Platz im Nebenraum war seit Beginn des Monats mit Tomasz besetzt worden, der Platz von Double-u wegen Personalmangels leer geblieben. Es gab nicht genug qualifizierte Anwärter, so dass ihre Mordkommission anstatt wie üblich mit acht Mitarbeitern nunmehr nur mit sieben Ermittlern bestückt war. Und im Moment waren sie wegen Lohfingers Urlaubs bloß zu sechst – wenig Personal für einen riesigen Ermittlungsaufwand, befürchtete Claudia.

„Wir haben noch nicht mal angefangen, und schon fühlt sich jemand auf den Schlips getreten." Claudia berichtete ihm von der Aufregung um den Dolmetscher.

„Ich verstehe aber auch euer Problem nicht, ehrlich gesagt. Wieso kann der FU-Professor nicht die Aussage seiner Tochter auf Deutsch übersetzen? Ich meine, der kann doch wohl genug Deutsch, um auf Studenten losgelassen zu werden."

„Wir sind da so empfindlich, weil wir es mehr als ein Mal erlebt haben, dass uns der fehlende Dolmetscher vor Gericht zu unserem Nachteil ausgelegt und Aussagen nicht anerkannt oder widerrufen wurden", erklärte Claudia.

„Was sagt denn der Staatsanwalt dazu?", fragte Tomasz.

„Gute Idee, soll Fliege entscheiden", fand Claudia und rief Dr. Holger Brenner an. Brenner lachte, als Claudia ihm den Fauxpas mit dem Nigerianisch beichtete.

„Und das Mädchen spricht nicht gut genug Deutsch?", fragte Brenner.

„Das ist wohl nicht so ganz perfekt, hat Alex gesagt, die Familie ist erst seit elf Monaten in Deutschland, und Ivie geht auf die Kennedy-Schule, wo in Englisch unterrichtet wird", sagte Claudia.

„Ich schlage vor, ihr überprüft, ob der Professor tatsächlich an der FU auf Deutsch unterrichtet. Wenn die Angaben stimmen, denke ich, dass Ihr eine Ausnahme machen und den Vater als Dolmetscher einsetzen könnt. Das muss natürlich im Vernehmungsprotokoll und in einem gesonderten Aktenvermerk in der Ermittlungsakte dokumentiert werden. Trotzdem wird es euer Problem auf Dauer nicht lösen. Da schwirren ja noch mehr Leute aus

Nigeria rum, allen voran dieser kleine, agile Missionsleiter. Obwohl der wirklich perfekt Deutsch spricht, wenn auch mit einem fürchterlichen Akzent."

„Danke, Holger. Allerdings sind wir in der Bredouille, dass wir dann nicht wissen, ob der Vater genau das übersetzt, was seine Tochter sagt, oder ob er uns was serviert, was er gern möchte, das seine Tochter sagt."

„Die spricht doch Englisch. Ihr auch. Der Vater soll Deutsch/Englisch übersetzen."

„Gute Idee, danke dir."

„Dafür nicht. Ach, und Claudi, ich kann in solchen Fällen wirklich nur empfehlen, einfach mal zu googeln."

Claudia nickte und fragte sich, warum Simone nicht auf die Idee gekommen war. Sie rief rasch bei Wikipedia den Nigeria-Artikel auf und musste feststellen, dass von dort auch keine Hilfe zu erwarten war, da es wohl mehrere Sprachen gab, die von Millionen Menschen in Nigeria gesprochen wurden. Es war ausschlaggebend, aus welcher Region jemand kam. Hatte das jemand bei dem Professor und seiner Tochter erfragt?

Claudia schickte Simone eine Message ins Vernehmungszimmer, wie mit der Befragung der Bankoles zu verfahren sei.

„Lass uns anfangen, solange Tina und Alex noch den Küster befragen", sagte Claudia zu Tomasz. „Könntest du uns einen Plan von der Sakristei zeichnen, aus dem hervorgeht, wo die Eingänge beziehungsweise Ausgänge liegen?"

„Klar, ich kann auch die angrenzenden Gebäudeteile mit in die Zeichnung einbeziehen, damit wir wissen, von wo aus man die Ausgänge im Blick haben kann."

„Sehr gute Idee. Mach!“

Tomasz nahm einen grünen Stift und fing auf dem Whiteboard an zu zeichnen, während Claudia mit dem Protokoll begann, um sich zu sortieren.

Ein Lachen unterbrach sie.

„Was ist?“

„Ich fürchte, ich bin gerade an die Grenzen meiner Darstellungskunst gekommen“, sagte Tomasz.

Claudia stand auf und besah sich die Zeichnung. „Wieso, sieht doch gut aus.“

„Nee, wenn ich das als Draufsicht zeichne, fehlt mir der Ausgang im ersten Stock von der Sakristei.“

„3D wäre zwar eine Lösung, aber zu kompliziert. Mach doch einfach einen Pfeil dahin, wo die Treppe ist, und zeichne den oberen Stock obendrüber – äh, also an der Seite.“ Auch Claudia musste nun lachen. Die erstaunlich klare Zeichnung hatte Tomasz so in die obere linke Ecke des Sideboards gequetscht, dass weder ein Drüber noch ein Seitwärts möglich war. „Also unten drunter mit Sternchen“, schlug sie vor.

Tomasz hatte sich bereits einen Schwamm genommen und die komplette Zeichnung gelöscht. „Wer abrutscht, kann noch mal“, sagte er.

Bevor sich Claudia wieder ans Protokoll machen konnte, betraten Tina und Alex das Büro.

„Wie ist es gelaufen mit dem Küster und dem unbekannten Dolmetscher?“, fragte Claudia.

„War ganz schön anstrengend“, sagte Alex und setzte sich gegenüber von Claudias Schreibtisch.

„Und sehr interessant", fügte Tina hinzu, „wir berichten später. Hat Simone jetzt einen Dolmetscher für den durchgeknallten Prof gefunden?"

„Ja, er soll selbst dolmetschen. Und zwar von Deutsch nach Englisch. Ich werde es ihm persönlich erklären und mich für das Kuddelmuddel entschuldigen", sagte Claudia und griff zum Telefon.

Eine Viertelstunde später traf Professor Toyin Bankole mit Frau Dora und Tochter Ivie ein. Claudia begrüßte die Familie mit einer Entschuldigung: „Bitte fassen Sie es als Kompliment an die Nigerianer auf, dass wir nicht in ihren Sprachen bewandert sind. Wir hatten noch nie einen Zeugen aus Ihrem Land bei uns in der Mordkommission, geschweige denn einen Beschuldigten", sagte sie. „Wie ich gehört habe, sprechen Sie ein exzellentes Deutsch und Ihre Familie ebenso gut Englisch. Würde es Ihnen etwas ausmachen, wenn wir Sie als Dolmetscher für Ihre Tochter anheuern?"

„Das ist natürlich überhaupt kein Problem, wie ich Ihnen vorhin schon gesagt habe", antwortete der Professor und wandte sich dann auf Yoruba an seine Familie.

„Wir würden Sie bitten, dass Sie von Deutsch ins Englische übersetzen, damit wir nachvollziehen können, was Sie sagen", sagte Claudia.

„Ah", sagte der Vater, „das verstehe ich." Und zu seiner Tochter gewandt: „Okay, they want me to translate in English so they can understand what I say."

„They want to control", sagte Dora Bankole.

Na klar, dachte Claudia.

„Ich überlasse Sie dann meinen Kollegen und verabschiede mich“, sagte Claudia und leitete die Familie zu Tina und Alex weiter.

Zeugenvernehmung

Die Kleine ist total durch den Wind, dachte Tina, als sie gegenüber von Ivie Platz genommen hatte. Natürlich war der Anblick des toten Priesters schrecklich gewesen, aber Tina konnte sich des Eindrucks nicht erwehren, dass Ivie große Angst hatte.

„Das war sicher ein furchtbarer Schreck für Sie heute früh", sagte Tina auf Deutsch.

Der Professor antwortete in perfektem, wenn auch nicht ganz akzentfreiem Deutsch: „Das kann man wohl sagen! Wir wussten gar nicht, was mit unserer Tochter geschehen ist."

Alex übersetzte ins Englische und wandte sich dabei direkt an die Tochter. Danke, dachte Tina.

Ivie hielt den Blick gesenkt und nickte nur leicht.

„Ivie, wann sind Sie heute Vormittag in die Kirche gekommen?", fuhr Tina fort.

Der Professor sagte: „Ich habe meine Tochter um zwanzig nach elf vor der Kirche mit dem Auto abgesetzt."

„Ivie, sind Sie direkt in die Kirche gegangen?", fragte Alex.

„Ja", sagte der Professor, ohne zu übersetzen.

Verdammt, dachte Tina, so hat das keinen Zweck.

„Herr Professor, Sie waren so freundlich, sich als Dolmetscher für Ihre Tochter zur Verfügung zu stellen. Könnten Sie so freundlich sein, unsere Fragen für Ivie zu übersetzen, anstatt direkt zu antworten?"

„Ja, natürlich, aber ich habe ja gesehen, wie meine Tochter die Kirche betreten hat, da kann ich doch gleich antworten."

„Sind Sie sofort in die Sakristei gegangen?", fragte Alex. Und setzte nach: „Ivie?"

Endlich übersetzte der Vater eine Frage für seine Tochter.

„Ja."

„Ist das üblich, so lange vor der Messe da zu sein?"

„Nein", sagte der Professor, ohne zu übersetzen. „Wir waren so früh dran, weil wir letzte Woche keinen Parkplatz gefunden haben, da war wegen einer Baustelle alles abgesperrt gewesen."

„Warum sind Sie so früh in die Sakristei gegangen, Ivie?", fragte Tina, die sich zusammenreißen musste, nicht unfreundlich zu dem Professor zu werden, der diesmal allerdings wieder gut übersetzte.

Ivie hob die Schultern und spielte nervös an einem ihrer vielen kleinen Zöpfchen, die sie zu einem Pferdeschwanz in einem goldenen Ring hochgebunden hatte. Tina fragte sich, wie viele Stunden es wohl dauerte, so eine Frisur zu flechten, und wie lange so eine Frisur hielt, ohne zu verfilzen. Am liebsten hätte sie das Ivie gefragt, Frisuren waren für Tina ein wichtiges Thema, sie probierte ständig neue Haarfarben und Schnitte aus. Im Moment trug sie ihre Haare strohblond gefärbt, mit langem Pony und ausrasiertem Nacken. Doch das war jetzt wohl nicht der richtige Rahmen …

„War die Sakristei verschlossen?“, fragte Tina.

„Nein.“

Von dem ruandischen Küster hatten sie erfahren, dass die Küster die Sakristei auf- und zuschlossen. Allerdings war an dem Morgen bereits eine Messe gefeiert worden.

„Was ist Ihnen als Erstes aufgefallen, als Sie in die Sakristei kamen?“, fragte Alex.

Ivie schaute etwas verstört, obwohl der Vater diesmal wörtlich übersetzt hatte.

„Was meint er mit aufgefallen?“, fragte sie ihren Vater auf Englisch.

Tina antwortete: „War in der Sakristei alles so wie sonst oder war etwas anders? Abgesehen von Pater Ludger?“

„Das Kreuz fehlte“, antwortete Ivie.

„Ihnen ist also erst das fehlende Kreuz aufgefallen und dann der Pater, der am Boden lag?“, fragte Tina.

„Ja.“

„War sonst etwas ungewöhnlich in der Sakristei?“, fragte Alex.

„Nein.“

„Was haben Sie gemacht, als Sie Pater Ludger auf dem Boden liegend gesehen haben?“

„Ich weiß nicht ...“

„Sie hat geschrien“, sagte der Vater.

„Ja“, bestätigte Ivie. Das hatte sie offensichtlich auf Deutsch verstanden.

„Ist Ihnen jemand aufgefallen, der aus der Sakristei herauskam, als sie auf dem Weg durch die Kirche in diese Richtung gelaufen sind?“, fragte Tina.

„Nein."

„War sonst etwas anders als sonst, vielleicht auch vor der Kirche? Ist Ihnen jemand aufgefallen, der nicht zur Gemeinde gehörte?"

„Nein." Das kam etwas zögerlich.

Wieso habe ich das Gefühl, dass Ivie nicht die Wahrheit sagt?, fragte sich Tina.

„Kannten Sie Pater Ludger?" Alex schaltete sich wieder ein.

„Ja."

„Haben Sie schon öfter bei seinen Messen gedient?"

„Ja."

„Wie war er, dieser Pater Ludger?"

„Er war ein wundervoller Priester", antwortete wieder der Vater, ohne zu übersetzen.

„Das wollte ich gern von Ihrer Tochter hören. Ivie, mochten Sie Vater Ludger?"

„Ja. Ja, klar."

Das klang nicht besonders überzeugend, dachte Tina.

„Aber er war nicht Ihr Lieblingspriester?", fragte Alex.

„Mein Lieblingspriester ist Dr. Awojobi." Das klang aufrichtig begeistert.

„Wieso mochten Sie ihn lieber als Pater Ludger?"

„Ich mag seine Predigten. Die sind lustig."

„Er ist Nigerianer", ergänzte Professor Bankole.

„Und die von Pater Ludger waren nicht lustig?"

„Er ist schon alt", sagte Ivie.

„Ivie will sagen, dass Pater Ludger nicht so temperamentvoll gepredigt hat wie Dr. Awojobi", erklärte der Vater.

„Gab es Probleme mit Pater Ludger?"

„Nein!“, sagte Professor Bankole.

„Nein!“, sagte auch seine Tochter.

„War Pater Ludger in der Gemeinde beliebt?“

„Ja, sehr“, sagte der Professor.

Tina warf ihm einen Blick zu, der die meisten Männer zum Strammstehen verleitet hätte.

„Ist die Sakristei außerhalb der Gottesdienste immer verschlossen?“, fragte Tina.

„Eigentlich ja“, antwortete Ivie.

„Was heißt: eigentlich?“

„Normal schon.“

„Und was ist nicht normal?“

„Weiß nicht.“

„Wissen Sie, wo der Schlüssel für die Sakristei aufbewahrt wird?“

„Ja.“

„Verraten Sie uns das Geheimnis?“

„Den hat der Küster.“

„Welcher Küster? Der von St. Elisabeth oder der Küster der englischsprachigen Mission?“

„Beide.“

„Gibt es einen Ersatzschlüssel? Für den Notfall, falls der Küster einen Unfall hat oder so?“

Ivies Augenlider flatterten, als ihr Vater die Frage übersetzte.

„Bestimmt.“

„Wissen Sie, wo der aufbewahrt wird?“, fragte Alex.

„Nein.“ Das kam sehr zaghaft.

„Wirklich nein?“

„Nein.“ Ivie starrte Tina in die Augen.

Sie lügt, jetzt war sich Tina sicher. Aber warum lügt sie?

„War Pater Ludger lieb zu Ihnen?", fragte Alex.

„Wie meinen Sie das?", wollte der Vater mit einer gewissen Schärfe wissen.

„Hat er sich Ivie mal in unziemlicher Weise genähert?", legte Alex nach.

„Ich bitte Sie, das ist doch wohl …", empörte sich der Professor.

„Entschuldigen Sie bitte, ich muss Sie das fragen."

„Nein, das müssen Sie nicht." Der Professor stand auf und sagte etwas in seiner Heimatsprache zu seiner Familie.

„Ivie, wir benötigen noch Ihre Fingerabdrücke und Ihre DNA, damit wir Sie als Täterin ausschließen können. Wir nehmen die Fingerabdrücke und DNA von allen, die Zutritt zur Sakristei hatten."

Der Professor schnaubte widerwillig.

„Würden Sie das bitte übersetzen", sagte Tina.

Der Professor schüttelte den Kopf. „Was soll das, meine Tochter ist doch wohl keine Verdächtige!"

„Bitte, das ist reine Routine. Wir versichern Ihnen, dass die Daten sofort gelöscht werden, wenn der Fall abgeschlossen ist. Es tut uns leid, aber Ivie war in der Sakristei und hat dort Abdrücke hinterlassen."

Der Professor übersetzte. Seine Frau stieß einen kleinen, spitzen Schrei aus. Ivie rutschte auf ihrem Stuhl hin und her und schaute wie ein waidwundes Reh.

„Vielen Dank, dass Sie uns Ihre Zeit geopfert haben. Wenn wir noch Nachfragen haben, dürfen wir Sie anrufen?", fragte Tina.

„Natürlich, meine Nummer haben Sie ja."

„Simone begleitet Sie", sagte Tina.

„Herzlichen Glückwunsch, den hast du gerade noch mal so richtig auf die Palme gebracht", sagte Tina zu Alex, nachdem die Familie den Raum verlassen hatte.

„Aber wir müssen doch ausschließen, dass Ivie oder jemand anderer von dem Priester belästigt worden ist."

„War doch klar, dass der Alte bei so einer Frage ausflippt", sagte Tina.

Meeting

Mitternacht war bereits vorbei, als sich alle am Konferenztisch versammelten.

„Lasst uns zunächst mal festhalten, wo wir stehen, und die bereits vorhandenen Aussagen vergleichen", sagte Claudia. „Wie lief es denn mit Ivies Befragung?"

„Irgendwas stimmt da nicht, ich werde das Gefühl nicht los, dass das Mädchen lügt. Aber es war einfach nicht möglich, da nachzubohren, der Vater hat alle intimeren Fragen abgeblockt", schloss Tina.

„Halten wir fest, was wir erfahren haben", mahnte Claudia. „Ivie wurde um zwanzig nach elf von ihrem Vater vor der Kirche abgesetzt. Sie hat niemanden aus der Sakristei kommen sehen, und man hat vom Eingang aus einen guten Blick auf die Sakristei am Ende des Kreuzgangs. Sie sagt, sie sei direkt in die Sakristei gegangen, es kann sich also nur um maximal fünf Minuten gehandelt haben, länger benötigt man nicht, um vom Eingang in die Sakristei zu gelangen. Fest steht, dass Ivie halb Schöneberg zusammengeschrien hat, als sie die Leiche von Pater Ludger gefunden hat."

„Der erste Notruf ist um elf Uhr dreiunddreißig eingegangen. Und zwar von“, Matze schaute auf seine Notizen, „Frederik Amari Lowassa. Es sind dann noch mehrere Notrufe eingegangen. Die Personen, die bereits in der Kirche waren, hat das Team von Freesinuss im Vorraum separiert, von den fünfzehn Personen hatten acht den Notruf gewählt. Wir haben alle einzeln befragt, die Personalien hatte bereits VB1 festgestellt. Niemand hat jemanden die Sakristei durch das Kirchenschiff verlassen sehen, die Aussagen sind absolut identisch.“

„Der Tod von Pater Ludger muss laut Mendels erster, natürlich noch ungenauer Aussage kurz vor Ivies Eintreffen in der Sakristei eingetreten sein“, sagte Claudia. „Tina und Alex, was sagte denn der ruandische Aushilfsküster?“

„Paul Ndwaniye heißt der Mann. Der erklärte, er sei um Viertel vor elf in der Sakristei gewesen, um alles herauszulegen, was für die Zwölf-Uhr-Messe gebraucht wurde. Die Sakristei sei zu diesem Zeitpunkt leer und nicht verschlossen gewesen“, sagte Alexander der Große.

„Habt ihr ihn gefragt, wann er die Sakristei verlassen hat und durch welchen Ausgang?“

„Ja, klar. Er schätzt, dass er die Sakristei so gegen elf Uhr verlassen hat.“

„Diese Aussage deckt sich mit der Aussage des regulären Küsters von St. Elisabeth, der heißt“, Ekki blätterte in seinen Unterlagen, „Ulf Torwald. Er habe die Sakristei am Morgen um kurz nach sieben Uhr aufgeschlossen und dort nach der morgendlichen Messe aufgeräumt, die Gefäße gewaschen und zurückgestellt und die Gewänder ordentlich zurückgehängt. Er habe die Sakristei danach nicht verschlossen. Kurz nach elf sei er wieder in die Kirche gegangen, weil er die technischen Geräte anschalten musste. Also den Beamer, mit dem sie die Liedtexte an die Wand projizieren, und die kleine Tonanlage vorn im Chorgestühl."

„Konnte das jemand bezeugen?", fragte Claudia.

„Ja, dass der Küster sich zum Zeitpunkt der Auffindung der Leiche im Kirchenschiff in der Nähe der Technik befand, bestätigen sowohl dieser Paul Ndwaniye als auch drei der Personen, die in der Kirche gebetet hatten."

„Wo war dieser Ulf Torwald vorher?"

„Er sei bei sich zu Hause gewesen, frühstücken", sagte Ekki.

„Hat ihn jemand zurückkommen sehen?"

„Ja, Paul Ndwaniye, der afrikanische Küster. Er hat ausgesagt, dass er den Küster draußen vor der Kirche getroffen habe, nachdem er die Sakristei verlassen hatte. Er hat natürlich nicht auf die Uhr geschaut. Aber es muss zu dem Zeitpunkt gewesen sein, zu dem aller Wahrscheinlichkeit nach der Mord geschehen ist", sagte Tina.

„Wenn das alles stimmt, muss der Mord nach elf und vor elf Uhr dreiunddreißig begangen worden sein. Tomasz, kannst du das bitte ans Whiteboard schreiben? Und wir listen mal diejenigen auf, die in der Kirche gesehen wurden, inklusive Uhrzeiten. Vielleicht finden wir ja den einen oder anderen Widerspruch", schlug Claudia vor.

„Das Problem ist", gab Tomasz zu bedenken, „dass die Sakristei mehrere Eingänge hat. Die offensichtlich auch alle geöffnet waren. Das heißt, dass jemand die Sakristei betreten konnte, ohne in der Kirche gesehen zu werden, und auf demselben Weg wieder verlassen."

„Was war denn mit diesen Exerzitienmenschen?"

„Die waren angeblich gar nicht in der Sakristei, sondern seien nur in dem Raum oben gewesen, allerdings zur Acht-Uhr-Messe. Ich habe noch nicht alle erreicht, aber ich glaube, diese Spur führt ins Leere", sagte Matze. „Die waren zur vermutlichen Tatzeit zusammen in einem Raum. Ich checke nur, ob einer aus der Gruppe diesen Seminarraum verlassen hat, beziehungsweise ob wirklich alle anwesend waren."

„Was sagen denn unsere Datenbanken? Finden wir jemanden unter denjenigen, die sich in der Kirche befanden, einen, der vorbestraft ist?", fragte Claudia.

„Vergiss es. Alle Namen, die wir bis jetzt eingegeben haben, sind so sauber wie ein frisch gepuderter Babypopo", sagte Ekki. Er sah genauso müde aus wie sein Partner Matze. Man sah den beiden älteren Kriminalbeamten an, dass sie einen harten Tag hinter sich hatten.

„Was ist mit der Liste derjenigen, die außerdem zur Sakristei Zugang hatten?"

„Die haben wir erst heute Abend bekommen. Wir werden von allen Fingerabdrücke nehmen müssen, um diese mit den Fingerabdrücken in der Sakristei zu vergleichen. Eine echte Sisyphusarbeit."

„Gibt es schon was von den Kriminaltechnikern, Schmitti?", fragte Claudia.

„Die beneide ich nicht. Das sah in der Sakristei aus wie auf einem Kaufhaus-Grabbeltisch, Fingerabdrücke, so weit der Puder reichte."

„Wenn ich das jetzt richtig sehe, so hätte jeder in die Sakristei gehen können, da sie zum Zeitpunkt des Mordes nicht verschlossen war." Claudia dachte einen Moment nach. „Wenn wir also mit der Tatortbeobachtung nicht weiterkommen, müssen wir uns jetzt die möglichen Motive vornehmen. Ich habe vorhin kurz mit Herrn Dr. Schleinitz gesprochen."

„Hört, hört, jetzt ist Haffe plötzlich Herr Dr. Schleinitz", frotzelte Matze.

Claudia warf ihm einen warnenden Blick zu. „Haffe hat die Familie benachrichtigt, weil er den Neffen des Ermordeten kennt. Der Tote, Dr. Ludger Meerbusch, stammt aus Warendorf. Die einzigen Angehörigen sind Elmar Meerbusch, sein jüngerer Bruder, dessen Frau Maria und sein Neffe Andries und dessen Frau Lisa. Ungünstigerweise liegt Elmar Meerbusch selbst im Sterben, so dass weder seine Frau noch sein Sohn von seiner Seite weichen. Haffe hat uns um Rücksichtnahme auf die Familie gebeten, seiner Meinung nach eine hoch angesehene Familie. Landwirte, die große Bauernhöfe im Münsterland besitzen. Ludger hat auf sein Erbe verzichtet und ist in ganz jungen Jahren bereits zu den Afrikamissionaren gegangen. Danach hat er wohl die meiste Zeit seines Lebens in Ruanda gelebt."

„Ausgerechnet Ruanda", sagte Tomasz. „Da war Mord doch an der Tagesordnung! Die Hutu haben 1994 eine Million Tutsi ermordet."

„Ich schlage vor, dass Tina und Alex sich morgen früh als Erstes diesen Orden der Afrikamissionare anschauen und die Wohnung oder das Zimmer, oder wie auch immer ich mir das in so einen Orden vorstellen muss, unter die Lupe nehmen. Sprecht mit seinen Ordensbrüdern. Wenn wir über Tatortspuren nicht weiterkommen, müssen wir uns das Opfer ganz genau anschauen und nach Tatmotiven suchen."

„Klar", sagte Tina.

„Ekki und Matze arbeiten die Liste der Menschen ab, von denen wir heute die Personalien aufgenommen haben. Und du, Tomasz, du recherchierst bitte über Ruanda. Ich will mehr über den geschichtlichen Hintergrund wissen. Wie gesagt, wir suchen mögliche Motive."

Claudia warf einen Blick auf die Uhr. Mit einem Mal merkte sie, dass sie Hunger hatte. Kein Wunder, sie hatte seit Mittag nichts gegessen. „K 11?", fragte sie in die Runde. Keiner der Kollegen hatte etwas gegen einen Absacker einzuwenden.

Blue Light

„Du kannst mit mir fahren“, sagte Claudia zu Tomasz. Der junge Kriminalkommissar zur Anstellung, wie sein offizieller Titel lautete, hatte dunkle Schatten unter den Augen und um das Kinn herum, was ihm ziemlich gut stand, wie Claudia bemerkte. Der Junge brauchte eindeutig eine Mütze Schlaf, aber vorher etwas Ordentliches zu essen.

„Was ist das denn? Ich dachte, das sei was Dienstliches?“, fragte Tomasz erstaunt, als sie in der Kurfürstenstraße 11 ausstiegen.

„Ja, K 11. Das ist der Code für unsere Stammkneipe. Sagte ich das nicht?“ Claudia lächelte. „K 11“ war die in den meisten Bundesländern übliche polizeiliche Bezeichnung für das Kriminalkommissariat, das Mordfälle bearbeitete. „Komm mit, hier gibt es alles, was du jetzt brauchst.“

Über der Eingangstür leuchtete ein blauer Neonschriftzug.

„*Blue Light*“, las Tomasz vor. „Eine Bullenkneipe?“

„Eine Bullenkneipe, eine Musikkneipe, eine Taxifahrerkneipe, ein paar Nutten, Nighthawks, alles, was das Herz begehrt. Komm.“ Sie öffnete die Tür.

Warme, abgestandene Luft empfing sie. Um diese Tageszeit war es hier nicht mehr und noch nicht voll, das würde sich ändern, wenn der Schichtwechsel bei den Kollegen vom Dauerdienst anstand. Am Tresen hingen einige von der Nacht übrig gebliebene Gestalten herum, während die niedrigen Tische noch zu haben waren.

„Claudi", rief Rosie hinter dem Tresen, „habt ihr das Schwein?"

Claudia schüttelte den Kopf. „Ist Double-u da?"

„Nee, der ist mit Agathe ummen Block, ausnüchtern, die ist voll wie ne Strandhaubitze."

„Ach du Schreck, was ist passiert?", fragte Claudia.

„Irgendein Idiot hat ihr Whiskey zu schlabbern gegeben. Dabei war sie jetzt wochenlang fast trocken. Für ihre Verhältnisse jedenfalls."

„Och nö, die Idioten sterben wirklich nicht aus. Machste mir ein Bierchen, Rosie? Und du?", fragte Claudia an Tomasz gewandt.

„Bier? Am frühen Morgen? Haben Sie auch was anderes?"

„Zweiunddreißig Sorten schottischen Whiskey, such dir den besten aus. Für AAs, Moslems, Buddhisten und Milchbubis halten wir auch O-Saft, Cola, Kaffee und Blubberwasser vor." Rosie wischte mit einem Geschirrtuch über den Tresen.

„Gelte ich als Milchbubi, wenn ich Kaffee vorziehen würde?", frage Tomasz.

Rosie legte den Kopf zur Seite, betrachtete ihn abschätzig und sagte: „Und wenn, wen juckt's?", während sie das Bier für Claudia anzapfte.

„Wieso gibt es hier so viele Sorten Whiskey, das braucht doch kein Mensch", fragte Tomasz.

„Wegen des Tartans“, sagte Claudia und deutete auf die Wände, die mit einer grün-blauen Schottenmustertapete bezogen waren.

„Tartans? Was ist das denn?“

„Das sind die Muster von schottischen Clans. Das an der Wand gehört dem Armstrong-Clan“, erklärte sie. „Die Tapete war schon an der Wand, als Double-u die Kneipe von einem Schotten gekauft hat.“ Und zu Rosie gewandt: „Was hat Cookie denn heute im Angebot?“

„Die Sülze mit Bratkartoffeln ist aus. Aber wir haben noch ein paar Salate und die Standards.“

„Gibt's noch Chili?“

„Haste schon mal erlebt, dass bei uns das Chili aus ist?“, lachte Rosie.

„Chili?“, fragte Claudia zu Tomasz gewandt.

„Zum Frühstück?“

„Zum Frühstück, Mittag oder Abendbrot, such dir was aus!“

„Vielleicht ne Bulette mit Kartoffelsalat? Die würde dich um Stunden nach vorn katapultieren!“, sagte Rosie.

„Haben Sie auch was ohne Fleisch?“

„Ich dachte, du bist Pole?“, sagte Claudia.

„Ja, und Vegetarier.“

„Also Müsli is hier nich, Jungchen.“

Claudia betrachtete die Szene amüsiert. Rosie hatte ihre ganz eigene Art, sich die Sympathien neuer Gäste zu sichern. Claudia war heute noch stolz auf ihren Einfall, Double-u nach Mallorca zu schicken.

„Ich bin nicht Ihr Jungchen“, pampte Tomasz zurück.

In dem Moment spürte Claudia einen Luftzug.

„Da kommt Double-u“, sagte Rosie und rief laut durch den Raum: „Na, biste wieder nüchtern, Agathe?“

„Agathe ist ein Hund?“ Tomasz schien entsetzt.

„Genau genommen eine von uns“, sagte Claudia und glitt lächelnd vom Barhocker.

„Da ist ja die Frau meiner Träume. Wat siehste müde aus, Mädchen“, sagte Double-u und schloss Claudia in die Arme.

Claudia musste lachen. Er wusste ganz genau, dass sie seit ihrem Brunch nicht mehr zu Hause gewesen war. „Hab durchgefeiert.“

„So siehste aus“, gab Double-u zurück.

„Double-u“, Claudia lächelte, „das ist unser Neuer. Tomasz Grabowski. Tomasz, das ist Robert W. Robinson. Ehemaliger Kollege. Das W steht für William. Und weil er das W immer englisch ausspricht, wenn er sich vorstellt, nennen ihn alle Double-u. Alle. Außer mir, manchmal.“

„Und außer seiner Mutter“, ergänzte Rosie. „Die nennt ihn Bobby. Schließlich hat sie ihn nach Robert Kennedy benannt.“

„Schweig, Rosie!“, brummte Double-u und streckte Tomasz die Hand entgegen. „Freut mich, dich kennenzulernen. Dein erster richtiger Mord?“

„Nö“, sagte Tomasz. „Aber mein erster bei der Mordkommission.“

„Also, ich mache uns allen jetzt ne ordentliche Portion Chili, und dann bringste den Kleenen in die Heia.“

„Tomasz ist Vegetarier“, versuchte Claudia, Double-u zu stoppen.

„Na und, dann kriegt er eben Cookies Veggie-Spezial.“

Claudia und Rosie grinsten sich an. Cookie musste immer etwas Gesundes ohne Fleisch zubereiten, darauf bestand Double-us Freundin Linh-Anh. Sie hatte sich höchstpersönlich zu Cookie in die Küche gestellt und ihn in die Geheimnisse von Hummus, Bulgur und Couscous eingeweiht. „Sach doch gleich, dass de Berberfutter willst, dit kann ick ooch“, hatte er danach gesagt. Was damals noch niemand wusste: Denis hatte auch ein Jahr in einem marokkanischen Restaurant gearbeitet.

„Die anderen kommen gleich nach“, rief Claudia Double-u hinterher.

Agathe hatte sich schnaufend zu Claudias Füßen niedergelassen und leckte mit Inbrunst ihre Schuhe. Claudia ging in die Hocke und streichelte die alte Hollandse-Herdershond-Hündin, die selig ihre Schnauze in ihren Schoß kuschelte und leise rülpste. „Olle Suffliese, du wirst morgen einen ganz, ganz bösen Kater haben!“

„Wie kann man denn einem Hund Alkohol geben?“, fragte Tomasz. Er wirkte stark irritiert.

„Sie ist ein ehemaliger Leichenspürhund. Ihr Hundeführer war Alkoholiker, leider ist er bei einem Einsatz einfach tot umgefallen. Er hat Agathe regelmäßig mit Bier abgefüllt. Double-u hat die Hündin adoptiert.“

„Das ist doch Gift für so ein Tier!“

„Ja, vor allem, wenn man bedenkt, dass Hunde Alkohol nicht über die Leber abbauen können wie Menschen. Aber er scheint auch zu konservieren, Agathe ist bereits stolze zehn Jahre alt, also so was wie die Urgroßmutter aller Leichenspürhunde.“

„Die kriegt hier nicht ihr Gnadenbrot, sondern ihren Gnadenschluck, verstehste." Rosie lachte und stellte Tomasz einen Kaffee hin. „Für kleine Polenlümmel haben wir übrigens auch Wodka."

„Der Polenlümmel trinkt keinen Alkohol", gab Tomasz zurück.

„Du schlägst wohl allen Vorurteilen ein Schnippchen, was? Soll Rosie dir vielleicht einen Grünkohl-Mango-Smoothie zaubern?"

Der Blick von Tomasz war eindeutig: Nimm mich ja nicht auf den Arm. Rosie grinste, drehte sich um und verschwand in der Küche. In dem Moment enterten Tina, Alex, Schmitti, Matze und Ekki den Laden.

Sie schoben zwei Tische zusammen und setzten sich.

„Double-u macht schon Chili für alle warm", sagte Claudia.

In dem Moment kam Rosie aus der Küche und brachte ein Glas mit quietschgrüner Flüssigkeit an ihren Tisch. „Hier, für meinen neuen Freund", sagte sie und stellte das Glas vor Tomasz auf den Tisch. „Fast so gut wie Erbensuppe mit Bockwurst."

„Was ist das denn, Rosie, willst du unseren Frischling schon vergiften?", fragte Matze.

Tomasz nahm einen vorsichtigen Schluck. „Wow, das ist ja voll lecker!", rief er Rosie hinterher, die wieder Richtung Tresen unterwegs war. „Der Polenlümmel dankt."

Rosies schmale Lippen verzogen sich von einem Ohr zum anderen. Claudia war klar, dass Tomasz das große Herz von Rosie soeben im Sturm genommen hatte. Sie hatte ihren neuen Kollegen ganz bewusst nicht vorgewarnt, weder vor der Kneipe noch vor Double-u, in dessen riesige Fußstapfen er jetzt treten musste, noch vor Agathe und erst recht nicht vor Rosie.

„Chili für alle", rief Double-u, als er aus der Küche kam. Rosie half ihm, die Teller zu dem Tisch seiner ehemaligen Kollegen zu bringen. „Und hier unser Veggie-Spezial", sagte er und stellte ein Chili vor Tomasz, das sich optisch in nichts von dem der anderen Polizisten unterschied.

„Wie kommt ihr denn voran mit dem Priester?", fragte Double-u und setzte sich dazu. „Die Kollegen von VB1 waren vorhin schon hier. Wenn ich richtig verstanden habe, habt ihr einen unübersichtlichen Tatort, der von einer unübersichtlichen Menge von Priestern und Helfern genutzt wird, und eine noch unübersichtlichere Gemengelage."

„Ein echtes Träumchen", sagte Schmitti, auf beiden Backen kauend.

„Könnte es sein, dass ich heute Nachmittag Agathe in der Kolonnenstraße gesehen habe?", fragte Claudia.

„Das konnte ich mir doch nicht entgehen lassen, so einen Mord in der Nachbarschaft", sagte Double-u und lächelte schief. „Ihr wisst ja, dass ich eine Facebook-Seite für das *Blue Light* betreibe, da kann ich schließlich nicht nur Cookies Speiseplan posten. Also habe ich ein wenig die Szenerie vor der Kirche gefilmt, die geschockten Gemeindemitglieder mit Lightshow und Orchester. Könnt ihr euch morgen auf Facebook anschauen."

„Du weißt, dass du das bald nicht mehr darfst. DSGVO und so, hallo, schon mal gehört?"

„Ja, dann muss ich jeden fragen, ob ich ihn filmen und veröffentlichen darf. Ich zittere jetzt schon vor Angst!"

„Aber bis dahin haben wir ja noch ein paar Tage Zeit!", sagte Tomasz. „Gilt ja erst ab 25. Mai."

„Tolle Idee, die Wartenden zu filmen, schade, dass wir so was nicht dürfen. Aber wenn du es auf Facebook postest, können wir uns an der Galerie ja ergötzen", sagte Schmitti.

Claudia sah auf die Uhr, es war Viertel nach vier Uhr morgens. „So, Leute, jetzt aber ab in die Heia."

Weisse Väter

Tina wusste nicht, was sie sich vorgestellt hatte. Vielleicht einen Altbau mit stuckverziertem Eingang, irgendwas mit Backstein, etwas Ehrwürdiges. Auf ein Haus aus den Siebzigerjahren mit viel Glas und in schreiender Farbe gestrichenen Fensterrahmen war sie innerlich nicht vorbereitet. Nichts deutete nach außen darauf hin, dass in diesem luftigen Bau eine Ordensgemeinschaft von Afrikamissionaren wohnte.

Ein Pater öffnete den beiden Kriminalbeamten die Tür. Er stellte sich als Peter Schramm vor und bat sie herein. Auch drinnen sah es aus wie in einer gewöhnlichen Wohnung, wenn man von dem Altar absah, den die Brüder in einer Ecke des Wohnzimmers aufgebaut hatten.

Sie wurden gebeten, an dem Esstisch in der Mitte des Zimmers Platz zu nehmen. „Darf ich Ihnen einen Kaffee anbieten?", fragte der Pater, den Tina auf Mitte siebzig schätzte.

„Gern", beeilte sich Alex zu sagen.

Der Pater nahm eine bereits vorbereitete Thermoskanne vom Tisch und schenkte jedem der beiden eine Tasse ein.

„Milch und Zucker." Pater Peter zeigte auf das Tablett in der Mitte des Tisches. „Wir stehen alle unter Schock", sagte er, während sich die Beamten bedienten. „Wissen Sie schon, wer das getan haben könnte?"

„Nein, wir ermitteln noch. Deshalb sind wir hier. Hatte Ludger Meerbusch Feinde?"

„Nein, nein, bestimmt nicht. Jedenfalls keine, von denen ich, also wir wissen. Wir haben uns bereits den Kopf zermartert, wer einen Grund haben könnte, Ludger nach dem Leben zu trachten."

„Wir, das sind Sie und …?"

„Wir leben hier zu fünft. Also, wir waren zu fünft. Bevor … Außer mir sind da noch Bruder Hartwig Senftenberg, Lothar Meisner und Gerhard Neumann."

„Und Sie gehören einem Orden an."

„Ja, wir sind Afrikamissionare."

„Sind Weisse Väter und Afrikamissionare dasselbe?"

„Ja, wir bevorzugen den Begriff ‚Afrikamissionare', weil viele denken, der Begriff ‚Weisse Väter' käme von unserer Hautfarbe. Aber viele Afrikamissionare sind heute Schwarze Menschen."

„Woher kommt der Name dann?"

„Die Missionsgesellschaft der Afrikamissionare wurde 1868 von Kardinal Lavigerie, einem Franzosen, in Algier gegründet. Der Name ‚Weisse Väter' kam von dem ursprünglichen Ordensgewand. Wir wollen die Kultur der Menschen respektieren, die Sprache des jeweiligen Landes lernen und uns mit unseren Kleidern dem Land, in dem wir wirken, anpassen. Deshalb trugen die ersten Afrikamissionare die lange, weiße, nordafrikanische Gandura und den wallenden Burnus als Ordensgewand."

„Deshalb also die Jeans und das Poloshirt“, sagte Tina und deutete auf den Missionar.

Pater Peter lächelte.

„Was war denn das Ziel des Ordens?“, fragte Alex.

„Das Christentum sollte nach ganz Afrika gebracht werden. Unser Gründer war übrigens auch ein Vorkämpfer für die Abschaffung der Sklaverei.“

„Und wieso leben Afrikamissionare in Berlin?“, fragte Tina.

„Unsere Einsatzgebiete sind heute nicht mehr auf Afrika beschränkt. Afrika ist überall. Was schätzen Sie, wie groß die afrikanische Community in Berlin ist?“

„Fünfzehntausend Menschen?“, schätzte Tina.

„Offiziell leben dreißigtausend Afrikaner in Berlin, dazu kommen deren Familienangehörige, also Ehefrauen und hier geborene Kinder. Und die eingebürgerten Afrikaner, die statistisch nicht mehr als solche erfasst werden. Sie können von rund sechzig- bis achtzigtausend Personen ausgehen.“

„Das wusste ich nicht.“ Alex wirkte nachdenklich.

„Das entspricht etwa der Einwohnerzahl von Stralsund“, sagte Tina.

„Oder von Schwäbisch Gmünd“, ergänzte Alex.

„Ihr Kollege hat uns berichtet, dass die Weissen Väter ein Afrika Center betreiben. Was muss ich mir darunter vorstellen?“, fragte Tina.

„Wir bieten eine umfassende Beratung von Afrikanern. Dabei arbeiten wir auch mit Migrantenorganisationen und medizinischen Einrichtungen zusammen. Und vor allem bieten wir eine kostenlose juristische Beratung an.“

„Sie arbeiten aber auch als Priester?“

„Ja klar, das ist unser Beruf, dafür sind wir ausgebildet. Wir sind eng mit der englischsprachigen Mission verbunden und helfen überall dort, wo wir als Priester gebraucht werden."

„Sie unterstehen also der katholischen Kirche?"

„Genau, der Erzbischof von Berlin ist sozusagen unser Boss."

„Waren Sie überhaupt jemals in Afrika?", fragte Tina.

Pater Peter musste lachen. „Ja, selbstverständlich, wir waren alle fast unser ganzes Berufsleben in Afrika. Es sind ja vor allem unsere älteren oder kranken Mitbrüder, die zurück nach Deutschland kommen."

„Wo waren Sie?"

„Ich war viele Jahre in Tansania. Aus dieser Zeit kenne ich übrigens auch Bruder Ludger."

„Aus Tansania? Wir dachten, Pater Ludger wäre in Ruanda gewesen?"

„Das stimmt, aber zwischendurch war er auch drei Jahre in Tansania."

„Was wissen Sie über Ihren verstorbenen Bruder?", fragte Alex.

„Bruder Ludger war ein weltgewandter, gütiger Mann. Er stammte aus dem Münsterland. Ludger hat oft erzählt, wie er als Junge mit den Pfadfindern nach Trier gefahren ist und dort das erste Mal mit den Weissen Vätern in Kontakt kam. Er war so beeindruckt, dass er sich alles besorgt hat, was es über den Orden zu lesen gab. Er hat sich wohl damals schon nach Afrika geträumt, er empfand die Reise nach Trier als einen Wink Gottes, sich in seinen Dienst zu stellen."

„Wissen Sie, was seine Eltern dazu gesagt haben?", fragte Tina.

„Obwohl er aus einer gläubigen katholischen Familie stammt, waren seine Eltern nicht davon begeistert, dass er nicht den elterlichen Hof übernehmen wollte. Er war der älteste Sohn. Aber vor allem hatten sie Angst, weil er unbedingt nach Afrika wollte."

„Aber es gab doch noch einen Bruder?", fragte Alex.

„Ja, den gibt es hoffentlich immer noch, allerdings ist er todkrank. Bruder Ludger wollte nach der Messe am Sonntag nach Warendorf fahren, um seinem Bruder die Krankensalbung zu geben."

„Wie ist denn das mit persönlichem Eigentum in Ihrem Orden? Haben Sie ein Armutsgelübde abgelegt?"

„Nein, das gibt es nur bei den Franziskanern. Wir dürfen persönlichen Besitz haben, pflegen allerdings einen einfachen Lebensstil."

„Eine Erbschaft würde also nicht automatisch an den Orden fallen?"

„Nein, es sei denn, ein Bruder verfügt das in seinem Testament."

„Wissen Sie, was Ludger Meerbusch diesbezüglich verfügt hat?", fragte Alex.

Der Pater verneinte.

„Sie bekommen ein Gehalt?"

„Der Orden sorgt für unseren materiellen Unterhalt."

„Und was ist mit dem Hof der Familie Meerbusch?"

„Das weiß ich nicht so genau, ich glaube, den verwaltet sein Bruder. Vielleicht hat Ludger auf sein Erbe verzichtet, wir haben darüber nie gesprochen, weil es einfach keine Rolle spielte in seinem, in unserem Leben. Das Münsterland ist weit weg in einem Flüchtlingslager in Tansania."

„Wo Sie sich kennengelernt haben", bestätigte Tina.

„Ja, wir haben uns dort um die Seelsorge von zum Schluss über vierhunderttausend Menschen gekümmert."

„Wie wird man denn Missionar?"

„Also, wenn man Priester-Missionar werden will, braucht man neben seinem Glauben auch Abitur. Die Ausbildung beginnt mit einem zweijährigen Philosophiestudium. Während dieser Zeit lebt man in einem Studienhaus der Weissen Väter, in Deutschland meistens in Trier. Danach erfolgt die Noviziatszeit, die hat Ludger in den USA verbracht."

„Was kann ich mir denn darunter vorstellen?", unterbrach ihn Tina.

Pater Peter lachte. „Regel des heiligen Benedikt: ‚Kommt einer neu und will das klösterliche Leben beginnen, werde ihm der Eintritt nicht leicht gewährt.' Im Noviziat wird geprüft, ob der Novize dazu berufen ist, die Ordensgelübde zu halten, und ob er überhaupt fähig ist, in einem Orden zu leben. Die Zeit ist auch dafür gedacht, dass der Novize sich selbst prüft."

„Und diese Prüfung hat Ludger Meerbusch offensichtlich bestanden."

„Ja, danach hat er ein Theologiestudium in Ottawa absolviert. Die Uni dort ist zweisprachig, es wird sowohl in Englisch als auch in Französisch unterrichtet. Ende der

Sechziger ist Ludger zum Priester geweiht worden und 1970 reiste er nach Afrika aus, nach Butare in Ruanda, wenn ich das richtig in Erinnerung habe. Da wir die Landessprachen sprechen müssen, hat er in Nyarubuye die Sprache Ruandas gelernt."

„Etwa Kinyarwanda?", fragte Tina und wechselte einen Blick mit Alex.

„Ja, die Bantusprache. Danach wurde er in verschiedenen Pfarreien in der Seelsorge eingesetzt, bis er zum Diözesanökonom in Butare ernannt wurde."

„Bitte, was ist das?", fragte Alex.

„Das ist derjenige, der sich um die Finanzen in der Diözese kümmert."

„Was ist eine Diözese?", fragte Tina. „Sorry, wir sind Berliner, die sind im besten Fall evangelisch erzogen worden."

„Eine Diözese ist ein kirchlicher Verwaltungsbezirk, man kann auch Bistum sagen. Im Übrigen hat auch jede Gemeinschaft einen Ökonomen, der sich um die finanziellen Angelegenheiten der Gemeinschaft kümmert. Ludger war auch der Ökonom unserer Gemeinschaft."

„Er hatte also einen Verwaltungsjob in Ruanda", stellte Tina fest.

„Ja, aber nach einigen Jahren in diesem Amt ging er wieder zurück in die Seelsorge und arbeitete in mehreren ruandischen Pfarreien."

„Hatte er dabei eine besondere Aufgabe?"

„Das Katechumenat", sagte Pater Peter und ergänzte, als er die verständnislosen Blicke der Ermittler sah: „Die Vorbereitung eines Taufbewerbers, des sogenannten Katechumenen, auf die Aufnahme in die Kirche durch die Taufe."

Aha, dachte Tina, er hat also aus Heiden Katholiken gemacht.

„Wann ging er denn nach Tansania?"

„1994, einen Monat nach dem Abschuss der Präsidentenmaschine, was den Bürgerkrieg in Ruanda auslöste, wurde er nach Tansania geschickt. Er ging zusammen mit den Flüchtlingen, die sich vor den vorrückenden Rebellen in Sicherheit bringen wollten."

„Er floh also vor den Hutus?"

„Nein, vor den Tutsi-Rebellen aus Uganda. RPF, Ruandische Patriotische Front."

Aha, das ist jetzt eine andere Sichtweise als die Version von Tomasz, dachte Tina. „Und er blieb drei Jahre in diesem Lager?"

„Ja, es kamen ja immer mehr Flüchtlinge aus Ruanda."

„Ich könnte mir vorstellen, dass ihn diese Zeit sehr geprägt hat", sagte Tina.

„Sicher, uns alle. Ludger war für uns der Fels in der Brandung. Er blühte auf, wenn es schwierig wurde. Es gab viele, die sich an ihm festgehalten haben."

„Könnte in dieser Zeit vielleicht ein Mordmotiv liegen?"

„Das kann ich mir ehrlich gesagt nicht vorstellen, Ludger war, wie gesagt, ein sehr beliebter Seelsorger. Er hat unendlich vielen Menschen geholfen. Und er war unser Kontaktmann zur UNHCR."

„UNHCR?"

„Hoher Flüchtlingskommissar der Vereinten Nationen.

Ich habe damals gedacht, Ludger hat der Himmel geschickt. Er war der richtige Mann zur richtigen Zeit am richtigen Ort."

„Drei lange Jahre Tansania also. Und dann?"

„Danach ist er zurück nach Ruanda, nach Rwaza, das ist eine Stadt in der Nordprovinz, wo er eine Pfarrei mit mehr als vierzigtausend Gläubigen betreute."

„Von diesem Zulauf träumen die Katholiken in Berlin wohl", stellte Alex fest. „Wann ist Ihr Mitbruder zurück nach Deutschland gekommen?"

„Vor drei Jahren, Ludger war inzwischen auch fast zweiundsiebzig Jahre alt."

„Er hat das Klima in Ruanda nicht mehr vertragen?", fragte Alex.

„Ach, so schlecht ist das Klima in Ruanda nicht, man nennt es auch das Land der tausend Hügel, die Schweiz Afrikas, es hat viel Wald. Und obwohl es in der Nähe des Äquators liegt, ist es dort nicht übermäßig heiß, es regnet auch regelmäßig. Aber im Alter benötigt man eben eine gute medizinische Versorgung und ein wenig mehr Ruhe."

„Kommen wir auf den letzten Sonntag zurück. Gab es etwas, das anders war als sonst?"

„Wie meinen Sie anders?"

„Gibt es so etwas wie einen normalen Ablauf des Sonntags in Ihrer Gemeinschaft?"

„Das ist ganz unterschiedlich. Allerdings feiern wir an jedem Morgen zusammen die Eucharistie." Pater Peter wies auf den kleinen Altar in der Ecke des Wohnzimmers.

„Könnten Sie das für einen Berliner Heiden übersetzen?", fragte Alex.

„Eucharistie heißt auf gut Deutsch Danksagung. Wir zelebrieren eine Messe, wenn Sie so wollen."

„Aha. Und dann frühstücken Sie gemeinsam?"

„Nein, nicht unbedingt. Am vergangenen Sonntag war Bruder Hartwig in All Saints dran, das ist die ehemalige Military Chapel der Amerikaner in Dahlem. Er hat dort um zehn Uhr die Messe für die englischsprachigen Gläubigen gelesen. Und Bruder Ludger sollte um zwölf Uhr die Messe in St. Elisabeth zelebrieren."

„Wann haben Sie ihn zum letzten Mal gesehen?"

„Er hat sich nur schnell ein Marmeladenbrot geschmiert und seine üblichen drei Tassen Kaffee heruntergestürzt und ist um kurz vor halb elf Uhr mit seinem Rollköfferchen losgezogen."

„Und daran war nichts ungewöhnlich?"

„Nur, dass er direkt nach der Messe zum Bahnhof Südkreuz wollte, um nach Warendorf zu fahren. Er war sehr besorgt, dass er nicht mehr rechtzeitig zu seinem Bruder kommen würde."

„Er war also nervös?"

„Nervös würde ich das nicht nennen, Bruder Ludger hat so schnell nichts nervös gemacht. Er war ein in sich ruhender Charakter."

„Ist er früher als sonst aufgebrochen?"

„Jetzt, wo Sie mich fragen – ja. Er war ein wenig früher dran als sonst. Das ist uns gar nicht so aufgefallen."

„Gibt es Autos vom Orden, die Sie benutzen können?"

„Nein, wir sind per pedes unterwegs, mit dem Fahrrad oder mit den Öffentlichen. Ludger hatte eine Seniorenkarte."

„Wir würden uns gern das Zimmer Ihres Mitbruders anschauen", sagte Tina.

„Selbstverständlich, kommen Sie bitte mit." Pater Peter führte sie zu dem Zimmer und verabschiedete sich dann diskret.

Wieder fragte sich Tina, was sie eigentlich erwartet hatte. Eine Mönchszelle? Pater Ludger hatte in einem durchaus gemütlichen Zimmer gelebt, mit einem kleinen Alkoven zum Hof und Blick auf eine Platane. In dem Alkoven war eine Kuschelecke eingerichtet: ein bequemer Lehnsessel und eine altmodische Stehlampe. Einen hölzernen Schreibtisch, auf dem Bücher und Papiere gestapelt lagen, hatte Ludger quer in den Raum gestellt. Ein Laptop zeigte, dass Pater Ludger ganz und gar nicht von gestern war. An der Wand stand ein Bett, das ordentlich gemacht war, nur das Kruzifix darüber wies darauf hin, dass es sich um das Zimmer eines Priesters handelte. Auf dem Nachttisch lag ein Kriminalroman. „Dornröschen war ein schönes Kind" von Ross MacDonald. „Sieh an, ein Lew-Archer-Roman", sagte Tina verblüfft.

Unter einer Nachtlampe stand ein ziselierter Bilderrahmen. Das Familienfoto zeigte vermutlich seine Eltern, seinen Bruder und ihn und war nach der Kleidung zu urteilen Anfang der Fünfzigerjahre aufgenommen worden.

Als Tina den Bilderrahmen öffnete, um zu schauen, ob es einen Datumsvermerk auf der Rückseite des Bildes gab, fiel ein zweites Foto heraus.

„Was ist das denn?“, sagte sie, als sie das kleine Schwarzweißfoto vom Boden aufgehoben hatte.

Alex hatte sich umgedreht. „Zeig mal!“

„Das ist eindeutig eine Frau.“

„Ja, und zwar eine Schwarze Frau. Eine bildschöne Frau.“ Tina hatte auch dieses Bild umgedreht, aber weder eine Datumsangabe noch ein Name waren auf der Rückseite des Fotos vermerkt. „Das nehmen wir mit“, sagte sie und inspizierte dann den Kleiderschrank aus hellem Holz, der sich direkt neben dem Bett befand. Er entsprach in etwa der Größe ihres Schuhschranks.

Gegenüber standen ein Bücherregal und eine Anrichte mit einem kleinen Flachbildfernseher darauf. Darüber hing ein großgezogenes und gerahmtes Foto.

„Ruanda, das Land der tausend Hügel“, mutmaßte Alex angesichts der bergigen und bewaldeten Landschaft. Dann besah er sich die Buchrücken. „Ich glaube es nicht, der Pater war offensichtlich eingefleischter Krimifan!“

„Was? Keine geistlichen Bücher?“, fragte Tina, die sich über den Inhalt des Schreibtisches hergemacht hatte.

„Doch, doch, aber es gibt auch Margaret Millar, Dashiell Hammett und Sjöwall/Wahlöö. Und zwar ziemlich zerlesen.“

„Na, wenigstens hatte er Geschmack“, gab Tina zurück. Sie hoffte, einen Hinweis darauf zu finden, ob irgendwo ein Testament hinterlegt worden war.

„Den Computer nehmen wir auf jeden Fall mit“, sagte sie.

„Gibt es irgendwo ein Adressverzeichnis?“, fragte Alex.

„Schon eingetütet. Wie schön, dass der Mann noch nicht hundertprozentig digital war.“

„Vielleicht hat er irgendwo auch sein Passwort aufgeschrieben“, schlug Alex vor.

„Bin auf der Suche. Hier ist jedenfalls nichts, was darauf hindeutet, vielleicht haben die Kriminaltechniker was in seiner Brieftasche gefunden oder in seinem Smartphone. Oder werden was in seinem Adressbuch finden.“

„Er muss sich irgendwo die Passwörter aufgeschrieben haben, das kann sich ja kein Mensch alles merken, und schon gar nicht ein Mensch weit über siebzig.“

Alex nahm sich die Anrichte vor. Er fand darin zwei alte Fotoalben. Das eine Album zeigte offensichtlich Bilder aus der Jugend von Ludger in Deutschland, das zweite war mit Fotos aus seiner Zeit als Missionar in Afrika bestückt. „Die nehmen wir auch mal mit.“

„Sehr viel mehr werden wir hier wohl kaum finden“, sagte Tina und schaute unter den gewebten Teppich. Aber auch dort fanden sich keine geheimen Nachrichten, Passwörter oder Ähnliches.

Sie riefen nach Pater Peter, um ihm zu sagen, was sie aus dem Zimmer von Ludger Meerbusch mitnehmen würden.

„Ach, eine Frage habe ich noch“, sagte Tina. „Hatte Ludger Meerbusch in letzter Zeit mit jemandem Streit? Oder hat ihn jemand besucht, den Sie noch nicht kannten?“

„Weder noch“, sagte Pater Peter und begleitete die Beamten zur Tür.

Tina drehte sich noch einmal um und zog das Foto der Schwarzen Frau aus der Tasche. Sie hatte sehr einprägsame Gesichtszüge. „Wissen Sie, wer diese Frau ist?“

Der Pater schaute auf das Bild und schüttelte bedauernd den Kopf. „Keine Ahnung“, sagte er.

Tina dachte: Du sollst nicht falsch Zeugnis reden wider deinen Nächsten. Sie war sich fast sicher, dass der Pater gelogen hatte.

Afrika Center

„Lass uns mal in dieses Afrika Center fahren. Wo ist das?", sagte Tina.

„In Schöneberg, Hohenstaufenstraße", sagte Alex nach einem Blick in seine Notizen. „Unangemeldet?"

„Klar."

„Ob die Mitbrüder jetzt Zeit für uns haben?", fragte Alex.

„Egal, erst mal schauen, was die da machen, dann können wir immer noch einen Termin verabreden. Die sind bestimmt schon informiert über unser Gespräch bei Pater Peter."

„Wahrscheinlich. Also los", stimmte Alex ihr zu und informierte Claudia.

Sie parkten in der kleinen Stichstraße direkt vor der katholischen Schule St. Franziskus.

„Fliegen hier ganz schön tief, die Katholen", sagte Alex.

„Ja, merkwürdig, die hat man bisher so gut wie gar nicht bemerkt, und plötzlich sieht man an jeder Ecke katholische Einrichtungen und Kirchen. Da ist doch schon wieder eine", sagte Tina und zeigte auf eine rote Backsteinkirche.

„Ach ja, ich glaube, das ist St. Matthias. Die Kirche, zu deren Gemeinde auch St. Elisabeth gehört."

Sie gingen die kleine Stichstraße bis zu einem grauen

Haus, an dessen Fassade ein Schild angebracht war: *Afrika Center – Begegnungsstätte für Afrikaner und Deutsche.*

Die Haustür war verschlossen, also schaute Tina auf die Klingelschilder und fand eins mit der Aufschrift: Afrika Center.

„Hhm, sehr dezent", sagte sie und drückte den Klingelknopf.

Es dauerte etwas, bis der Türöffner gedrückt wurde. Die beiden Ermittler gingen drei Stufen hoch, als rechts eine Wohnungstür geöffnet wurde. Ein Mann in mittleren Jahren stand darin und fragte freundlich, ob er helfen könne.

Tina und Alex zückten ihre Ausweise. „Wir würden uns gern hier umsehen und mit den Betreibern reden", sagte Tina.

„Kommen Sie doch herein. Ich bin Hartwig Senftenberg, ich leite diese Einrichtung." Er hielt den Beamten die Tür auf. Nichts an diesem Mann verriet, dass es sich um einen Pater handelte, er sah eher aus wie ein Sozialarbeiter.

Tina und Alex stellten sich vor, während sie Pater Hartwig in die Räume des Afrika Centers folgten. „Wir ermitteln in der Mordsache an Ihrem Bruder Ludger", fügte Alex hinzu.

Wieder wusste Tina nicht, was sie sich vorgestellt hatte, aber sie war sich sicher, dass sie keine ganz normalen Büroräume erwartet hätte.

„Bitte." Pater Hartwig bat die beiden Ermittler, an dem großen Konferenztisch Platz zu nehmen.

„Soll ich meinen Mitbruder Lothar Meissner holen, er ist nebenan in der Bibliothek?"

„Ja, sehr gern“, sagte Tina.

Während Pater Hartwig nach nebenan ging, schauten sie sich um. Nichts erinnerte in diesem sachlich eingerichteten Raum an Afrika, wenn man von der bunt gemusterten, handgewebten Tischdecke auf dem Tisch einmal absah. Und von den Trommeln und Bongos, die Tina im hinteren Teil des Saals erspähte.

Als Bruder Hartwig seinen sehr viel älteren Mitbruder Lothar Meissner vorstellte, fügte er hinzu: „Leider ist Bruder Gerhard nicht da, er ist heute in der Lehrter Straße.“

„Haben Sie da auch ein Center?“, fragte Tina.

„Nein, Gefangenenbetreuung“, sagte Pater Hartwig.

Oh nein, bitte nicht auch das noch, bitte nicht noch eine neue Baustelle, dachte Tina und sah, dass auch Alex bei dem Wort „Gefangenenbetreuung“ tief eingeatmet hatte.

„War Ihr verstorbener Mitbruder ebenfalls seelsorgerisch in Gefängnissen unterwegs?“

„Ja, selbstverständlich“, sagte Lothar Meissner, „wir sind überall dort, wo Afrikaner Hilfe brauchen.“

„Könnte darin ein mögliches Motiv für den Mord an Pater Ludger verborgen sein?“

„Das können Sie getrost ausschließen“, sagte Hartwig Senftenberg.

„Wie sieht denn die Gefangenenbetreuung aus?“, fragte Alex.

„Das ist so unterschiedlich wie die Menschen, die in den Gefängnissen sitzen. Wir betreuen afrikanische Gefangene seelsorgerisch, das heißt, wir haben ein offenes Ohr für ihre Probleme, nehmen vielleicht auch mal Kontakt zu ihren

Angehörigen auf oder nehmen ihnen die Beichte ab. Wir sprechen ihnen Trost zu, wenn Sie so wollen."

„Könnte es sein, dass Ihrem Kollegen etwas anvertraut wurde, was derjenige später bereute?"

„Es gibt ein Beichtgeheimnis. Das nehmen wir sehr ernst."

Wie sein Mitbruder Peter waren auch die beiden Patres in Jeans und Polohemd gewandet, wohl die inoffizielle Ordenstracht in Deutschland, dachte Tina.

„Wir wollten uns mal hier umschauen", erklärte Tina, „und erfahren, was Sie hier so machen."

„Sehr gern", sagte Pater Hartwig. „Das Afrika Center ist ein Haus für die Bewusstseinsbildung und für die Begleitung von Afrikanern und Afrikanerinnen in Deutschland. Wir stehen den Afrikanern mit Rat und Tat zur Seite."

„Und was heißt das konkret?"

Pater Hartwig langte nach einer Broschüre, die auf dem Tisch lag. „Wir arbeiten zum Beispiel mit Migrantenorganisationen und medizinischen Einrichtungen zusammen. Außerdem bieten wir eine kostenlose Rechtsberatung mit unserer eigenen Rechtsanwältin an."

„Das wird sicher sehr gut angenommen", vermutete Alex.

„Ja, im vergangenen Jahr gab es weit über vierhundert Rechtsberatungen, und weit über tausend Menschen haben unsere Veranstaltungen besucht."

„Was für Veranstaltungen sind das?", fragte Tina.

„Ganz unterschiedliche. Vom Trommelworkshop", Pater Hartwig deutete auf die Trommeln im hinteren Teil des Raumes, „bis zu einem Erste-Hilfe-Kurs, vom Sommerfest bis zum Filmabend." Er reichte Tina einen Programmflyer. Tina warf einen Blick darauf und stellte lächelnd fest: „Sie scheinen hier ziemlich viel zu feiern."

„Ja, es ist eine Begegnungsstätte. Aber wir bieten auch die Vermittlung und Begleitung von Afrika-Projekttagen an, koordinieren Afrikareisen für Schüler und Studenten. Wir haben einen Afrika-Literatur-Lesekreis, eine Uganda-Gruppe, eine Kongo-Gruppe, einen afroeuropäischen Familienkreis und afrikanische Studentengruppen. Es gibt eine Ghana-Gemeinde mit einem rhythmischen Chor. Und wir überlassen die Räume auch für private Feiern, zum Beispiel für Taufen oder Erstkommunionen."

„Gab es hier bei Ludgers Arbeit Konflikte mit Rat- und Hilfesuchenden?", fragte Alex.

„Nein, die Menschen kommen ja zu uns, um Hilfe zu bekommen."

Tinas Blick fiel auf ein Plakat an der Wand. Darauf waren zwei aneinandergeschmiegte Männerköpfe zu sehen. Überschrift: *Wir gehören zusammen – und nichts kann uns trennen.* Ein Schwulenplakat in einer katholischen Einrichtung? Tina ahnte, dass sie wohl einige Vorurteile über den Haufen werfen musste. Laut fragte sie: „Sie sagten, Sie arbeiten mit medizinischen Einrichtungen zusammen, machen Sie hier auch Aids-Beratung?"

„Selbstverständlich", sagte Pater Hartwig. „Ich habe selbst in einem Aids-Hospiz in London gearbeitet und war auch in Daressalam in einem Aids-Beratungszentrum tätig."

„Könnte da möglicherweise ein Mordmotiv liegen?", fragte Alex.

„Worin? In der Aids-Beratung?“

„Ich gehe davon aus, dass Pater Ludger den offiziellen Kurs der katholischen Kirche verfolgt hat, oder?“

„Ja, selbstverständlich, auch wenn ich Ihnen versichern darf, dass der nicht hundertprozentig deckungsgleich mit seiner privaten Ansicht war. Allerdings muss ich dazu sagen, dass die offizielle Ablehnung von Kondomen durch die katholische Kirche sehr erfolgreich und vor allem folgerichtig ist. Die Statistik gibt dem Kondomverbot des Papstes nämlich absolut recht. In Ländern mit hohem katholischen Bevölkerungsanteil ist die Ansteckungsrate mit HIV am geringsten. Nehmen Sie mal das Land mit der höchsten Aids-Rate: Swasiland. Oder Königreich von eSwatini, wie es seit kurzem heißen soll. Dort sind nahezu vierzig Prozent der Bevölkerung infiziert, und nun rechnen Sie mal Kinder und Alte ab, da kommen Sie auf sechzig Prozent. Allerdings sind nur unter fünf Prozent der Bevölkerung katholisch. Und nun schauen Sie sich Ruanda an: Hier ist das Zahlenverhältnis umgekehrt. Annähernd die Hälfte der Bevölkerung ist katholisch, und noch nicht einmal drei Prozent sind HIV-positiv. Was beweist: Der beste Schutz ist voreheliche Enthaltsamkeit und eheliche Treue.“

Stimmt wahrscheinlich, aber die drei Prozent sind bestimmt nicht nur Menschen aus Risikogruppen, dachte Tina. Laut sagte sie: „Menschen sind nun mal fehlbar. Was ist mit Frauen, deren Partner sich bei einer Prostituierten angesteckt haben und die durch das Kondomverbot des Papstes infiziert wurden?“

„Das Kondomverbot ist bereits durch Papst Benedikt

für begründete Ausnahmefälle gelockert worden“, erklärte Pater Lothar.

„Was sind begründete Ausnahmefälle?“

„Prostituierte zum Beispiel“, sagte Pater Hartwig.

„Gibt es hier in Berlin einen aktuellen Fall aus Ihrer Beratungspraxis, bei dem sich jemand mit HIV in Berlin infiziert hat?“

„Sie haben Verständnis dafür, dass wir so etwas absolut vertraulich behandeln“, sagte Pater Hartwig.

„Nein“, sagte Tina, „bei Mord hört unser Verständnis auf.“

Sie schwieg, aber die Afrikamissionare machten keine Anstalten, ihre Frage zu beantworten. Tina und Alex schwiegen weiter, doch auch das bewegte die Patres nicht zu einer Antwort.

Na gut, dachte Tina, dann Themenwechsel. „Wie viele Afrikamissionare gibt es eigentlich?“

„Heute sind über vierzehnhundert Afrikamissionare in zwanzig Ländern Afrikas und in dreizehn anderen Ländern tätig. Im Moment haben wir zweiundzwanzig deutsche Mitbrüder in Afrika und in Jerusalem, neunzig in Deutschland und zwei deutsche Missionare in anderen europäischen Sektoren. Wir leben in internationalen Gemeinschaften von jeweils mindestens drei Mitbrüdern.“

So werden wohl eheähnliche Verhältnisse unter den Patres vermieden, dachte Tina. „Und was machen diese Gemeinschaften?“

„Die Erst-Evangelisation hat natürlich immer noch Priorität, wir kümmern uns um neu entstehende Gemeinschaften, bilden Katecheten und Gruppenleiter aus. Wir arbeiten aber auch als Seelsorger in den Slums der afrikanischen Großstädte und in den Flüchtlingslagern. Wir setzen uns für Gerechtigkeit, Frieden, Entwicklung und die Bewahrung der Schöpfung ein."

„Viele afrikanische Staaten sind ja muslimisch geprägt, wäre vielleicht ein religiöser Tathintergrund denkbar?", fragte Alex.

„Das können wir uns nicht vorstellen. Wir Afrikamissionare haben uns immer um den christlich-islamischen Dialog bemüht, das hat schon unser Gründer so bestimmt. Wir leben unseren Glauben im Respekt vor anderen Religionen, wir wollen sie nicht vereinnahmen."

Nur missionieren, dachte Tina. „Wenn ich ‚Ruanda' höre, denke ich vor allem an den Völkermord 1994 an den Tutsi. Es sollen in drei Monaten fast eine Million Tutsi ermorden worden sein", sagte sie.

„Ganz so einfach ist das nicht." Pater Hartwig schüttelte leicht den Kopf. „Das war ein Aggressionskrieg von der RPF, der Ruandischen Patriotischen Front. Exil-Ruander griffen das Land an, um die Rückkehr von Tutsi-Flüchtlingen zu erzwingen, die seit der Unabhängigkeit 1962 vor Massakern vor allem nach Uganda geflohen waren. Gräueltaten gab es auf beiden Seiten. Sie müssen wissen, dass die Tutsi die Hutus ebenso vernichten wollten und das auch getan haben. Über eineinhalb Millionen Hutu wurden vertrieben. Niemand hat die Toten gezählt. Die Tutsi hatten Verbrennungsanlagen für die Leichen und haben sie nicht auf der Straße liegen lassen, deshalb war der Völkermord an den Hutu nicht so sichtbar. Das war alles überhaupt sehr unübersichtlich."

„Könnte dieser geschichtliche Hintergrund etwas mit dem Mord an Ihrem Mitbruder zu tun haben?“

„Jetzt, nach dreiundzwanzig Jahren? Während dieser Zeit, also ab Anfang Mai 1994, war Ludger in einem Flüchtlingslager in Tansania und ist erst 1997 nach Ruanda zurückgekehrt. Wenn jemand sich in Ruanda über ihn geärgert hat, hätte er knapp achtzehn Jahre Zeit gehabt, in seinem eigenen Land gegen Ludger vorzugehen.“

„In dem Lager in Tansania befanden sich Hutu-Flüchtlinge?“

„Ja, natürlich“, sagte Hartwig Senftenberg.

„Gibt es in Ihrem Kreis von Gemeindemitgliedern oder Menschen, die hier an den Beratungen teilnehmen, Tutsi?“, fragte Alex.

„Diese Unterscheidung wird heute selbstverständlich nicht mehr gemacht. Dass die sogenannte Stammeszugehörigkeit im Ausweis vermerkt wurde, war eine Folge der deutschen und später belgischen Kolonialpolitik. In Ruanda wird heute Wert darauf gelegt, dass diese angeblichen Stammesunterschiede und die angebliche Überlegenheit der Tutsi, die sich als die Aristokraten Ruandas ausgaben, nicht mehr thematisiert werden. Man sieht diese angeblichen Unterschiede auch nicht, denn in der Vergangenheit haben sich die sogenannten ‚Kurzen‘ mit den angeblich ‚Langen‘ so oft gepaart, dass man von einer – wie es früher hieß – Rasse überhaupt nicht reden kann.“

„Gibt es Menschen aus Ruanda, die in Ihre Beratung kommen?“

„Sie wissen, dass Ruanda ein sehr kleines Land ist, in etwa so groß wie Brandenburg.“

„Aber es ist wohl das am dichtesten besiedelte Land Afrikas“, warf Alex ein.

„Rund zwölf Millionen Menschen leben dort. Wir haben in der Vergangenheit ein paar Studenten aus Ruanda hier gehabt, die Ratsuchenden und Gemeindemitglieder aus Ruanda können Sie an einer Hand abzählen.“

„Moment“, sagte Pater Lothar und tippte auf seinem Smartphone herum.

„Offiziell leben dreiunddreißig Menschen aus Ruanda in Berlin, sagt die Berliner Einwohnerstatistik“, klärte er auf.

„Haben Sie die Adressen?“

„Nein.“

Tina biss die Lippen zusammen. Sie zog ein Foto aus ihrer Tasche. „Kennen Sie die Frau?“, fragte sie zuerst Pater Hartwig, dann seinen Mitbruder Lothar. Beide verneinten, aber Tina hatte wieder das Gefühl, dass zumindest Bruder Lothar log.

„Ach, da kommt ja unsere Rechtsanwältin, Petra Jentsch.“ Pater Hartwig lächelte einer mittelalten, unscheinbaren Frau entgegen. „Ich bin fertig mit der Beratung, kann ich noch was für euch tun?“

Pater Hartwig stellte die Beamten vor.

„Gab es etwas Ungewöhnliches in der letzten Zeit, haben Sie von irgendwelchen Streitigkeiten von Pater Ludger gehört?“, fragte Tina die Juristin.

Diese schüttelte den Kopf. „Nein, nicht, dass ich wüsste. Er war sehr beliebt bei unseren Klienten.“

Sie sagte „Klienten“. Natürlich, sie bot ja die kostenlose Rechtsberatung an. Tina stellte der Juristin die gleichen

Fragen wie den Patres, aber auch die Frau konnte sich nicht vorstellen, wieso jemand Pater Ludger nach dem Leben getrachtet hatte. Tina zupfte aus ihrer Handtasche eine Visitenkarte. „Wenn Ihnen noch etwas einfällt, etwas Ungewöhnliches, dann rufen Sie uns doch bitte an", sagte sie, bevor sie sich verabschiedeten.

Konferenz

„Ziemlich unübersichtlich, das Ganze", fasste Tina zusammen, nachdem sie von ihren Besuchen bei den Afrikamissionaren berichtet hatte. Sie sah genauso müde aus wie ihre Kollegen, niemand hatte in der Nacht mehr als drei Stunden geschlafen, und auch jetzt ging es wieder auf Mitternacht zu.

„Stimmt. Bis heute ist noch nicht mal hundertprozentig geklärt, wer 1994 die Präsidentenmaschine mit dem ruandischen Präsidenten abgeschossen hat, der auf dem Rückweg von einer Friedenskonferenz war. Die Hutu haben den Tutsi dafür die Schuld gegeben – es war der Auslöser eines beispiellosen Massakers. Innerhalb von drei Monaten wurden eine Million Tutsi und gemäßigte Hutu von radikalen Hutus ermordet, meist mit der Machete enthauptet", sagte Tomasz, der mit der Hintergrundrecherche beauftragt worden war. „Und wir machen hier ein Riesen-Tamtam um eine einzige Leiche."

„So jung und schon so zynisch", stellte Claudia fest und zog eine Augenbraue in die Höhe. Sie hoffte, dass Tomasz ihren Tadel verstand.

„Dabei soll die katholische Kirche eine recht unrühmliche Rolle gespielt haben: Priester und Ordensleute lieferten Tutsi, die in kirchliche Häuser geflüchtet waren, an die Hutu-Milizen aus. Sogar der Papst hat eine Mitschuld der katholischen Kirche an den Massakern eingestanden und um Vergebung für die Sünden und Fehler der Kirche und ihrer Mitglieder gebeten", fuhr Tomasz fort.

„Ach nee. Das hörte sich heute bei den Weissen Vätern aber ganz anders an", sagte Alex.

„Na klar. Dazu muss man wissen, dass es vor allem die ärmeren und viele Jahrzehnte von den Tutsi unterdrückten Hutu waren, die den katholischen Glauben in Ruanda angenommen haben", ergänzte Tomasz.

„Die schieben sich also gegenseitig die Schuld in die Schuhe." Tina und schob sich eine lange, blonde Strähne von den Augen.

„Leute, es ist nicht unsere Aufgabe, Schuld oder Nichtschuld an Massakern in Ruanda zu erforschen. Es ist unsere Aufgabe, einen Mord an einem deutschen Priester aufzuklären, nicht mehr, aber auch nicht weniger. Wir sollten noch mal diesen ruandischen Küster befragen", schlug Claudia vor. „Vielleicht kann der ein wenig Licht ins Dunkel bringen."

„Unbedingt", fand auch Alex. „Wir haben den ja nur zu seinen Beobachtungen am Tatort und nach den Kirchengegebenheiten befragt."

„Noch mal vorladen oder zu Hause befragen?", fragte Tina.

„Der Mann sollte nicht den Eindruck bekommen, dass er eventuell unter Verdacht steht", sagte Claudia. „Bittet ihn einfach um Hilfe."

„Die Frage ist: Steht er unter Verdacht?“, sagte Tina.

„Eine sehr gute Frage“, fand Claudia. „Von wegen: Wer bringt denn einen Priester um. Wir haben mittlerweile einen ganzen Sack voller Motive.“

„Das Problem ist, dass du nur eine Ecke des Teppichs hochheben musst, und schon guckt ein neues mögliches Motiv hervor.“ Tina zählte an den Fingern auf: „Erst die unbekannte Frau. War es eine verbotene Liebesgeschichte? Kaum jemand wird heimlich ein Bild aufheben, wenn da nicht irgendetwas gelaufen ist. Haben die beiden womöglich ein Kind? Und dann die Gefangenenbetreuung – auch wenn die Patres meinen, dass da kein Motiv schlummern könnte. So ganz überzeugt bin ich davon nicht. Und zum Schluss die Aids-Beratung. Ist vielleicht ein frommer Katholik angesteckt worden, weil er mal über die Stränge geschlagen hat?“

„Leider gibt es bei uns keine namentliche Meldepflicht für HIV-Infektionen“, sagte Matze.

„Aber wir können zumindest die ‚Ans‘ abfragen“, sagte Claudia und gab Tomasz den Auftrag, die erfassten Daten von Straftätern mit „Ansteckungsgefahr“, wie HIV-Positive polizeiintern umschrieben wurden, zu ermitteln.

„Lasst uns die Motive nach und nach ausschließen. Matze und Ekki, ihr findet heraus, ob in den letzten Wochen ein Gefangener entlassen worden ist, der seelsorgerisch von Pater Ludger betreut wurde. Fragt bei den Gefängnisleitungen nach, ob es irgendwo Ärger gegeben hat.“ Sie wandte sich an Schmitti: „Wie weit sind denn unsere Freunde von der Kriminaltechnik? Habt ihr von allen, die Zugang zur Sakristei hatten, Fingerabdrücke und DNA nehmen können, inklusive Reinigungspersonal, Besucher et cetera?"

„Es fehlen noch Fingerabdrücke und DNA von Einzelnen, zum Beispiel vom Reinigungspersonal. Es sind doch eine Menge Personen, die erst mal ermittelt werden mussten."

„Was ist mit den Besuchern, die über die Treppe theoretisch in die Sakristei kommen könnten, kriegen wir die zusammen?"

„Die von gestern ja, aber alles andere würde zu sehr ausufern. Es ist noch nicht alles ausgewertet. Was wir haben, haben wir durch unsere Datenbanken laufen lassen. Bisher ohne Erfolg. Weder bei POLIKS, der Landesdatenbank der Berliner Polizei, noch in der überregionalen INPOL-Datenbank haben wir einen Treffer erzielt."

„Gab es Fingerabdrücke an der Tatwaffe?"

„Ja, mehrere. Allerdings müssen die nicht unbedingt vom Täter stammen. Das kann auch Reinigungspersonal gewesen sein. Auch ein Kruzifix muss dann und wann abgestaubt werden."

„Was ist mit dem blutbespritzten Messgewand? Wurde daran DNA-Material gefunden?"

„Ja klar, es wird noch ausgewertet. Aber die Messgewänder wurden auch von verschiedenen Personen getragen beziehungsweise herausgelegt."

„Hat Mendel inzwischen bestätigt, dass es sich bei dem Kruzifix um die Tatwaffe handelte?" Claudia wusste, dass diese Frage eher rhetorisch war.

„Ja, einwandfrei."

„Das bedeutet auch, dass jemand erhebliche Kraft aufwenden musste, um so ein Kreuz zu schwingen und es zu einer tödlichen Waffe zu machen“, sagte Claudia. „Eine Frau als Täter scheidet somit aus.“

„Och, es gibt auch Diskuswerferinnen, vor allem russische“, sagte Tomasz.

Wieder zog Claudia eine Augenbraue in die Höhe. Sie fragte sich, ob Tomasz sich um die Stelle als Klassenclown bewarb. Vorsicht, Westermann, sagte sie sich dann aber selbst, werde nicht humorlos, bloß, weil wir auf der Stelle treten.

„Mendel sagt, wir sollten davon ausgehen, dass der Täter genau wusste, wie er zuschlagen musste, um zu töten“, ergänzt Schmitti.

„Heißt das, dass der Täter ein geübter Mörder ist, oder hat jemand einfach nur durch Zufall und vielleicht in rasender Wut richtig getroffen? Würde das wieder für einen historischen Hintergrund sprechen? Also los, befragt diesen Aushilfsküster, diesen – wie hieß er doch gleich?“

„Paul Ndwaniye“, half Tina.

„Genau. Und schaut in der Datenbank nach, ob wir einen Straftäter mit ruandischem Hintergrund haben, den wir noch nicht als jemanden identifiziert haben, der offiziell Zugang zur Sakristei gehabt hat.“

„Ich finde außerdem das Foto von der Frau interessant, das ihr auf Ludgers Nachttisch gefunden habt“, sagte Matze.

„Ja, die Frage ist, was wir jetzt damit machen. Es ist nur so ein Gefühl, aber ich glaube, unsere Missionare haben geschwindelt.“ Tina fuhr sich durchs Haar.

„Zeigt jedem, den ihr befragt, das Foto. Selbstverständlich sind wir nächsten Sonntag alle bei dem Gedenkgottesdienst. Auch da sollten wir das Foto in der Gemeinde herumzeigen. Tomasz, frage doch mal den Chef der englischsprachigen Mission diesen – äh – Dr. Awojobi, ob er die Frau kennt."

„Pater Peter hat gesagt, dass unser Mordopfer früher als sonst nach St. Elisabeth aufgebrochen ist. Vielleicht könnten die Kriminaltechniker in den Mails von Ludger Meerbusch nach einer Verabredung suchen. Der hatte doch auch ein Handy, oder?"

„Ja, ein Smartphone, die KTU ist dran", sagte Schmitti.

„Die sollen gucken, von wem er in den letzten Tagen Anrufe erhalten hat, und versuchen, diese nachzuverfolgen." Claudia schaute auf die Uhr und befand, dass sie sich ein verspätetes Abendessen im *Blue Light* verdient hatte.

„Na, wie läuft's?", begrüßte sie Double-u kurz darauf, der sich gerade mit einem Burger stärkte. „Auch einen?"

„Aber hallo, mir hängt der Magen bis auf die Erde. Es ist zum Mäusemelken. Keine Verdächtigen, aber ein Sack voller Motive." Claudia ging auf die Toilette, wo sie sich viel kaltes Wasser ins Gesicht spritzte. Sie fand, dass sie ein wenig hohlwangig aussah.

„Was sagen die Kriminaltechniker?", fragte Double-u, als er aus der Küche mit einem Burger für Claudia zurückkam.

„So gut wie nichts. Die Fingerabdrücke und DNA, die wir gesichert haben, sind bisher den autorisierten Nutzern der Sakristei zuzuordnen und werden weder in POLIKS noch in der INPOL-Datenbank geführt."

„Denkt ihr, dass die Tat politisch motiviert war?", fragte Double-u und spritzte sich einen Viertelliter Tomatensauce auf seinen Burger.

„Kann sein, muss aber nicht."

„Habt ihr die Asylbewerberdatenbank schon angefragt?"

„Du weißt doch, dass wir aus Datenschutzgründen EURODAC nicht konsultieren dürfen", sagte Claudia.

„In Ausnahmefällen schon, zum Beispiel wenn es Hinweise auf eine terroristische Straftat gibt. Das könnte Fliege sicher hinbiegen."

„Gute Idee", fand Claudia. „Ich rede mit ihm." Sie schlang den Rest ihres Burgers förmlich hinunter. Plötzlich hatte sie es eilig, ins Bett zu kommen.

Der Durchbruch

„Sie treten also auf der Stelle, wenn ich das richtig interpretiere“, sagte Hans-Ferdinand Schleinitz, Dr. Schleinitz, so viel Zeit musste sein. Der Inspektionsleiter stand vor ihrem Schreibtisch und wippte ungeduldig auf den Füßen.

„Die Spuren führen ins Nichts, und an jeder Ecke tun sich neue Motive auf“, sagte Claudia und machte sich auf ein Donnerwetter gefasst.

„Dann gehen Sie diesen Motiven nach, verdammt noch mal! Wissen Sie eigentlich, wer mir alles im Nacken sitzt? Der Bischof, der Bürgermeister, der Innensenator, die neue Polizeipräsidentin – von der Presse ganz zu schweigen. Die rufen hier im Minutentakt an. Was tut die Polizei?, werde ich gefragt. Ja, was tut sie denn, Claudia Westermann, ich brauche Futter, Input, irgendetwas Handfestes. Where is the beef? Sagen Sie es mir! Die Vermutungen, die Unterstellungen, die Verschwörungstheorien schießen ins Kraut. Sie kennen doch die Medien. Was soll ich denen sagen?“

„Dass wir in alle Richtungen ermitteln.“

„Wir brauchen etwas, um den Deckel zuzumachen.“

„Wir können nicht zaubern“, sagte Claudia.

„Was wir hier nicht brauchen, ist ein Religionskrieg.

Und schon gar nichts Rassistisches. Haben Sie mich verstanden?"

„Was heißt das? Sollen wir in diese Richtungen nicht ermitteln?"

„Natürlich sollen Sie. Aber bevor wir irgendwelche Ergebnisse an die Presse geben, werden wir darüber reden müssen, wie wir das politisch einzuordnen haben."

„Sie meinen, was wir verschweigen müssen?"

„Ach, Claudia Westermann, hören Sie doch auf, Sie wissen ganz genau, was ich meine."

Claudia holte tief Luft und blies zum Gegenangriff. „Wenn ich Sie schon mal hier habe. Wie sieht es eigentlich mit der Familie Meerbusch aus? Sie stehen mit denen doch in Kontakt. Wie geht es dem Bruder? Kommt irgendwer von der Familie nach Berlin, der das Zimmer von Pater Ludger ausräumt? Gibt es Erkenntnisse, wer die Erben sind? Wer ist mein Ansprechpartner? Sie haben mir Hilfe angeboten, ich könnte da ein bisschen Input gebrauchen."

Haffe zog den Stuhl vor Claudias Schreibtisch zu sich heran und setzte sich.

„Ja", sagte er, nun deutlich ruhiger. Und dann noch einmal: „Ja. Natürlich. Der Neffe von Ludger, also mein ehemaliger Tennispartner Andries, und die ganze Familie, die sind total durch den Wind. Elmar, der Bruder des Mordopfers, liegt in einem Hospiz in Münster, es ist wohl eine Frage von Tagen oder Stunden. Die konzentrieren sich jetzt total auf den Sterbenden, dem Onkel Ludger können sie ja nun ohnehin nicht mehr helfen. Die wechseln sich ab, also die Frau von Elmar, Maria, und der Sohn Andries, sie sind Tag und Nacht bei ihm. In so einer Situation fragt man nicht, wer was erbt und wer sich wann um was kümmert, verstehen Sie?“

„So kommen wir in den Ermittlungen aber nicht weiter. Es ist ja immerhin möglich, dass es für den Mord an Pater Ludger auch ein familiäres Motiv gegeben hat.“

„Ich bitte Sie, seien Sie nicht albern!“, sagte Haffe und stürmte aus Claudias Büro. Dr. Kimble auf der Flucht, dachte Claudia und wandte sich wieder ihrer To-do-Liste zu.

„Ja!“, schallte es in diesem Moment durch die ganze Mordkommission.

„Ja, ja, ja!“ Sie hörte, wie Schmittis Stuhl umfiel. Er schien aufgesprungen zu sein. „Wir haben das Schwein! Yes!“

„Was hast du?“, fragte Claudia durch die geöffnete Tür.

„Einen Namen!“, rief Schmitti und betrat Claudias Büro. „EURODAC war die Idee! Wir haben einen Treffer in der Asylantragsteller-Datenbank mit Fingerabdrücken aus der Sakristei.“

„Könnten ja auch von jemandem stammen, den wir noch nicht scannen konnten“, warf Matze ein, der ebenfalls in Claudias Büro gestürmt war.

„Nein, könnten sie nicht. Denn alle, die zur Sakristei Zugang hatten, sind Christen. Und jetzt kommt's: Tada! Unser Asylantragsteller ist Muslim. Was macht ein Muslim in einer Sakristei?“

„Das nenne ich mehr Glück als Verstand. Aber wieso sollte der einen Weißen Priester umbringen? Wenn die Tat einen islamistischen Hintergrund hat, hätte das schon irgendwer für sich reklamiert. Die sind doch ganz wild darauf.“

„Vielleicht einfach ein religiöser Fanatiker? Wir müssen ihn befragen."

„Wie heißt denn der Mensch, und wo kommt er eigentlich her?"

„Abdullah Etuhu. Aus der Provinz Kano in Nigeria."

„Nigeria? Ist das nicht Boko-Haram-Gebiet?", fragte Tomasz, der ebenfalls dazugekommen war.

„Hat der überhaupt Aussicht auf die Anerkennung von Asyl?", fragte Matze.

„Gering, schätze ich", sagte Schmitti.

„Da soll sich einer auskennen." Claudia gab das Wort „Kano" bei Google ein. „Kano ist ein Bundesstaat im Norden Nigerias. Stimmt, da hat es einige Boko-Haram-Anschläge gegeben. Im Übrigen sprechen die Hausa, damit wir wissen, was für einen Dolmetscher wir jetzt bestellen müssen. Wo ist Abdullah untergebracht?"

„Im Hohentwielsteig in Zehlendorf", sagte Schmitti.

„Na gut, Simone soll den Dolmetscher besorgen und dann schafft den Jungen hierher!"

Abdullah Etuhu

Abdullah saß zusammengekauert auf seinem Stuhl wie ein verschrecktes Tier. In den großen, dunklen Augen stand die nackte Angst. Tina schaute in ihre Aufzeichnungen. Abdullah war danach einundzwanzig Jahre alt – wie gut, dass er sich nicht jünger geschummelt hat, dachte Tina, er ist auf jeden Fall strafmündig.

„Herr Etuhu, wir haben Sie hierhergebracht, weil wir Sie als Zeuge in einem Mordfall vernehmen müssen. Sie sind also kein Beschuldigter, haben Sie das verstanden?"

„Ja, das habe ich verstanden", übersetzte der Dolmetscher Abdullahs Antwort.

„Sie sind im Moment im Asylbewerberheim im Hohentwielsteig in Zehlendorf untergebracht, ist das richtig?" Natürlich wusste Tina, dass das richtig war, schließlich war er dort abgeholt worden.

„Ja, da bin ich", übersetzte der Dolmetscher Abdullahs Antwort.

„Gefällt es Ihnen in Berlin?"

„Ja, Berlin ist sehr schön." Die harmlosen Fragen schienen Abdullah noch nervöser zu machen.

„Seit wann sind Sie in Berlin?", fragte Alex.

„Seit sechs Monaten."

„Ganz schön weit draußen, Zehlendorf, oder? Da haben Sie sicher noch nicht viel von der Stadt gesehen?", fragte Tina.

„Doch, doch. Wir haben Fahrräder."

„Sie haben Fahrräder? Mit ‚wir' meinen Sie die Asylbewerber, die im Hohentwielsteig wohnen?", hakte Alex nach.

Abdullah nickte.

„Herr Etuhu bejaht die Frage", sagte der Dolmetscher für Simones Protokoll.

„Woher kommen die Fahrräder?", fragte Tina.

„Die sind einfach da", sagte Abdullah. Der Dolmetscher ergänzte: „Das sind Spenden von den Berlinern."

„Aber es hat nicht jeder sein eigenes Fahrrad?"

„Nein, aber es sind viele Fahrräder."

„Und da machen Sie oft einen Ausflug mit dem Rad?", fragte Alex.

Wieder nickte Abdullah.

„Am letzten Sonntag, können Sie sich erinnern, wo Sie da waren?"

Abdullah traten die Schweißtropfen auf die Stirn. Allerdings war es wirklich ein wenig zu warm in dem Raum, die Maisonne draußen machte Überstunden.

„Ich war gar nicht fort am letzten Sonntag, mir war schlecht. Ich war den ganzen Tag im Bett."

„Sind Sie sicher, dass Ihnen am letzten Sonntag schlecht war und nicht an einem anderen Tag? Man kommt leicht durcheinander mit den Tagen, wenn man nicht arbeiten darf", sagte Alex.

„Es war ganz bestimmt Sonntag."

„Kann das jemand bezeugen?“, fragte Tina.

„Ja, ja. Natürlich. Bestimmt.“

„Schade. Wir dachten, Sie hätten am letzten Sonntag bei dem schönen Wetter einen Ausflug nach Schöneberg gemacht. Sie waren doch schon mal in Schöneberg?“, fragte Tina.

„Schöneberg? Was ist das?“, übersetzte der Dolmetscher.

„Das ist ein Berliner Bezirk. Kennen Sie die Kolonnenstraße?“

Abdullah zuckte mit den Achseln. „Ich weiß nicht.“

„Sie sind Muslim?“

Wieder nickte Abdullah. Er schlug die Augen nieder.

Tina hatte das Gefühl, dass er log. Aber er war doch Muslim, oder?

„Trinken Sie Bier?“, fragte sie.

„Manchmal.“

Ganz so gläubig war er also nicht.

„Dürfen Muslime Alkohol trinken?“, fragte Alex.

Erneut das schon bekannte Achselzucken.

„Es ist Ihnen also egal, ob Ihr Glaube es Ihnen erlaubt oder nicht“, stellte Tina fest.

„Nein“, protestierte Abdullah.

„Waren Sie schon mal in einer katholischen Kirche?“

Abdullah wischte sich die Hände an seinen Hosenbeinen ab. Er schüttelte den Kopf.

„Heißt das, ‚nein‘?“, fragte Alex.

„Ja“, sagte Abdullah.

„Also Sie waren schon einmal in einer katholischen Kirche?“

„Nein.“ Das kam jetzt klar und deutlich.

„Herr Etuhu, Sie wollen doch, dass man Ihrem Asylantrag stattgibt, nicht wahr?"

Wieder nickte Abdullah. Alex diktierte: „Vermerk: Der Zeuge antwortet nicht auf die Frage, nickt aber mit dem Kopf."

„Dann sollten Sie uns die Wahrheit sagen. Waren Sie schon mal in einer katholischen Kirche?"

Der Dolmetscher stellte die Frage offensichtlich zweimal, während Abdullah nur den Kopf schüttelte.

„Herr Etuhu, ich bin Christ. Trotzdem war ich schon in Moscheen. In Istanbul, zum Beispiel. Und in Dubai. Und hier, bei uns in Wilmersdorf. Das ist kein Verbrechen, man darf sich Kirchen und Moscheen ruhig anschauen."

Abdullah schwieg beharrlich.

Tina und Alex schwiegen ebenfalls. Das Schweigen wurde ungemütlich, vor allem für Abdullah.

„Wissen Sie, was eine Sakristei ist?", fragte Tina.

Abdullah schüttelte wieder den Kopf.

„Das ist ein Raum, in dem die Priester und die Messdiener sich auf die Heilige Messe vorbereiten", erklärte Alex. „Waren Sie schon einmal in so einem Raum?"

„Nein!"

„Herr Etuhu, woher kennen Sie Herrn Dr. Ludger Meerbusch?", fragte Tina.

„Wen?"

„Dr. Ludger Meerbusch?"

„Kenne ich nicht." Abdullah schien sich bei der letzten Frage ein wenig entspannt zu haben. Er kennt den Weissen Vater wirklich nicht, dachte Tina.

„Was haben Sie am letzten Sonntag in der St. Elisabeth Kirche gemacht?", fragte Alex.

„Ich weiß nicht. Ich war nicht da. Kenne ich nicht", übersetzte der Dolmetscher. Am Ton meinte Tina herauszuhören, dass Abdullah sich in die Enge getrieben fühlte.

„Ich unterbreche die Zeugenbefragung für einige Minuten", sagte sie, stand auf und ging in ihr Büro. Simone tippte dies als Vermerk ins Protokoll.

Sie öffnete die Facebook-Seite des *Blue Light* und scrollte sich zu Double-us Post vom Sonntag. Sie ließ das Video ablaufen. Double-u hatte erst von der einen Straßenseite, rechts und links der Absperrung, und zwischendurch von der gegenüberliegenden Straßenseite aus gefilmt. Und dann, bei 1:12, sah sie ihn: Abdullah Etuhu. „Bingo", rief sie. „Double-u, du bist einfach super!" Tina schnappte sich ihr Smartphone und ging zurück ins Vernehmungszimmer.

„Herr Etuhu, machen Sie es sich doch nicht so schwer. Wir können beweisen, dass Sie am Sonntag in der Kolonnenstraße in Schöneberg in St. Elisabeth waren." Sie öffnete auf ihrem Smartphone die Facebook-Seite des *Blue Light*.

Sie startete das Video und schob das Smartphone zu Abdullah. Können Schwarze Menschen blass werden? Diese Frage hatte sich Tina nie gestellt, aber jetzt sah sie, dass der Junge fahl im Gesicht wurde.

Abdullah Etuhu schwieg, während er den Kopf von links nach rechts bewegte. Er schien fassungslos. Hatte er gedacht, dass die Polizei seine Fingerabdrücke nicht finden würde?

Noch bevor Tina oder Alex ihn darüber belehren konnten, dass er nun nicht mehr als Zeuge, sondern als Beschuldigter befragt wurde und ihm ein Anwalt zustand, sagte Abdullah: „Ich will einen Anwalt."

Na klar, dachte Tina, aber der wird dir auch nicht mehr helfen können.

„Abdullah Etuhu, ich nehme Sie vorläufig fest wegen des dringenden Tatverdachts, Dr. Ludger Meerbusch am sechsten Mai in der Sakristei von St. Elisabeth mit einem Kruzifix erschlagen zu haben. Sie haben das Recht, zu schweigen und einen Anwalt zu verständigen. Alles, was Sie jedoch sagen, wird Bestandteil des Ermittlungsverfahrens und entsprechend gewertet. Haben Sie Ihre rechtliche Situation verstanden?"

Was Tina nicht sagte: Aufgrund der Indizien konnten sie einen richterlichen Haftbefehl erwirken. Und wie sie den Inspektionsleiter kannte, würde der auf einer sofortigen Vorführung vor den Haftrichter bestehen.

Feierabend

„Bravo, Tina, Alex, ihr wart großartig“, sagte Claudia, als Abdullah zur erkennungsdienstlichen Behandlung und anschließend in Gewahrsam geführt wurde.

Sie informierte Dr. Holger Brenner. „Ganz toll gemacht, ganz toll, meinen herzlichen Glückwunsch!“, sagte der Staatsanwalt. „Haffe wird begeistert sein.“

Was er nicht sagte, aber auch nicht zu sagen brauchte: Eine so schnelle Verhaftung würde die brodelnde Gerüchteküche sofort runterkühlen. Und Dr. Schleinitz würde natürlich bei Haftverkündung sofort eine Pressekonferenz anberaumen, um erneut die Effizienz seiner Mordkommissionen unter Beweis zu stellen.

Claudia fand, dass es an der Zeit war, den Erfolg zu begießen, auch wenn alle zum Umfallen müde waren.

„Da kommen die Champions“, rief Double-u, als Claudia mit Tomasz im Schlepptau im *Blue Light* auftauchte.

„Du bist die Größte“, sagte Rosie und zapfte das Bier für Claudia an.

Schon tauchten auch Matze, Ekki, Tina und Alex auf.

„Ich habe Hunger wie ein Bär!“, sagte Tina.

„Was hat Cookie denn Schönes gezaubert?“, fragte Claudia.

„Erbsensuppe mit Bockwurst. Mit Spitzbein gekocht. Ein Hammer, sag ich dir“, informierte Rosie. „Und für den Polenlümmel gibt es mit Käse überbackene Auberginen. Mit leckeren Nüssen, Rosinen und Grünkern gefüllt.“

„Klasse, ja, unbedingt.“ Tomasz hob den Kopf und lauschte. „Ich mag dieses Stück!“

Claudia lächelte. „‚The Entertainer‘. Komm mal mit, Tomasz.“ Sie zog ihren neuen Kollegen in den Nebenraum, der bis auf einen einzelnen Zuhörer leer war: Schmitti saß in vorderster Reihe. Auf der kleinen Bühne, die eingerichtet war wie ein Wohnzimmer in den Fünfzigerjahren, stand ein altes Klavier. Und daran saß …

„Aber das ist ja der Staatsanwalt!“, stellte Tomasz fest.

„Wir nennen unseren Entertainer Fliege“, erklärte Claudi dem Neuen. „Er ist ‚The Pianoman‘ in Double-us Band *K 11*.“

Brenner nickte ihnen zu. Er beendete den „Entertainer“ und begann übergangslos mit einem neuen Stück. Er sang sogar mit: „Bei mir biste scheen.“ Nicht, dass die stimmlichen Qualitäten des Staatsanwalts für eine Karriere als Sänger ausgelegt waren, aber für dieses Stück reichte sein dünnes, hohes Stimmchen gerade noch. Claudia lachte, die Kollegen waren inzwischen ebenfalls in den Bühnenraum gekommen und unterstützten den Staatsanwalt beim Refrain: „I could say ‚Bella, bella‘, even ‚sehr wunderbar‘ – each language only helps me tell you how grand you are.“

Längst war ihnen auch Double-u in den Nebenraum gefolgt. Er sprang auf die Bühne, schnappte sich sein Saxophon und fiel mit in das alte Lied von den Andrew Sisters ein.

„Das ist ja geil“, sagte Tomasz, als sie das Lied beendet hatten.

„Darf ich?“, fragte er Double-u und zeigte auf den Gitarrenkoffer, der in der Ecke stand.

„Du kannst Gitarre spielen?“

„Bisschen.“

„Bedien dich!“

Tomasz stimmte das Instrument und spielte dann mit ein paar Griffen „House of the Risin’ Sun“ an. Double-u übernahm die erste Strophe als Solo, Fliege kam mit dem Piano dazu, und Tomasz unterstützte die beiden mit der Gitarre.

„Als ob ihr das zusammen geübt hättet!“ Nicht nur Schmitti war begeistert.

„Ist nicht so schwer, das sind Jazz-Standards“, sagte Tomasz.

„Los, Leute, ab an den Tisch, euer Essen müsste fertig sein.“ Double-u stellte sein Saxophon ab.

„Wie konntet ihr ihn festnageln?“, fragte Double-u.

„Durch deine und Tinas Geistesgegenwart“, sagte Claudia. „Das Video. Darauf ist Abdullah eindeutig zu erkennen, obwohl er leugnet, jemals auch nur in die Nähe der Kirche gekommen zu sein.“

„Der war vor der Kirche?“

„Hhm, wow! Hach, ich glaube, ich habe seit zwanzig Jahren keine Erbsensuppe mehr gegessen. Göttlich!“, schwelgte Matze.

„Ja, du hast ihn sogar von Nahem aufgenommen“, sagte Tina. „Großaufnahme. Blattschuss!“

Double-u starrte vor sich hin.

„Was ist?“, fragte Claudia, die diesen Gesichtsausdruck nur zu gut kannte.

„Hat der ein Ganzkörperkondom getragen, als er den Priester erschlagen hat?“, fragte Double-u.

„Wieso? Wir werden seine Kleidung beschlagnahmen“, sagte Claudia.

„Weil ich mit Agathe unterwegs war. Frisches Blut hätte sie ganz bestimmt gerochen. Aber die alte Lady war ganz cool.“

„Hey, sie ist in Rente“, sagte Claudia.

„Weiß sie das?“, fragte Double-u.

„Vielleicht lassen ihre Sinne nach“, vermutete Schmitti.

„Die hat dich an der Nase rumgeführt“, rief Ekki.

Niemand hatte Lust, sich auf Double-us Einwand einzulassen.

„Du willst uns jetzt nicht die Freude verderben, oder?“, fragte Claudia. „Leute, ich brauch was Stärkeres. Rosie, mach uns doch mal ne Runde Whiskey. Und dann will ich nur noch eins: Schlafen, schlafen, schlafen.“

Polizeimeldungen

Mutmaßlicher Priestermörder gefasst

Berlin – *Er galt als ein gütiger und selbstloser Mann, der immer und überall half. Der gab, anstatt zu nehmen: Afrikamissionar Ludger Meerbusch. Am Sonntag wurde er in St. Elisabeth brutal ermordet. Er wurde mit einem Kruzifix in der Sakristei erschlagen, wo er sich auf den Gottesdienst der englischsprachigen Mission in Berlin vorbereitet hatte.*

Eine Messdienerin fand den toten Priester in der Sakristei. Gläubige, die kurz vor dem sonntäglichen Gottesdienst bereits in der Kirche waren, alarmierten die Polizei. Ermittler der Berliner Mordkommission befragten tagelang Zeugen, Kriminaltechniker werteten Hunderte Spuren aus. „Am Donnerstag wurde der mutmaßliche Täter Abdullah E., 21, dem Haftrichter vorgeführt“, so ein Sprecher. Die Hintergründe der Tat sind bislang unklar.

Gedenkgottesdienst

Ein Meer von Blumen und Kerzen erinnerte vor St. Elisabeth daran, dass hier kürzlich ein Mord geschehen war. Claudia und ihr Team hatten sich rechts und links von den Gläubigen in der Kirche postiert. Das prächtige Kirchenschiff war überfüllt, nicht nur die Schwarze Gemeinde war offensichtlich vollzählig erschienen, auch die anderen Mitglieder der englischsprachigen Gemeinde in Berlin und viele Gemeindemitglieder von St. Matthias waren gekommen, um am Gedenkgottesdienst für Pater Ludger teilzunehmen. Natürlich, erinnerte sich Claudia, er hatte ja auch in All Saints und in St. Bernhard Messen zelebriert.

Claudia stand neben Tomasz. Sie schaute in die Gesichter der versammelten Menschen. Was sie sah, war ehrliche Betroffenheit, ja, Erschütterung. Als die ersten Orgeltöne erklangen, kamen selbst ihr die Tränen.

Weiße Taschentücher blitzten in der schwarz gekleideten Menge auf wie Lichter, unter die traurige Musik schienen sich unzählige Schluchzer zu legen. Woher nur kannte sie diese Melodie, es hörte sich an, als schluchzte auch die Orgel? Der einzige Gottesdienst, den Claudia je besucht hatte, war während ihres Weihnachtsurlaubs in New York eine Messe in einer Schwarzen Baptistengemeinde in Harlem gewesen, trotzdem war sie sich sicher, dass sie diese Melodie schon einmal gehört hatte.

Auf der Fensterseite der Kirche gab es einige Extrabänke, das war wohl der Chor, daneben standen ein Keyboard und ein Beamer.

Die seitliche Tür der Sakristei wurde geöffnet, und allen voran schritten zwei Ministranten mit Kerzen. Die nachfolgenden Priester waren in Weiß und Lila gewandet, es waren eine Menge Priester, nicht nur einer, wie sonst wohl üblich.

Claudia entdeckte in der Menge Ivie und ihre Eltern. Das Mädchen stand stumm und fahl neben ihrem Vater, ihr liefen die Tränen herunter.

Dr. Ambrose Awojobi begrüßte seine Gemeinde. „Wir sind hier heute zusammengekommen, um unseres Bruders Pater Ludger zu gedenken, dessen irdisches Leben in der letzten Woche in der Sakristei ein gewaltsames Ende fand“, sagte er auf Englisch.

Eine kleine, schmale Schwarze Frau trat vor die Bänke, nicht nur die Angehörigen des Chores, sondern alle Gläubigen erhoben sich von ihren Sitzen. Die Frau sang mit glockenklarer Stimme, der Ton wurde mit Lautsprechern verstärkt. Der Chor fiel ein, und an der Wand erschien eine Textzeile:

„*Nearer, my God, to Thee, nearer to Thee!*“

Die Gläubigen sangen jetzt alle mit, Claudia musste gewaltig schlucken. Diese emotionale Wucht eines solchen Gottesdienstes hatte sie nicht erwartet.

„*E'en though it be a cross that raiseth me*", stand an der Wand.

Sie hätte zu gerne gewusst, woher sie das Lied kannte.

„*Still all my song shall be, nearer, my God, to Thee.*"

„Kommt mir so bekannt vor das Lied", flüsterte sie Tomasz ins Ohr.

„‚Titanic'. Der Film. Es war das letzte Lied, das die Kapelle vor dem Untergang spielte", flüsterte er zurück.

Claudia nickte. Na klar.

„Sogar der Erzbischof ist gekommen", sagte Tomasz.

Claudia erkannte unter den Priestern auch den Afrikamissionar, der am vergangenen Sonntag aus der Messe in All Saints nach St. Elisabeth gekommen war, nachdem er vom Tod seines Mitbruders gehört hatte.

Hartwig Senftenberg ging an eine Art Rednerpult und las etwas auf Englisch vor, was sie zwar verstand, aber kaum berührte.

„Was liest der da?"

„Einen Psalm", erklärte Tomasz.

Aha. Ein weiterer Priester löste den Afrikamissionar ab, er sprach ein Gebet, das die Gemeinde Satz für Satz wiederholte. Claudia blickte in die Gesichter der Menschen und hörte nicht mehr zu, bis der Missionsleiter Dr. Ambrose Awojobi ans Rednerpult trat.

„Ich dachte immer, die predigen von der Kanzel?", flüsterte Claudia Tomasz ins Ohr.

„Das ist der Ambo." Tomasz deutete auf das Rednerpult.

Der temperamentvolle kleine Pfarrer bat um eine Schweigeminute für Bruder Ludger.

„Kann uns noch irgendetwas von der Liebe Christi trennen?“, rief er danach auf Englisch seinen Gläubigen zu.

„No!“, antwortete die Gemeinde.

„Kann uns noch irgendetwas von der Liebe Christi trennen?“, wiederholte er mit diesem eigenartigen Akzent, den er auch im Deutschen hatte. Dabei kiekste seine Stimme ein wenig, und er schob sich seine goldene Brille zurück auf das Nasenbein. „Wenn wir vielleicht in Not oder Angst geraten, verfolgt werden, hungern, frieren, in Gefahr sind oder gar vom Tod bedroht werden?“ Dabei fuchtelte er mit den Armen und schaute einzelnen Gemeindemitgliedern direkt in die Augen.

Claudia musste schmunzeln, dieser Pfarrer war wirklich mit Leib und Seele bei der Sache.

„No!“, rief die Gemeinde.

„Schon in der Schrift heißt es: ‚Weil wir an dir festhalten, werden wir jeden Tag getötet, wir werden geschlachtet wie Schafe.‘“

Die Schwarzen Gemeindemitglieder gingen mit. „Yes!“, riefen sie.

„Im Römerbrief acht heißt es: ‚Aber trotz all dem tragen wir einen überwältigenden Sieg davon durch Christus, der uns geliebt hat.‘“

„Was zum Teufel ist der Römerbrief?“, fragte Claudia ihren jungen Kollegen.

„Der Brief des Paulus an die Römer. Das ist ein Buch des Neuen Testaments“, klärte er seine Chefin auf. „Pfarrer Ambrose zitiert aus dem Brief.“

„Also aus der Bibel?“

Tomasz nickte.

„Er hat uns so sehr geliebt, dass er uns seinen Sohn geschickt hat, der am Kreuz für uns alle gestorben ist. Und mit dem Kreuz wurde auch unser Bruder Ludger schändlich getötet. Er ist für uns alle gestorben. Deshalb wir sind ohne Furcht. Denn Christus liebt uns."

So begann Awojobis Predigt. Er erklärte, was die Zitate bedeuteten, wie er sie verstand, dass sie ein Trost waren für all die, die in Not waren. Der kleine Mann setzte dabei den ganzen Körper ein, er machte den Eindruck, als ob er von einem Bein auf das andere hüpfte. Alles an ihm war in Bewegung, genauso wie seine Brille, die ihm immer wieder von der Nase rutschte.

Claudia schaute in die Gesichter der Gläubigen. Awojobi sprach in kurzen, einfachen Sätzen. Sätze, die die Menschen, die aus so vielen verschiedenen Ländern stammten, verstanden, die sie beruhigten, mitrissen, die ihnen Hoffnung gaben.

Sie sah alle Schattierungen von schwarzer Hautfarbe, viele Frauen trugen Hüte, hatten sich Kopftücher umgeschlungen oder die Haare wie Ivie in Hunderte kleine Zöpfchen geflochten. Viele hatten Kinder an der Hand oder auf dem Arm, das eine oder andere Kind entwischte zwischendurch der Mutter und spielte auf dem roten Teppich in der Mitte der Bankreihen, Babys greinten und wurden von ihren Müttern beruhigt. Die weißen Hemden der Männer leuchteten unter ihren dunklen Anzügen, zwischen der schwarzen Kleidung sah man viel Goldenes blitzen. Die Mitglieder dieser Gemeinde strahlten etwas aus, das Claudia nur als Würde bezeichnen konnte. Würde und Stolz. Was für schöne Menschen, dachte sie. Neben der Farbigkeit und Intensität der Besucher kam sie sich blass und farblos vor.

Es war eine ganz besondere Atmosphäre in der Kirche, eine Atmosphäre von Nähe, von Zusammenhalt, von Heimat. Claudia begann zu verstehen, was Tomasz ihr am letzten Sonntag im Taxi gesagt hatte. Die Menschen hatten hier ein Zuhause gefunden. Und einer der Ihren war getötet worden. Jeder von ihnen fühlte sich betroffen. Claudia machte in der Menge den ruandischen Küster aus, an dessen Namen sie sich nicht mehr erinnern konnte. Auch den deutschen Küster hatte sie vor dem Gottesdienst gesehen. Dr. Awojobi rief die Gläubigen auf, eine Kerze für Pater Ludger anzuzünden. Er sprach mit ihnen gemeinsam ein Gebet. Die Leadsängerin stimmte ein weiteres Lied an, und auf die Kirchenwand wurde der Text gebeamt:

Praise to the Lord the Almighty, the King of creation.
O my soul, praise Him for He is thy health and salvation.
Come ye who hear,
Brothers and sisters draw near,
Praise Him in glad adoration.

Claudia musste aus der Kirche fliehen, niemand sollte ihre Tränen sehen. Wir kommen noch dahinter, warum euer Bruder ermordet wurde, versprach sie stumm diesen gläubigen Menschen, die während des Gottesdienstes ein Stück ihres Herzens erobert hatten. Das hier, das war ihr Berlin.

Muttertag

„Mama! Setz dich! Du machst mich wahnsinnig."

„Kümmert sich Lin-Anh denn nicht mal um deinen Kühlschrank?"

„Nein. Und du auch nicht, bitte."

„Bobby, du solltest dir eine Frau suchen, die sich um dich kümmert. Ich verstehe sowieso nicht, was du an dieser Lin-Anh findest."

„Mama, setz dich hin! Du wolltest nur Milch aus dem Kühlschrank holen und nicht aufräumen!"

„Claudi würde dich nicht so verkommen lassen. Wieso bist du nicht mit Claudia zusammen? Die liebt dich doch, das sieht ja ein Blinder."

„Mama, hör auf. Claudia ist meine beste Freundin und Punkt. Ich habe keine Lust, mit dir mein Sexualleben zu diskutieren. Und jetzt sag mir, was du damit gemeint hast: Ihr habt den Falschen."

„Na, dieser Abdullah Etuhu, der war's nicht!"

„Sag mal, hast du immer noch nicht kapiert, dass ich nicht mehr bei der Polizei bin?"

„Ich bin ja nicht blöd. Aber Abdullah war es trotzdem nicht. Wem soll ich denn das sonst erzählen, wenn nicht dir?"

„Okay, Mama, also erzähle. Woher kennst du überhaupt den Namen?“, fragte Double-u.

„Du weißt doch, dass ich dreimal in der Woche einen Deutschkurs für Asylbewerber gebe. Daher kenne ich den Jungen, den ihr jetzt verhaftet habt.“

„Noch mal: Ich bin nicht mehr bei der Polizei!“

„Lass mich doch mal ausreden! Also, dieser Abdullah, ja, der war es ganz bestimmt nicht. Der ist kein Islamist, dafür lege ich meine Hand ins Feuer.“

„Aha, Mama, du kannst den Leuten jetzt unter die Haut gucken, ja? Ich bitte dich, seine Fingerabdrücke waren überall in der Sakristei. Hast du eine Idee, was ein junger Muslim sonst in einer katholischen Kirche gewollt haben könnte, noch dazu in den verschlossenen Nebenräumen?“

„Na, rate mal!“ Regina Robinson lächelte.

„Sind wir jetzt bei Jauch oder was?“

„Die Liebe, Bobby, die Liebe macht weder vor Hautfarben noch vor Religionen Halt.“

„Na, du weißt ja, wovon du redest.“ In dem Moment, als der Satz aus seinem Mund raus war, tat er Double-u schon leid.

„Ja, genau, ich weiß, wovon ich rede. Was denkst du, wo ich mich mit deinem Vater getroffen habe, um nicht von meinen Eltern erwischt zu werden?“

„Erspare mir die Einzelheiten, ich wollte nicht neugierig sein.“

„Nun, vielleicht ist es an der Zeit, dass du neugierig wirst. Oder glaubst du, dass es so einfach war, Anfang der Achtzigerjahre in Berlin mit einem Schwarzen zusammen zu sein? Ich hatte Angst, dass mein Vater mich umbringt!“

„Glaubst du, dass es heute so leicht ist, schwarz zu sein?"

Als er sah, wie seine Mutter schluckte, fügte er hinzu: „Aber Opa – das glaube ich nicht. Der war doch immer weltoffen und tolerant."

Regina lachte höhnisch auf. „Das haben wir dir erzählt, ja, weil wir wollten, dass du eine gute Beziehung zu deinen Großeltern hast. Was wir dir nicht erzählt haben, ist, dass meine Eltern mir jeden Umgang mit Mike untersagt haben, nachdem sie herausgekriegt hatten, dass ich mit ihm zusammen war. Sie haben mich quasi eingesperrt, und als ich dann schwanger war, haben meine Eltern darauf gedrungen, dass ich eine Abtreibung vornehmen lassen sollte."

„Das kann ich nicht glauben, die waren doch immer so lieb zu Dad und mir."

„Ja, später, als sie dich in den Armen hielten und sich kaum noch einkriegten über das süße, kleine Schokobaby. Aber du hättest sie mal vorher hören sollen. Dass ich mir meine Zukunft versaue, dass ich mich freiwillig aus der Gesellschaft katapultieren würde. Dass wir weder in Deutschland noch in den Vereinigten Staaten akzeptiert werden würden. Sie hatten auch nichts gegen Mike persönlich, sie mochten ihn sogar, aber sie haben sich eben wie alle Eltern nur das Beste für ihr Kind gewünscht und sahen große Probleme für uns."

„Die ihr bestimmt auch hattet", sagte Double-u.

„Ja, aber unsere Liebe war größer. Als wir dann selbst Eltern waren, haben wir ihr Verhalten verstanden und ihnen verziehen."

„Und was hat das alles mit Abdullah zu tun?"

„Abdullah ist verliebt. In eine katholische Christin aus seiner Heimat Nigeria. Das ist das ganze Geheimnis."

„Und deshalb bringt er den Pfarrer um?"

„Quatsch. Ivie hat ihm die Kirche gezeigt. Die beiden träumen davon zu heiraten. Ivie will Abdullah überzeugen, den katholischen Glauben anzunehmen, sonst haben sie keine Chance bei ihren Eltern."

„Wer ist Ivie?"

„Ivie ist eine meiner Schülerinnen auf der Kennedy-Schule. Eine bildhübsche, blitzgescheite siebzehnjährige Nigerianerin, Tochter eines Professors an der FU."

„Wie kommst du darauf, dass sie ihn mit in die Kirche genommen hat?"

„Weil Ivie in St. Elisabeth Messdienerin ist."

„Und das hat sie dir erzählt?"

„Na ja, nicht ganz freiwillig. Ich habe die beiden zweimal zusammen gesehen. Ivie hat mich beschworen, nichts ihren Eltern zu sagen. Aber in den letzten Tagen war sie so augenscheinlich unglücklich. Außerdem habe ich von meinen Asylbewerbern gehört, dass Abdullah verhaftet worden ist. Also habe ich sie darauf angesprochen. Sie hat zugegeben, dass sie mit Abdullah in der Sakristei war. Sie hat mich angefleht, keinen Ton zu sagen."

„Und warum sagt dieser Abdullah das nicht bei den Befragungen?"

„Weil er das Mädchen liebt?"

„Und dir ist nicht in den Sinn gekommen, dass er sich vielleicht genau deshalb an sie herangemacht hat? Um in die Sakristei zu kommen?"

„Herzchen, nein, das ist mir nicht in den Sinn gekommen, die beiden haben sich nämlich nicht in der Kirche, sondern auf einem Fest kennengelernt. Ich war dabei oder, besser gesagt, ich habe dieses Fest organisiert."

„Und was soll ich deiner Meinung nach jetzt tun?"

„Dafür sorgen, dass Abdullah sofort freikommt, was sonst?"

Paul Ndwaniye

„Ich hätte da noch eine Leiche für Sie." Der Anruf von Dr. Hans-Ferdinand Schleinitz, Inspektionsleiter der acht Berliner Mordkommissionen, weckte Claudia am Montagmorgen aus dem Tiefschlaf.

„Wir sind nicht zuständig, wir kauen noch an unserem Priestermord", sagte Claudia schlaftrunken. Was sie nicht sagte: Abdullah ist anscheinend unschuldig und wir fangen noch mal ganz von vorn an. Am Sonntagabend hatte Double-u ihr mitgeteilt, was er von seiner Mutter erfahren hatte. Daraufhin hatte Claudia sich die Kante gegeben.

„Ich weiß, deshalb habe ich Sie ja direkt angerufen. Schätze, meine Leiche ist auch Ihre Leiche."

„Wie soll ich das jetzt verstehen?", fragte Claudia.

„Paul Ndwaniye, sagt Ihnen der Name was?"

„Sollte er?"

„Sollte. St. Elisabeth. Der Küster aus Ruanda."

„Ach du Scheiße! Wir kommen. Wohin?"

„Ich hoffe, Ihr Frühstück ist schon verdaut. Soll kein schöner Anblick sein. Wedding, Sansibarstraße 48."

„Wir sind unterwegs", sagte Claudia, der auch schon ohne Frühstück und Leiche schlecht war.

„Das artet ja wirklich in eine Bewährungsprobe für Sie aus", sagte Haffe. „Brauchen Sie Hilfe?"

„Danke, ich denke, wir kommen klar", sagte Claudia. Sie war nun hellwach und suchte in ihrem Nachttisch nach der Packung mit dem Alka Selzer.

Sie rief Tomasz an und bat ihn, sie abzuholen, der Frischling wohnte nur vier Straßen weiter. Was sie nicht sagte, war, dass sie nicht das Gefühl hatte, bereits fahrtüchtig zu sein.

Kurz darauf saß sie bei ihm im Auto und nannte ihm die Adresse: „Sansibarstraße 48, im Wedding."

„Auf dem Wedding. Wenn schon, denn schon. Afrikanisches Viertel", sagte Tomasz. „Weißt du, wieso die Straßen da alle nach afrikanischen Ländern benannt sind?"

„Wahrscheinlich ein Überbleibsel aus der Zeit, als wir noch Kolonien hatten", mutmaßte Claudia, die mit ihren Gedanken ganz woanders war.

„Genau. Aber wetten, dass du nicht weißt, wer die Straßen so benannt hat."

„Keine Ahnung", sagte Claudia.

„Carl Hagenbeck. Genau, der mit dem Hamburger Tierpark. Weil er nämlich einen Park dort geplant hatte, wo er Tiere und Menschen aus den deutschen Kolonien ausstellen wollte. Dann kam der Erste Weltkrieg, und es war Schluss mit lustig – beziehungsweise mit den deutschen Kolonien."

„Ja, ich habe mitbekommen, dass einige Straßen jetzt umbenannt werden sollen", sagte Claudia, die von sich selbst behauptete, dass sie vor neun Uhr morgens sozial nicht kompatibel sei. Sie fragte sich, wie jemand um diese

Uhrzeit schon so eloquent plaudern konnte. Ihr Schädel fühlte sich an, als hätte ihn jemand mit einem Gummihammer malträtiert.

„Von wegen der politischen Korrektheit. Nichts mehr mit Lüderitzstraße, schließlich war Lüderitz der erste deutsche Landbesitzer in Namibia. Maji-Maji ist jetzt angesagt, das ist eine tansanische Widerstandsbewegung. Aber inzwischen haben sich dort tatsächlich viele Afrikaner angesiedelt, fast dreitausend Schwarze wohnen dort."

„Was du alles weißt. Hast du so gut aufgepasst in Heimatkunde?", fragte Claudia.

„Nein, ich hatte da mal eine Freundin."

Claudia lächelte. Dieser Tomasz war wirklich ein wandelndes Lexikon.

Zumindest hielt sich diesmal das Polizeiaufgebot in Grenzen. Natürlich, es handelte sich ja auch „nur" um einen toten Afrikaner. Da hielt sich auch das öffentliche Interesse in Grenzen.

Claudias Gedanken rasten. Machte eine weitere Leiche den Fall leichter oder noch unübersichtlicher? Würde der Getötete Licht in das Dunkel der möglichen Motive bringen? Vermutlich ja, sagte sie sich. Denn wahrscheinlich war der Mann getötet worden, weil er tatsächlich etwas in St. Elisabeth gesehen hatte. Etwas, das auf keinen Fall das Licht der Öffentlichkeit erblicken sollte. Aber sie hatten ihn doch vernommen – beziehungsweise nicht ganz. Er war nur in Bezug auf die Auffindesituation und auf die baulichen Gegebenheiten vernommen worden. Die Tatsache, dass er aus Ruanda stammte, und etwaige herkunftsbedingte Zusammenhänge waren nicht erfragt worden. Vielleicht steckte der Mann irgendwie mit Pater Ludger unter einer wie auch immer gearteten Decke?

Haffe hatte sie vorgewarnt, dass der Tote kein schöner Anblick sei. Sie hatte ihn bewusst nicht gefragt, wieso, war aber auf Schlimmes vorbereitet. Dass es für „schlimm" noch eine Steigerung gab, bewies der Tatort. Als sie die ausgetretenen Stufen zum zweiten Stock in dem grauen Miethaus aus den Dreißigerjahren erklommen hatten, musste sich sogar Claudia zusammenreißen, um sich nicht zu übergeben. Der quadratische Flur glich einem Schlachthaus. Überall war Blut an den Wänden, der Kopf des Küsters lag abgetrennt vor der Küchentür, einzelne Gliedmaßen lagen auf dem Boden zerstreut kreuz und quer im ganzen Flur.

„Oh Gott!", entfuhr es ihr.

„Der hat dabei weggeschaut", sagte eine Stimme aus einem Zimmer. Kurz darauf erschien ein älterer Mann im Türrahmen. „Claudia Westermann, habe die Ehre!"

„Hi Ansgar", begrüßte Claudia den Schichtleiter von der Direktion 3. „Was ist denn hier passiert?" Claudia blieb vor der Eingangstür stehen.

„So sieht es aus, wenn eine Meinungsverschiedenheit mit der Machete ausgetragen wird", sagte der Rechtsmediziner Dr. Mendelsohn, dessen Kopf vor der Eingangstür erschien.

„Hallo Mendel", sagte Claudia, „das Tatwerkzeug war eine Machete?"

„Ja, wahrscheinlich. Sie liegt hier hinter der Eingangstür."

„Und das Wahnsinnige daran ist, dass die Machete offensichtlich dem Opfer gehört hat. Jedenfalls sieht es im Wohnzimmer so aus, als habe sie als Wanddekoration gedient", ergänzte Ansgar.

„Kannst du schon was zum Todeszeitpunkt sagen, Mendel?"

„Ich kann dir sagen, dass die Gliedmaßen ungefähr gestern am späten Nachmittag abgehackt wurden, wenn man Blutgerinnung und die Temperatur in Beziehung setzt. Ob das der Todeszeitpunkt ist, kann ich dir nicht sagen."

„Wer hat ihn gefunden?", fragte Claudia.

„Seine Freundin, sie ist heute früh von einer Reise zurückgekommen", sagte der Schichtleiter.

„Wo ist sie jetzt?"

„Wir mussten sie ins Krankenhaus schaffen lassen, sie steht unter Schock, aus der bekommt man im Moment nichts raus", sagte Ansgar.

„Welches Krankenhaus?"

„Virchow."

„Haben die beiden hier zusammengelebt?", fragte Tomasz.

„Nein, die Wohnung ist offensichtlich nur für eine Person eingerichtet. Obwohl es im Bad eine zweite Zahnbürste gibt und einen Damen-Bademantel. Ich schätze, die Freundin hat hier öfter übernachtet, scheint aber nicht fest hier gewohnt zu haben."

„Habt ihr ihre Adresse?", fragte Claudia.

Der Mann von der Direktion 3 schrieb die Adresse auf.

„Habt ihr die Nachbarn schon befragt?"

„Wir hatten erst mal Mühe, den Tatort so abzusichern, dass die Nachbarn ihn nicht betreten konnten. Jetzt scheinen alle entweder zur Arbeit gegangen zu sein oder sich hinter ihrer Wohnungstür verschanzt zu haben“, sagte Ansgar.

Claudia schaute auf ihre Uhr. Es war inzwischen halb neun vorbei. Schmitti war inzwischen in der Wohnung, der Rest ihrer Crew, die mittlerweile vollständig eingetroffen war, stand vor der Wohnungstür beziehungsweise auf der Treppe.

„Bleibt erst mal draußen, sonst zertrampeln wir da drinnen nur alle Spuren, der Flur ist sehr eng. Also, Matze und Ekki, ihr befragt bitte die Nachbarn und schaut auch mal, was man von dem Haus gegenüber sehen kann. Und Tina und Alex, ihr fahrt ins Virchow und vernehmt die Freundin, die heißt …“, Claudia schaute auf den Zettel, den Ansgar ihr gegeben hatte, „Mukantagara Maningo.“

„Wo kommt die Dame denn her?“, fragte Tina.

„Aus Berlin“, sagte Ansgar, „geboren am 24.3.1986 in Berlin.“

„Aha.“ Claudia nickte. „Also Mukantagara Maningo. Befragt sie, sobald sie ansprechbar ist.“

Das Fake

„Haltet euch fest, das Ding mit der Machete war ein Fake!", rief Dr. Martin Mendelsohn, als er Claudia und ihre Crew im *Blue Light* entdeckte. „Ihr habt meinen Bericht soeben bekommen."

„Wie jetzt?", fragte Claudia, die gerade in ihren Burger gebissen hatte.

„Paul Ndwaniye ist nicht mit der Machete umgebracht worden."

„Sondern?", fragte Double-u, der mit drei frisch Gezapften hinter dem Tresen hervorkam.

„Mit einem gezielten Handkantenschlag zwischen Kiefer und Schlüsselbein", ließ Mendel die Bombe platzen. „Der Schlag hat die Halsschlagader durchtrennt."

„Aber, wozu dann die Schlachthausszene? Und wie bist du überhaupt darauf gekommen?", fragte Schmitti.

„Ich hätte es fast übersehen, der Täter hat die Machete genutzt, um den tödlichen Schlag zu vertuschen. Aber er hat nicht genau genug gezielt."

„Könnte es nicht sein, dass der Täter Paul Ndwaniye nur bewusstlos geschlagen hat, um ihn dann lautlos mit der Machete töten zu können?", fragte Claudia und rückte ein

Stück zur Seite, damit Dr. Mendelsohn an ihrem Tisch Platz nehmen konnte.

„Nee, glaub mir, dieser Handkantenschlag war absolut tödlich. Er hat die Halsschlagader durchtrennt. Da hat einer sein Handwerk verstanden“, sagte der Pathologe und setzte sich.

Ich brauche jetzt eine Zigarette, dachte Claudia. Allerdings hatte sie sich seit Ostern das Rauchen abgewöhnt. „Was bedeutet denn das jetzt schon wieder?“, fragte sie laut.

„Dass ihr es mit einem Mörder zu tun habt, der professionell Töten gelernt hat. Ich habe euch schon bei dem Priester gesagt, dass da einer wusste, was er tat.“

„Das trifft auf viele Menschen aus den afrikanischen Staaten zu. Denkt doch nur mal an die Kindersoldaten“, sagte Tomasz.

„Das trifft aber auf niemanden zu, der Zugang zur Sakristei hatte. Vielleicht hätte es noch auf den Küster aus Ruanda gepasst, aber der ist ja nun ebenfalls tot“, sagte Claudia. „Kannst du schon was Genaueres zur Todeszeit sagen?“

„Gestern Nachmittag, nicht vor dreizehn Uhr und nicht nach achtzehn Uhr“, sagte der Pathologe.

„Was mir fehlt, ist ein Motiv“, sagte Claudia und wischte sich mit einer Serviette Tomatenketchup ab, der auf ihre Bluse gekleckert war.

„Diese Freundin von dem Küster, die wusste absolut nichts und zum Zeitpunkt des Mordes war sie in Brandenburg bei einer Freundin“, sagte Tina. „Mukantagara Maningo, heißt sie“, sagte Alex. „Ihre Freundin in Brandenburg hat das übrigens bestätigt.“

„Das Motiv für den Fake-Mord ist doch klar: Der Küster hat was gesehen, was er nicht sehen sollte“, sagte Matze.

„Bis dahin gehe ich mit dir“, sagte Claudia, „aber was war das Motiv für den Mord an dem Priester? Und warum dann so ein spektakulärer Mord?“

„Alle Spuren, die wir gesichert haben, sind entweder von Messdienern, sprich Kindern oder Jugendlichen, von Deutschen oder von Priestern. Die sind bekanntlich besser im Taufen als im Töten“, sagte Schmitti.

„Mörder gibt es in jedem Berufsstand, warum nicht auch unter Priestern?“, sagte Matze.

„Wisst ihr, was mir auffällt“, sagte Double-u. „Da gibt sich einer eine verdammte Mühe, das Ding so aussehen zu lassen, als ob ein Afrikaner der Täter war beziehungsweise das Motiv des Mordes in Afrika zu suchen ist.“

Claudia schaute ihn aus zusammengekniffenen Augen an, was sie immer tat, wenn sie über eine Idee von ihm nachdachte. „Verdammt, du hast recht. Aber sowas von. Mord in der Sakristei, kurz vor einer Messe, die vorwiegend von Afrikanern besucht wird. Mord an dem Küster aus Ruanda mit einer Machete. Da lenkt einer unsere Blicke direkt auf den Schwarzen Kontinent. Und zeigt mit einem roten Pfeil nach Ruanda.“

„Genau das ist es, was mich misstrauisch macht“, sagte Double-u. „Was, wenn das Motiv des Mordes an dem Priester überhaupt nichts mit Afrika zu tun hat?“

„Wir haben uns an den Motiven mit Afrika-Bezug

wirklich abgearbeitet“, sagte Claudia. „Kein gemeldeter Aids-Fall, keine Anzeige wegen sexueller Belästigung, kein entlassener Strafgefangener, der von Ludger seelsorgerisch betreut wurde. Die Priester untereinander haben offensichtlich ein gutes Verhältnis. Das einzig Ungeklärte bleibt die Schwarze Schönheit. Wobei wir nicht wissen, wie alt das Foto ist, das wir bei Pater Ludger unter dem Bild von seinen Eltern gefunden haben. Angeblich kennt niemand die Frau, nicht mal der Missionsleiter, obwohl wir den Eindruck hatten, dass einige bei der Antwort gezögert haben.“

„Das Alter der Frau können die Kriminaltechniker auf jeden Fall herausbekommen. Linh-Anh kann so was, das weiß ich. Und die könnten die Frau auch so bearbeiten, dass sie aussieht, wie sie heute aussehen würde.“

„Was ist mit einer Erbschaft?“, fragte Double-u.

„Ludger hat seinen Anteil an der Erbschaft von seinem Vater an seinen Bruder abgetreten, als er in den Orden eingetreten ist. Laut seinen Mitbrüdern besaß er nicht viel, die Brüder pflegen einen einfachen Lebensstil.“

„Gibt es denn ein Testament?“

„Ja, wir haben ein handschriftliches Testament gefunden, nach dem alle seine persönlichen Besitztümer an die UNO-Flüchtlingshilfe gehen. Von zwei Zeugen unterschrieben.“

„Könnt ihr das mit dem Erbe des Vaters nachchecken?“, fragte Double-u.

„Wie denn? Den Kontakt zur Familie in Münster hält Haffe, und er besteht darauf, dass das auch so bleibt. Er kennt den Neffen von dem Toten. Und der Bruder liegt selbst im Sterben."

„Ungünstiger Zeitpunkt", fand auch Double-u. „Aber auf jeden Fall würde ich mal den Background aller Deutschen überprüfen, die Zugang zur Sakristei hatten."

„Bis auf die Priester und die Messdiener ist das nur der Küster von St. Elisabeth. Der Mann ist schwerbeschädigt, fällt also aus."

In der Tür hinter dem Tresen erschien Cookie. „Die Stimme kenne ick doch. Meene Lieblingspolizistin. Da musst ick doch ma kieken jehn. Jeht's dir jut, Kleene?"

Claudia war aufgestanden und ließ sich von Cookie umarmen, was in etwa so aussah wie eine Szene aus „King Kong und die weiße Frau".

„Im Moment leider nicht", sagte Claudia, als sie sich aus der Umklammerung gelöst hatte.

„Der dote Schwatte macht dir Sorjen, wa?"

„Ja", gab Claudia zu und setzte sich wieder.

„Weeste wat, ick hab'n Kumpel, der arbeitet uffm Wedding innem Nega-Restaurant." Als Denis ihren strafenden Blick sah, sagte er: „Ach Scheiße, ick verjesse imma, dasset nich mehr Nega heeßt. Aber uff jeden Fall sind da nur Bimbos."

Double-u brach in schallendes Gelächter aus, in das alle Anwesenden einstimmten.

„Ick könnt ja heut Abend da mal horchen jehn, vielleicht hör ick wat, wat nich für eure Ohrn bestimmt is, wat meenste, Kleene?"

Claudia schaute Double-u an. Der nickte. „Kann ja nicht schaden", sagte er.

Bantou Village

„Kann ick dir jetzt alleene lassen mit die Küche?“, fragte Cookie Double-u.

Double-u sah auf die Uhr. Es war bereits nach elf. „Du willst zu dem afrikanischen Restaurant?“

„Ja, olle Roger, wat meen Kumpel is, müsste jetzt Feierabend habn.“

„Na dann, auf zu Horch und Lausch. Nimm den Volvo.“ Double-u warf Denis seine Autoschlüssel zu.

„Danke!“, sagte Denis. „Du bist ma doch nich böse, dass ick vorhin Bimbo jesacht hab, oda?“

„Hau ab, Mensch!“ Double-u lachte. „Aber pass auf, was du sagst, wenn du bei deinem Kumpel bist, okay?“

„Jebongt!“, rief Denis über die Schulter hinweg.

Das Schlimmste, fand Denis, war die Sache mit den Parkplätzen im Wedding. Die Schranken von Lidl und das real-Parkhaus in der Müllerstraße waren bereits geschlossen, und in den Wohnstraßen im Afrikanischen Viertel schien jeder Mieter ein Auto zu besitzen. Er musste dreimal durch die Straßen mit den Namen der ehemaligen deutschen Kolonien kurven, um endlich in der Togostraße eine winzige Lücke zu finden.

Das Restaurant, in dem sein Kumpel arbeitete, hieß *Bantou Village* und war in der Kameruner Straße, kurz vor der Ecke Müllerstraße. Roger erwartete ihn bereits mit einem Mützig-Bier aus Kamerun auf der Terrasse vor dem Restaurant. Sie hatten einander in dem marokkanischen Restaurant kennengelernt, in dem Denis ein Jahr lang gearbeitet hatte.

„Hey, Alda, lange nich jesehn, ça va?", fragte Roger, nachdem er ihn umarmt hatte. Roger hatte einen seltsamen Akzent, eine Mischung aus Berlinerisch, Französisch und irgendeiner Bantusprache, deren Name sich Denis nicht merken konnte. Roger lebte seit mehr als zwanzig Jahren in Deutschland, er hatte eine Berlinerin geheiratet.

„Allet spitzenmäßich", sagte Denis und setzte sich zu Roger an den Tisch.

„Du musst essen, ick mach dir specialité von mir: Ndolé. Man sagt, beste Ndolé in tout Berlin."

„Wat is dat denn? Nudeln?"

„Non, so ne Art Spinat. Von Kamerun."

„Ick dachte, du hast Feierabend?"

„Bien sûr, aber für dich, du musst kosten, ja?"

Denis liebte es, exotische Genüsse zu probieren. Er war immer auf der Suche nach einem neuen Gaumenkitzel, mit dem er seine Gäste verblüffen konnte.

„Wat jibts dazu?", fragte er deshalb.

„Wir essen Reis. Dazu. Oder Bobolo."

„Und dit is jetzt wat?"

„Lass dir überraschen", sagte Roger. „Auch ein Bier von Kamerun?"

„Logo." Denis lehnte sich zurück. Von der kleinen Terrasse aus konnte man das Leben in der schmalen Straße beobachten. Es waren immer noch erstaunlich viele Menschen hier unterwegs, die meisten waren schwarz. Als ihm kalt wurde, ging er in das Restaurant, das mit roten Polsterbänken ausgestattet war. Auch innen sah man nur Schwarze Menschen, die gebannt auf große Flatscreens starrten, die an allen Wänden angebracht waren. Dort lief ein Fußballspiel. So konzentriert, wie die Gäste zuschauten, vermutete Denis, dass es sich um Zocker handelte, die auf die eine oder andere Mannschaft oder auf ein Torverhältnis gesetzt hatten. Vermutlich eine Übertragung aus der afrikanischen Liga.

Roger kam mit zwei Tellern aus der Küche, und sie setzten sich in eine leere Nische.

„Voilà, bon appétit", sagte Roger.

Denis betrachtete interessiert das Ensemble. Auf einem Teller befand sich der afrikanische Spinat, der aussah, als hätte eine Kuh einen Fladen hinterlassen. Daneben stand eine Portion Reis-Timbale, die eine vierköpfige Familie ernährt hätte.

Roger ging zurück in die Küche und kam mit einem weiteren Teller zurück. „Bobolo", sagte er und zeigte auf zwei glasig aussehende Würste.

Denis tauchte seinen Löffel in den Ndolé. „Wow, dit is ja voll lecka!"

„Bester Ndolé von Berlin", sagte Roger, „steht sogar im Internet."

Etwas skeptisch machte sich Denis an die Würste.

„Abjestorbener Penis, Typ Wasserleiche, sagt ma femme“, sagte Roger.

Denis verschluckte sich, weil er so lachen musste, denn es traf genau das, was er selbst gedacht hatte. „Wie Gummibärchen, nur nich süß“, stellte er fest.

„Wir lieben es!“ Roger setzte sich seinem Gast gegenüber. „Wo arbeitest du maintenant?“

Denis zog eine Visitenkarte aus seiner Tasche. „Is’n Jazzschuppen mit zweiunddreißig Sorten Whiskey“, erklärte er und versuchte, das Gummiding zu schlucken. „Musst mal kieken kommen. Die halbe Polente von Berlin verkehrt da. Vor allem die Kriminalen, verstehste.“

„Und wat für ne Küche?“

„Allet, wat lecka is“, sagte Denis. „Sach ma, ick hab jehört, umme Ecke is eena mitta Machete jemeuchelt worden, stimmt dit?“

„Äh bäh, der Paul. Aus le Rwanda. Soll schlimm ausjesehn haben, on dit.“

„Wat war denn dit für eena? Kannteste den?“

„Bien sûr, aus der Gemeinde.“

„Du bist katholisch?“

„Logo. Bin aber bei der französischsprachigen Mission. Einer von den Afrikamissionaren is ja auch tot, erschlagen. Inne Kirche.“

„Hatten die miteinander zu tun?“

„Klaro. Paul hat als Küster ausjeholfen. Beim englisch Gottesdienst.“

„Und wer hatte nen Rochus uff die?“

„Keene Ahnung. Der Pater war – so sagen sie – eene

jute Seele, jenauso wie Paul. Hommes pieux, janz fromme Männer. Der Pater war ooch in Afrique, ooch in Rwanda. Und in Tanzanie."

„Habt ihr eene Ahnung, wer dit jewesen sein könnte?"

„Mais non! Aber nicht glauben wir, dass einer von uns dit war."

„Wieso nicht?"

„Alle respektieren Paul. Guter Mann, kein Ärger, nie. Und der Priester. Non. Wenn es Ärger gibt, hören wir das, comprends-tu? Kein Ärger, weit und breit kein Ärger."

„Und wenn dit was von früher war, aus Ruanda?"

„Non! Bestimmt nicht. Wenn es von früher war, hätten wir dit gehört. Wir haben drei Gäste aus Rwanda. Sie waren hier zusammen oft mit Paul. Nein, nein. In Kamerun il y a ein Sprichwort: Der Regen fällt nicht allein nur auf ein Dach."

„Wat soll mir dit jetzt sajen?"

„Ça veut dire, wenn etwas passiert Schlimmes, ist die ganze Gemeinde betroffen. Niemand versteht, was da passiert ist. Niemand kann hier Polizei brauchen! Wir haben noch ein Sprichwort in Kamerun: Ein fauler Zahn lässt alle anderen Zähne stinken."

„Wird hier gezockt?"

„Ici? Hier? Du kennst ‚Casablanca'?"

„Das Restaurant?"

„Non, den Film. Die Szene mit dem Chef de Police, Monsieur Renault?"

„Keene Ahnung, wat du meenst!"

„Er sagt: Ich bin entsetzt, hier wird ja gespielt!"

Denis lächelte in sich hinein. „Hatte der vielleicht Spielschulden?“

„Non! Der Einzje mit Spielschulden is der Küsta von St. Elisabeth. Aber volle Lotte.“

„Moment, ick dachte, der Paul is der Küsta?“

„Nee, Ulf Torwald, der ist der Küster regulär. Paul ist nur englischsprachige Mission. “

„Und der Ulf hat Spielschulden? Woher weeßte dit denn?“

„Man hört dies und das. War ooch in Afrique, dieser Ulf.“

„Haste noch en Bierchen?“, fragte Denis.

„Mais bien sûr, mon ami!“

Chefposten

Claudia war allein in ihrem Büro. Tina und Alex vernahmen noch einmal Abdullah Etuhu. Nach der Information von Double-us Mutter hatte Claudia bei Fliege eine Rücksistierung zur Vernehmung in der Keithstraße beantragt. Der junge Mann hatte sich leider auch vor dem Haftrichter geweigert, den Grund für seine nachgewiesene Anwesenheit in der Sakristei zu erklären. Tina und Alex sollten ihn nun mit Ivies Geschichte konfrontieren.

Wenn der Junge das nicht zugab, blieb ihnen nichts anderes übrig, als Ivie erneut zu vernehmen, leider ging das nicht ohne ihren Vater, da sie nicht volljährig war.

Claudia hatte höchsten Respekt vor dem jungen Nigerianer, der sogar unter Einsatz seiner eigenen Freiheit die Ehre seiner Freundin verteidigte. Warum lernte sie eigentlich nie einen Mann kennen, der so bedingungslos zu ihr hielt?

Matze und Ekki waren bei dem Chef der englischsprachigen Mission in Dahlem, um ihn über die persönlichen Hintergründe von Paul Ndwaniye zu befragen und etwaige Querverbindungen zum Mord an Pater Ludger zu finden. Schmitti und Tomasz besuchten die Kollegen von der Kriminaltechnik, um diese von der neuesten Entwicklung in Bezug auf die sichergestellten Spuren insbesondere der Machete zu informieren.

Claudia hatte Haffe um eine Unterredung gebeten. Die wenigen Stunden, die ihr in der letzten Nacht zum Schlafen geblieben wären, hatte sie damit verbracht, Ordnung in ihre Gedanken zu bringen. Double-u hatte recht, sie mussten nach einem Deutschen suchen, die Spuren wiesen viel zu offensichtlich in die afrikanische Richtung.

„Wo brennt es denn bei meiner jungen Kollegin?“, fragte Haffe, als er ohne anzuklopfen ihr Büro betrat.

„Es brennt an allen Fronten. Wir müssen Abdullah wieder auf freien Fuß setzen. Der Mann war es nicht.“

„Sind Sie wahnsinnig? Der Mann ist ein Mörder! Es sind ganz eindeutig seine Fingerabdrücke in der Sakristei.“

„Ja. Allerdings haben wir inzwischen Hinweise darauf, weshalb sich der Beschuldigte tatsächlich in der Sakristei aufgehalten hat.“

„Hinweise? Was für Hinweise?“

„Er hatte dort ein Tête-à-tête mit Ivie, der Messdienerin. Und zwar zwei Tage vor dem Mord.“

„Woher wissen wir das? Hat das der Beschuldigte behauptet?“

„Nein, er leugnet noch beharrlich. Wir haben einen Hinweis von Robert W. Robinson bekommen. Seine Mutter ist zufällig Ivies Lehrerin an der Kennedy-Schule, und Abdullah ist in einer Gruppe, der sie zweimal in der Woche Deutschunterricht gibt.“

„Dieser Mann war schon immer eine Nervensäge. Jetzt

hat der auch noch eine Mutter! Ich kann gar nicht glauben, dass Sie sich auf Hörensagen verlassen. Außerdem, was heißt das schon, dass er mit dieser Ivie in der Sakristei war. Er war doch unstrittig auch am Tag des Mordes in St. Elisabeth. Nein, nein, nein! Wollen Sie unseren ganzen schönen Fahndungserfolg zunichtemachen? Wie sieht denn das aus?“

„Ich verstehe zwar, dass das nicht so gut aussieht, aber wir können ja wohl kaum jemanden festhalten, der vermutlich unschuldig ist.“

„Was heißt vermutlich unschuldig? Mit vermutlich gewinnt man keine Prozesse.“

Genau, dachte Claudia, und bei der jetzigen Sachlage klagt Fliege Abdullah ganz bestimmt nicht an. Laut sagte sie: „Außerdem kann Abdullah auf keinen Fall den afrikanischen Küster ermordet haben, denn zur Zeit des Mordes war er bereits in Untersuchungshaft.“

„Na und, es ist doch gar nicht gesagt, dass beide Taten vom selben Mörder ausgeführt worden sind.“

„Herr Dr. Schleinitz, das ist doch wohl offensichtlich. Der Tod des afrikanischen Küsters ist eine Vertuschungstat.“

„Meine liebe junge Kollegin, das behaupten Sie. Können Sie es auch beweisen?“

„Noch nicht.“

„Und wissen Sie, was passiert, wenn wir diesen Abdullah wieder laufen lassen? Dann geht das von vorne los mit den Gerüchten und Unterstellungen. Das kann ich auf keinen Fall unterstützen, auf gar keinen Fall. Ich habe dem Bischof versprochen, dass der Fall so diskret wie möglich behandelt wird. Und der Polizeipräsidentin werde ich das auch nicht erklären können. Ermitteln Sie weiter, aber ermitteln Sie unter dem Radar. Sollten Sie jemand anderen finden, der für beide Morde verantwortlich ist, kann dieser Nigerianer immer noch aus der Haft entlassen werden. Das ist für uns alle besser, das sehen Sie doch sicher ein, nicht wahr, meine Liebe?“

Claudia senkte den Kopf, um nachzudenken. Es stand schließlich nicht in der Macht des Inspektionsleiters, darüber zu bestimmen, ob Abdullah wieder auf freien Fuß gesetzt wird. Sie konnte kaum fassen, dass ihr Chef so verquer dachte. Nun denn, er würde damit leben müssen.

Haffe schien die Geste als Zustimmung verstanden zu haben, denn er drehte sich auf dem Absatz um und verließ ihr Büro.

„Scheiße“, murmelte Claudia. Sie hatte mit ihrem Chef noch über die Familie von Ludger sprechen wollen.

Polizeimeldung

Nach dem Mord an einem Priester in der Sakristei von St. Elisabeth in Schöneberg ist ein Tatverdächtiger wieder auf freiem Fuß. Wie Staatsanwalt Dr. Holger Brenner am Donnerstag in Berlin mitteilte, besteht nach neuesten Ermittlungserkenntnissen kein dringender Tatverdacht mehr gegen den 21-jährigen Asylbewerber mit nigerianischer Staatsangehörigkeit. Er habe die JVA bereits wieder verlassen und könne sich frei bewegen.

Absacker

Das *Blue Light* war so voll, dass man kaum zum Tresen durchkam. „Hallo Claudi", rief Rüdiger von der Dritten Mordkommission, und Tobias von der Siebenten stichelte: „Ich dachte, ihr sucht einen Doppelmörder!"

Es war Sonnabend, wie man den Samstag in Berlin nennt, kurz vor Mitternacht, und aus dem Bühnenraum hörte man trotz des Stimmengewirrs im Schankraum den sentimentalen Klang von Double-us Saxophon. Claudia summte die altbekannte Melodie mit: „Somewhere over the rainbow".

Sie hatte Fliege versprochen, noch im *Blue Light* reinzuschauen, die Band *K 11* hatte heute Abend dort einen Auftritt. Claudia arbeitete sich vor bis zu Rosie, die hinter dem Tresen wie ein Kampfpilot in seinem Cockpit wirkte. Cookie war aus der Küche ebenfalls nach vorn gekommen und unterstützte Rosie, die ihm Anweisungen erteilte wie: „Biergläser spülen!"

„Wo haste denn deine Crew gelassen?", fragte Rosie, während sie unablässig den Zapfhahn bediente.

„Die sind so fertig, die wollten nur noch schlafen", sagte Claudia. Was sie nicht sagte, auch wenn man es ihr gewiss ansah: Am liebsten wäre sie auch sofort ins Bett gesprungen. Aber versprochen war versprochen. Also nahm sie das Bier, das Rosie ihr reichte, und kämpfte sich durch bis zum Bühnenraum. Fliege saß am Piano, Hennig Lauterbach, ihr Studienkollege und Lieblings-Strafverteidiger, hämmerte auf das Schlagzeug, und Mendel zupfte den Bass. Die Band war in flackerndes, blaues Licht getaucht. An der aus rohen Steinen bestehenden Bühnenrückwand hing das blaue Neonlogo des *Blue Light*, es sah aus wie eine Bierreklame. Das hat Double-u sehr geschickt gemacht mit dem Licht, dachte Claudia, durch die blauen und weißen Schweinwerfer erschien das Fünfzigerjahre-Wohnzimmerambiente auf der Bühne wie ein Tatort. Kein Wunder, dass so viele Bullen sich hier wie zu Hause fühlten. Sie kannte mindestens die Hälfte der Besucher.

Da sie keinen freien Platz mehr erspähte, lehnte sie sich an die Wand. Claudia kannte das Repertoire von *K 11*, die Band spielte so ziemlich alle Klassiker, die irgendwo zwischen Jazz, Blues und Swing angesiedelt waren, und scheute auch vor Rock- oder Popstücken nicht zurück.

Claudia schloss die Augen. Beifall brandet auf. Double-u sagte ins Mikrofon: „Und jetzt extra für dich, Claudi." Claudia kämpfte mit den Tränen, als Double-u Claptons „Tears in Heaven" anspielte. Sie würde ihn ganz sicher erkennen, da oben, würde ganz sicher seine Hand halten, ach, verdammt, Robert Double-u Robinson, sie hatte heute viel zu nah am Wasser gebaut.

Claudia spürte eine Hand auf ihrer Schulter.

„Guden Nahmd!", sagte Linh-Anh.

Das war ja klar, dachte Claudia und begrüßte ihrerseits

Double-us Freundin. Die beiden Frauen hatten ein ganz spezielles Verhältnis zueinander. Linh-Anh war immer eifersüchtig auf Claudia gewesen, anders konnte Claudia sich ihre zickigen, in sächsischem Tonfall vorgetragenen Bemerkungen nicht erklären, die Frau Dr. Nguyen allerdings nur von sich gab, wenn Double-u außer Reichweite war. Selbst ihr „guten Abend“ hatte etwas Spitzes an sich. Claudia hatte zumindest früher durchaus Verständnis für ihre Pfeilspitzen gehabt, schließlich verbrachte sie viel mehr Zeit mit Double-u als die sächsische Schönheit mit den vietnamesischen Wurzeln und dem Doktortitel in Biotechnologie. Seit Double-u nicht mehr Tag und Nacht mit Claudia verbrachte, gingen ihr die Sticheleien von Linh-Anh allerdings zunehmend auf die Nerven. Die Tusse musste sich einfach daran gewöhnen, dass Double-u ihr bester Freund war, es gab überhaupt keinen Grund für sie, eifersüchtig zu sein. Gar keinen. Trotzdem war sie gerade dankbar dafür, dass Linh-Anh sie aus ihrer sentimentalen Stimmung gerissen hatte. Sie spürte, wie jemand sie am Ärmel zupfte. Es war Cookie.

„Kommste mir mal in die Küche besuchen, ick muss dir wat Wichtjes sajen.“

„Komme gleich“, sagte Claudi, froh über die Störung, sie hatte keine Lust mehr, sich ganz der Musik hinzugeben, wenn Linh-Anh neben ihr stand und sie mit Argusaugen beobachtete. Als die Band „Pata Pata“ anstimmte, entschuldigte sie sich bei Linh-Anh und drängelte sich zurück Richtung Küche. Cookie wartete hinter dem Tresen auf sie und hielt ihr die Küchentür auf.

„Immer rin inne jute Stube. Kann ick dir wat zu schnabuliern machen? Du siehst schon janz spitz aus umme Neese."

Claudia lachte. „Wenn ich es richtig bedenke, dann habe ich echt Hunger."

„Du bist doch ooch son kleenet Süßmäulchen, ick glob, da hab ick dit Richtje für dir", sagte Denis und öffnete den Kühlschrank. „Kiek mal, dit hab ick heute jemacht: Grießbrei und Rhabarberkompott. Is dit wat für meene Kleene?"

„Grießbrei! Rhabarberkompott! Cookie, wie geil ist das denn! Ich glaube, das habe ich seit zwanzig Jahren nirgendwo mehr zu essen bekommen, hach, ich liebe es, das hat meine Oma immer gekocht."

„Siehste. Dit dacht ick mir doch. Komm pflanz dir inne Ecke, ick mach dir'n Schüsselchen."

Claudia setzte sich auf eine zusammengeklappte Küchenleiter in der Ecke, die auch als Hocker diente. Sie fühlte sich plötzlich wirklich wie ein kleines Mädchen, das von ihrer Oma getröstet wird. Was für ein wunderbarer Freund Cookie doch geworden ist, das hätte sie, als sie sich kennengelernt hatten, niemals vermutet. „Willste nen Kaffee dazu?", fragte er.

„Nee, lass mal, ich glaube, ich habe heute eine halbe Rösterei gesoffen", sagte sie und nahm die dargereichte Schüssel, in der sich eine Portion befand, mit der man gut und gerne vier Kinder satt bekommen hätte.

„Hhhm, himmlisch, Cookie, das ist einfach wonniglich!"

„Dit Kompott ooch?"

„Beides, superlecker."

„Schmeckste dit Kardamom im Kompott? Und den Zimt?"

„Jetzt, wo du es sagst. Hach, lecker!"

Claudia sah, wie der große Mann durch ihr Lob geradezu aufblühte. Es ist seine Art, Liebe zu zeigen, dachte sie. Er bekocht die Menschen, die er liebt, es macht ihn glücklich, wenn sein Essen schmeckt. „Nun erzähl mal, was gibt es denn Wichtiges?"

Denis nahm sich eine Bierkiste aus der Ecke und setzte sich darauf, so dass er mit Claudia auf Augenhöhe war.

„Ick bin doch jestern Abend in dit afrikanische Restaurant jejangen", sagte er und berichtete ihr, was er von seinem Freund aus Kamerun erfahren hatte.

„Cookie, du bist der Beste", sagte sie, als sie auch noch den letzten Krümel Grießbrei aus der Schüssel gepult hatte. „Nicht nur in der Küche, sondern überhaupt. Du kannst dir gar nicht vorstellen, wie du uns damit geholfen hast. Danke!"

Denis war bei ihren Worten knallrot geworden. Er stand auf und verstaute die Kiste wieder auf dem Stapel.

„Was ist denn hier los, ein Tête-à-tête hinter dem Ofen?", fragte Double-u und streckte den Kopf in die Küche.

„Hast du schon von Cookies Grießbrei gekostet?", fragte Claudia.

„Drei Schüsseln. Aber nichts Linh-Anh verraten, die hält mir sonst wieder einen Vortrag über Cholesterin und Zucker."

„Linh-Anh hat vorhin zweemal Nachschlach vom Couscous-Salat jekricht", sagte Denis.

„Das nennt man dann wohl Maul stopfen", sagte Double-u. „Übrigens, Cookie, du kannst Agathe jetzt wieder rauslassen."

„Wie, du hast den Hund eingesperrt?“, fragte Claudia.

„Musste sein, war viel zu voll, und du weißt ja, dass sie es liebt mitzusingen.“

„Oh ja, nicht schön, aber gern und laut!“ Zum ersten Mal an diesem Tag lachte Claudia.

Sitzung

Claudia trommelte ihr Team zusammen. Es war Zeit, eine Bestandsaufnahme zu machen und das weitere Vorgehen zu planen.

„Ich habe gestern Abend einen Hinweis bekommen, der in eine neue Richtung zeigt. Der hauptamtliche Küster von St. Elisabeth, dieser Ulf Torwald, ist in der afrikanischen Gemeinde als Spieler bekannt. Er brüstet sich wohl damit, dass er eine lange Zeit in Afrika gewesen ist", erklärte sie ihren Leuten.

„Bombe!", sagte Tina. „Den nehmen wir genauer unter die Lupe. Wieso hatten wir den bis jetzt nicht auf dem Schirm?"

„Weil er schwerbeschädigt ist. Du weißt doch, dass er gehbehindert ist", sagte Tomasz.

Matze: „Hast du eigentlich nicht das letzte Memo der Pressestelle gelesen? Das heißt jetzt ‚Menschen mit Assistenzbedarf'."

Alle lachten. „Und für so einen Scheiß wird jemand bezahlt, der mindestens in Besoldungsgruppe A15 ist", sagte Ekki.

„Claudi, du bist doch hier unsere Karate-Expertin, braucht man für den tödlichen Handkantenschlag nicht zwei gesunde Beine?", fragte Tina.

„Tja, das ist die Frage. Ich würde die Kraft für so einen Schlag aus einer ganz schnellen kleinen Drehung heraus vollziehen. Aber es gibt neben Karate natürlich auch andere Kampfkunst-Techniken, zum Beispiel Dim-Mak, das ist die chinesische Kunst der tödlichen Berührung. Dafür benötigt man nicht viel Kraft. Wenn jemand das lautlose Töten gelernt hat, gibt es bestimmt mehrere Varianten davon."

„Der Küster ist festangestellt bei der Gemeinde St. Matthias, wenn ich mich nicht irre", sagte Matze.

„Ja, Matze und Ekki, ihr nehmt euch bitte den Küster vor. Versucht, so viel wie möglich über sein Vorleben herauszufinden. Tina und Alex, ihr holt den Mann zu einer Befragung zu uns."

„Geht klar. Was mir allerdings nicht so klar erscheint, wäre ein Motiv", sagte Alex. „Spielschulden beim Priester?"

„Spielschulden wären ein Motiv, aber nicht beim Priester. Vielleicht hat der was gesehen? Könnte der Küster eventuell Kirchengelder veruntreut haben, geklaut aus dem Opferstock?", fragte Tomasz.

„Befragt ihn!"

Ulf Torwald

Der Mann war eindeutig schlechter Laune. Seine glatten, dunklen Haare lagen in Reihen an seinem Kopf an, Tina fragte sich, ob es das Ergebnis von zu viel Gel oder von zu wenig Pflege war. Rechts und links von seinem Mund hatten sich tiefe Falten ins Gesicht gegraben, und die Haut hing schlaff herunter. Auch unter seinen Augen lagen Tränensäcke, was ihm das Aussehen einer traurigen Bulldogge verlieh.

„Was soll ich eigentlich hier, ich habe doch bereits eine Aussage gemacht. Ich habe noch zu tun, verstehen Sie“, moserte er.

„Es ist sehr freundlich von Ihnen, dass Sie uns noch mal Ihre kostbare Zeit widmen, wir haben da noch ein paar Fragen an Sie“, versuchte Tina ihn zu besänftigen. „Es geht noch einmal um Pater Ludger. Sie haben ausgesagt, dass Sie an dem Sonntag, an dem Pater Ludger ermordet wurde, die Sakristei morgens für den Frühgottesdienst aufgeschlossen und danach aufgeräumt haben. Dass Sie die Sakristei aber nicht abgeschlossen haben.“

„Genau so war es. Aber das habe ich Ihnen doch schon gesagt.“

„Sie haben außerdem ausgesagt, dass Sie danach zu Hause frühstücken waren."

„Jaha. Was wollen Sie denn noch von mir?"

„Sie hielten sich dennoch zwischen elf Uhr zehn und elf Uhr dreißig in der Kirche auf", sagte Tina.

„Natürlich. Ich habe den Beamer kontrolliert, die Lautsprecheranlage getestet, liegen gelassene Gebetsbücher, vergessene Taschentücher, Bonbonpapier eingesammelt, eben all das, was zu meinem Job gehört."

„Wo waren Sie am Dienstag, den 12. Mai, zwischen vierzehn und achtzehn Uhr?", fragte Alex.

„Heißt das, Sie verdächtigen mich, den Priester und den Kaffer umgebracht zu haben? Oder was soll das hier für ein Quatsch werden?"

„Sie verstehen, dass wir alle, die Kontakt zu beiden Personen hatten, befragen müssen", sagte Tina lächelnd.

„Ich kann mich nicht genau erinnern, wann ich wo war, ich war einkaufen. Verstehen Sie: EINKAUFEN."

„Wo waren Sie denn einkaufen?", fragte Alex.

„Beim Bäcker, beim Aldi, bei Edeka, wo man eben halt so einkaufen geht, nicht wahr?"

„Und da haben Sie niemanden getroffen, den Sie kennen?"

„Sollte ich?"

„Die Hoffnung stirbt zuletzt", sagte Alex. „Sie sind schwerbeschädigt?"

„Das lässt sich kaum verbergen, oder?"

„Woher haben Sie diese Behinderung?", fragte Tina.

„Betriebsunfall."

„Schon lange her?", fragte Alex.

„Über fünf Jahre."

„Was ist passiert?"

„Ich wüsste nicht, was das mit dem Mord an Pater Ludger zu tun hat."

„Unsere Fragen zielen darauf ab, Sie als Tatverdächtigen auszuschließen. Deshalb interessiert uns Ihre Behinderung", erläuterte Tina.

„Was haben Sie beruflich gemacht, bevor Sie vor zwei Jahren in den Dienst der Kirche getreten sind?", fragte Alex.

„Nicht viel anderes als jetzt. Sicherheitsdienst."

„Und dabei ist es passiert?", fragte Tina.

„Das sagte ich bereits."

„Bei welcher Firma waren Sie denn angestellt?"

„Bei verschiedenen Firmen. Kann ich jetzt gehen?"

„Wir würden schon gern wissen, wo Sie vorher gearbeitet haben, also vor Ihrem Betriebsunfall. Es gibt zwei Möglichkeiten, entweder Sie sagen es uns freiwillig, oder wir fordern Ihre Personalakte an."

„Fordern Sie an, so viel Sie wollen. Ich sagte doch, ich war bei verschiedenen Firmen angestellt."

„Die da wären?"

„Olsen Security war mein letzter Job in dieser Branche. Ich habe ein Parkhaus bewacht. Noch weitere Fragen?"

„Waren Sie schon mal in Afrika?" Die Frage von Alex kam wie aus der Pistole geschossen und schien den Küster auch entsprechend zu verwirren.

„Ja, na und?"

„Ist ein interessanter Kontinent, nicht wahr?", sagte Tina. „Welche Länder haben Sie denn schon besucht?"

Der Küster lehnte sich zurück und lächelte. „Kenia. Früher war ich oft in den Ferien in Kenia. Aber das ist heute nicht mehr sicher. Südafrika ist jetzt besser. Oder auch Namibia. Wunderschönes Land. Und natürlich Marokko. Auch Tunesien. Aber Marokko mag ich lieber."

„Sie mögen Glücksspiele?"

„Wie bitte?"

„Spielen Sie ab und an?"

„Ab und an, klar. Lotto. So wie jeder."

„Keine Sportwetten? Kein Poker?"

Der Mann zuckte mit den Achseln. „Was soll das? Was geht es Sie an, was ich in meiner Freizeit tue oder lasse, hä?"

„Haben Sie Spielschulden?"

„Ich höre wohl nicht richtig, was sollen denn diese Fragen?"

„Herr Torwald, kannten Sie Pater Ludger aus Afrika?"

„Nein! Wie kommen Sie darauf? Ich habe den Priester erst in Berlin kennengelernt und mit dem kaum zehn Worte gewechselt außer ‚guten Tag' und ‚auf Wiedersehen'. Was soll der Quatsch?"

„Sie hatten also keinerlei Beziehung zu dem Mann?"

„Absolut gar keine!" Der Küster war aufgestanden, was ihm offensichtlich ein wenig schwerfiel.

„Was ist das für eine Verletzung, die Sie sich da geholt haben?", fragte Tina. „Das scheint immer noch wehzutun?"

„Der Unterschenkel musste amputiert werden, wenn Sie es genau wissen wollen. Die Prothese drückt immer noch."

Recherchen

„Der Küster war nicht lange bei der Olsen GmbH", sagte Matze, als sie wieder alle zusammen im *Blue Light* ihr Abendessen einnahmen. „Parkhausbewachung schien nicht so ganz sein Ding zu sein. Er hat es dort knapp vier Monate ausgehalten."

„Was für eine Karriere, vom Parkhaus nach St. Elisabeth!", meinte Tina. „Der Kerl ist aalglatt. Seine Antworten können alles oder nichts bedeuten."

„Vorher war er bei einer Lifeguard International GmbH & Co. KG angestellt", sagte Matze. „Und zwar ziemlich lange. Mehr gibt es nicht über ihn in seiner Personalakte. Es war sowieso schon ein Akt, die von der Kirche zu bekommen. Die haben uns vollgelabert über Datenschutz und Persönlichkeitsrechte und bla und blubs."

„Was macht diese Lifeguard International?", fragte Double-u, der sich zu seinen ehemaligen Kollegen gesetzt hatte, die einträchtig Cookies megaleckeren Nudelsalat mit Thunfisch löffelten.

„Tja, das ist die große Frage. Die Website sagt nicht viel aus. Die faseln von Training, Consulting und Sicherheitskonzepten für Regierungen und NGOs, also Nichtregierungsorganisationen. Außerdem machen sie Objektschutz, Eventsecurity, Gefahrenguttransporte, eigentlich die ganze Range, was sich unter Security so tummelt. Sie scheinen mehrere Unterfirmen zu haben. Ach, und sie suchen Ex-Soldaten und Ex-Polizisten für die Ausbildung. Aber es werden weder Kunden genannt noch Einsatzgebiete. In Torwalds Personalakte steht nur Security-Mitarbeiter."

„Das hört sich so an, als bilden sie auch Soldaten in Krisengebieten aus oder vermitteln Söldner. Die dürfen das natürlich nicht so direkt sagen, das ist schließlich in Deutschland verboten. Habt ihr was über die Firma in unseren – äh – euren Dateien gefunden?", fragte Double-u.

„Nee, wir scheinen die nicht auf dem Schirm zu haben. Die Zentrale der Holding sitzt in England, in Hampstead, also London, in Deutschland hat der Objektschutz mehrere Filialen, die Zentrale sitzt in Telgte. Wie gesagt, diverse Unterfirmen. Und die Olsen Security ist eine davon."

„Dieser Küster ging mir total auf den Sack", sagte Alex. „Ständig redete der von ‚Kaffern'."

„Echt jetzt? Na, dann ist es doch sonnenklar, das ist eindeutig Söldner-Diktion."

„Das wäre der richtige Job für unseren Ex-Bullen Double-u", schlug Ekki vor. „Vielleicht könntest du dich bei der Lifeguard bewerben?"

„Mensch, Ekki, Double-u ist nicht mehr bei uns, lasst ihn in Ruhe, der muss eine Kneipe führen", sagte Claudia.

„Is gut, Claudi, ich kann mir ja mal die Website anschauen und denen eine Bewerbung schicken. Schaun mer mal, was passiert. Offiziell kriegst du von denen gar nichts, wie Ekki ganz richtig sagt“, lenkte Double-u ein. „Vielleicht laden die mich ja zu einem Vorstellungsgespräch ein.“

„Was nicht heißt, dass Ekki und Matze denen morgen nicht schon mal auf die Bude rücken sollten“, sagte Claudia. „Außerdem will ich jetzt einen Wodka. Eisgekühlt, bitte! Ihr auch?“

Die Rechtsanwältin

Claudia saß allein in ihrem Büro. Matze und Ekki waren zum Büro der Lifeguard International in Berlin unterwegs, während Tina und Alex in Sachen Ulf Torwald ermittelten. Sie versuchten, das Alibi von Ulf Torwald zu verifizieren.

Das Telefonklingeln riss sie aus ihren Gedanken. „Eine Frau Jentsch will Tina sprechen“, sagte die Vermittlung.

„Gib sie mir.“

„Wir kennen uns aus dem Afrika Center, Sie haben uns wegen Pater Ludger befragt“, sagte die Anruferin.

„Da haben Sie sicher mit meiner Kollegin Bettina Rudolph gesprochen.“

„Äh, ach so, ja, die wollte ich sprechen.“

„Tut mir leid, die ist im Moment nicht anwesend, kann ich Ihnen weiterhelfen?“

„Ich, also, ich muss mit jemandem sprechen, der sich mit dem Mord an Pater Ludger befasst.“

„Da sind Sie bei mir goldrichtig“, beeilte sich Claudia zu sagen, „ich bin im Moment hier sozusagen die Chefin vom Dienst.“ Sie stellte sich vor. Komisch, dachte Claudia, ich habe immer noch ein Problem zu sagen, dass ich die stellvertretende Leiterin der Mordkommission bin.

„Petra Jentsch“, sagte die Anruferin. „Ah, gut. Ja, also, Sie, nein, Ihre Kollegin, die hat gesagt, wenn mir noch was einfällt, dann soll ich sie anrufen.“

„Ja, sehr gut. Und Ihnen ist noch etwas eingefallen?“

„Ähm, ja, ich weiß ja nicht, ob das relevant ist oder nicht, also, ich weiß auch nicht so genau, ob ich das überhaupt darf. Ich bin Rechtsanwältin im Afrika Center.“

„Was dürfen Sie oder nicht?“ Claudias Jagdinstinkt war geweckt.

„Na ja, mir ist heute Nacht etwas eingefallen, aber ich bin nicht sicher, ob das unter die Schweigepflicht fällt. Pater Ludger hat mir etwas Persönliches erzählt. Also eigentlich war das mehr ein Gespräch unter Freunden als eine Konsultation, ich weiß wirklich nicht, ob ich darüber reden darf“, sagte die Anwältin.

„Pater Ludger ist tot, Sie verletzen keine Schweigepflicht und keine Persönlichkeitsrechte“, sagte Claudia.

„Ja, ich weiß, die einen sehen das so und andere sehen es wieder anders.“

„Außerdem“, fuhr Claudia fort, „soll der Datenschutz die informelle Selbstbestimmung eines Menschen schützen, so hat es 1986 der BGH im Volkszählungsurteil festgelegt. Glauben Sie nicht, dass Pater Ludger es gewollt hätte, dass wir Informationen bekommen, die uns zu seinem Mörder führen könnten?“

„Ja, eigentlich schon. Aber ich will das nicht am Telefon bereden, kann ich bei Ihnen vorbeikommen?“

„Selbstverständlich.“

„Passt es Ihnen in einer halben Stunde? Ich wohne in

der Nähe und könnte auf dem Weg zur Arbeit bei Ihnen vorbeischauen."

„Sehr gut, fragen Sie nach Claudia Westermann, ich hole Sie dann unten ab."

Keine zwanzig Minuten später erhielt Claudia die Nachricht, dass eine Frau Jentsch zu ihr wolle. Sie führte die offensichtlich nervöse Frau in den Vernehmungsraum. Tomasz stieß dazu.

„Mein Kollege Tomasz Grabowski", stellte Claudia ihn vor.

Claudia fragte die Anwältin, ob sie einen Kaffee wolle, und bat Simone, einen zu bringen. Während sie auf die Schreibkraft warteten, hielt Claudia ihr die geöffnete Packung Ferrero Küsschen hin.

Petra Jentsch war eine eher unscheinbare Frau, die auch durch die Wahl ihrer Kleidung jede Art von Aufsehen vermeiden zu wollen schien. Sie trug eine schlammfarbene Bluse und einen aschgrauen Rock, beides korrespondierte mit ihrer Haarfarbe, die Claudia als straßenköterblond bezeichnen würde. Erstaunlich, dachte Claudia, dass so eine zurückhaltende, in sich gekehrte Frau den Beruf der Rechtsanwältin wählte. Aber vielleicht war es genau das, was ihre Klienten an ihr schätzten, dass ihre Probleme im Mittelpunkt standen und nicht die Persönlichkeit der Anwältin.

„Also, ich will auf keinen Fall hier irgendjemanden beschuldigen oder eine Straftat unterstellen", sagte Frau Jentsch.

„Jeder Hinweis hilft uns weiter."

„Ja, ja, natürlich. Also: Ludger hat sich von mir vor ungefähr drei Jahren ein Testament aufsetzen lassen, das zwei seiner Mitbrüder als Zeugen unterschrieben haben. Damals besaß Ludger quasi nichts, die Erstellung des Testaments war also denkbar einfach. Allerdings hatte er mir in diesem Zusammenhang etwas berichtet, was mir erst jetzt wieder eingefallen ist. Wissen Sie, was ein Nacherbfall ist?" Die Anwältin rutschte unruhig auf ihrem Stuhl hin und her.

„So etwas wie früher ein Fideikommiss, oder? Eine Verfügung über den Tod hinweg, damit die Ländereien in der Familie bleiben?", sagte Claudia, die im Rahmen ihrer Ausbildung auch Jura studiert hatte.

„Ganz genau. Im deutschen Erbrecht ist ein Nacherbe, wer vom Erblasser so eingesetzt wird, dass er erst erben kann, nachdem ein anderer Erbe geworden ist. Der Nacherbe erhält die Erbschaft also erst, wenn der Tod des Vorerben eingetreten ist."

„Heißt das, Ludger Meerbusch war ein Nacherbe?", fragte Claudia.

„Genau. Ludgers Vater war so entsetzt darüber, dass sein Sohn Priester werden wollte und noch dazu Missionar, dass er in seinem Testament für ihn den Nacherbfall verfügt hat. Er hat seinen jüngeren Sohn Elmar als Vorerben und den älteren Ludger nur als Nacherben eingesetzt, um zu verhindern, dass Ludger beim Tod des Vaters einen Pflichtteil hätte einklagen können. Als das Testament aufgesetzt worden war, hatte Elmar noch keine Familie. Er war dazu verpflichtet, die Substanz der Häuser und Ländereien zu erhalten, und durfte nur die Erträge für sich verwenden. Dabei ist es wichtig zu wissen, dass der Nacherbe, in dem

Fall also Ludger, im Erbfall nicht der Erbe seines Bruders, sondern seines verstorbenen Vaters geworden wäre. Und er hätte frei über das Erbe verfügen können."

Claudia saß mit vorgebeugtem Oberkörper am Tisch, alle Muskeln angespannt, wie ein zum Sprung bereites Tier. „Wäre also sein Bruder vor ihm gestorben", sagte sie, „hätte Ludger den Hof der Meerbuschs geerbt und darüber nach Gutdünken verfügen können." Claudia und Tomasz wechselten einen Blick.

„Genauso ist es", bestätigte die Anwältin. „Dadurch, dass er vor seinem Bruder gestorben ist, was bis vor kurzem ganz und gar nicht absehbar war, erlischt das Nacherbe, und Elmars Sohn und seine Ehefrau sind die gesetzlichen Erben, es sei denn, der Bruder hat etwas anderes verfügt. Denn es kann davon ausgegangen werden, dass der Erblasser wollte, dass der Hof in der Familie bleibt, ansonsten hätte er das Testament nicht so verfasst. § 2108 Absatz 2 BGB sagt ganz deutlich: Stirbt der vom Erblasser eingesetzte Nacherbe vor dem Eintritt der Nacherbschaft, aber nach dem Eintritt des ersten Erbfalls, so geht sein Recht als Nacherbe grundsätzlich auf seine Erben über, sofern nicht ein anderer Wille des Erblassers anzunehmen ist. Und es ist wohl sehr deutlich anzunehmen, dass der Erblasser wollte, dass das Vermögen in der Familie bleibt."

Claudia stieß hörbar die Luft aus, die sie bei den letzten Sätzen der Anwältin angehalten hatte. „Wie praktisch."

„Das sind genau diese Testamente, über die dann jahrzehntelang vor Gericht gestritten wird", sagte Tomasz.

Frau Jentsch nickte. „Ich habe erst gestern erfahren, dass

Ludger auf dem Weg zu seinem Bruder war, der offensichtlich im Sterben lag. Bitte nicht falsch verstehen, ich will hier nicht unbedingt einen Zusammenhang konstruieren."

„Wieso konstruieren? Sprechen wir es doch ruhig mal aus: Die Erben von Elmar dürften sich freuen, dass Ludger vorher verschieden ist."

„So ist es."

Claudia bedankte sich bei Petra Jentsch und bat sie, das Protokoll ihrer Aussage zu unterschreiben.

„Ich glaube, ich fühle mich jetzt besser", sagte die Anwältin zum Abschied.

„Tomasz begleitet Sie hinaus", sagte Claudia.

Als die Frau gegangen war, ließ sich Claudia in ihren Schreibtischstuhl fallen und kramte in ihrer Süßli-Schublade nach einem Twix. Ihr Gehirn brauchte dringend Schmierstoff. Was bedeutete die soeben erhaltene Information für ihren Fall? Sie würde mit Haffe darüber reden müssen.

Sackgasse

Claudia war frustriert. Oder war sie einfach nur wütend und wollte es sich nicht eingestehen? Draußen schüttete es, als sollte die gesamte Regenmenge des Monats innerhalb von einer Stunde vom Himmel fallen. Trotzdem musste sie weg hier, die Kollegen sollten nicht sehen, wie sauer sie war.

Sie hatte beim K 11 in Münster um Amtshilfe nachgesucht, ohne Haffe zuvor zu informieren.

Der war daraufhin, gelinde gesagt, ziemlich sauer gewesen.

„Frau Westermann", hatte er schließlich süffisant gesagt, „Sie sind eine gestandene Ermittlerin, die sich durch exzellente Verhörergebnisse hervorgetan hat. Wir werden gemeinsam die Familie aufsuchen und befragen. Sie wollten doch sicher immer mal ins schöne Münsterland, mit seinen grünen Pferdekoppeln und seinen stolzen Bauernhäusern. Ich kenne da ein nettes kleines Hotel. Und dabei kann ich Ihnen gleich auch zeigen, wo ich während meines Studiums mein Unwesen getrieben habe."

Er hatte ihr zugezwinkert, dabei interessierte sie nichts weniger als seine studentischen Eskapaden oder die schöne Umgebung von Warendorf. Die Vorstellung, mit Haffe gemeinsam auf Dienstreise zu gehen, versetzte Claudia regelrecht in Panik.

„Merkst du es jetzt endlich, der baggert dich an“, sagte Double-u zu ihr, nachdem sie zu einem kurzen Mittagessen ins *Blue Light* geflohen war.

„Quatsch, der spreizt sich nur und hängt den coolen Chef raus“, sagte Claudia.

„Nein, der will mit dir in die Kiste, das habe ich dir schon mehrmals gesagt, aber du glaubst mir ja nicht“, setzte Double-u nach. „Aber wieso wollt ihr überhaupt nach Warendorf?“

Claudia erzählte ihm von dem Besuch der Rechtsanwältin.

„Pater Ludger hat sein Testament von ihr erstellen lassen und ihr dabei ein paar familiäre Hintergründe erzählt. Bislang sind wir davon ausgegangen, dass er nichts besitzt, beziehungsweise sein Erbe an seinen Bruder abgetreten hat. Das stimmt aber nur bedingt. Der Mann stammt aus einer westfälischen Bauernfamilie mit viel Landbesitz. Weil der Vater sauer darüber war, dass sein Sohn Afrikamissionar geworden ist, und er nicht wollte, dass die Ländereien im Erbfall auseinandergerissen werden und ein Teil gar bei den Weissen Vätern landet, hat er seinen gesamten Besitz dem jüngeren Sohn als Vorerben vermacht. Dadurch konnte Ludger nach dem Tod des Vaters keinen Pflichtteil verlangen. Erst wenn Elmar stirbt, würde Ludger erben. Da er der Jüngere war, war das nicht vorauszusehen. Solange Elmar lebt, ist er verpflichtet, den Besitz zusammenzuhalten, und darf nur den Ertrag aus dem Besitz, also das, was er mit der Landwirtschaft und den Immobilien verdient, persönlich verwenden und auch nur das seiner Familie vererben."

„Wow! Und der liegt jetzt im Sterben, dieser Elmar!", sagte Double-u.

„Du sagst es. Wenn der gestorben wäre, solange unser Ludger noch lebte, hätte Ludger das Erbe seines Vaters antreten können und wäre ein reicher Mann. Ein sehr reicher Mann, der im Übrigen sein gesamtes Erbe dem Flüchtlingshilfswerk der UNO vermacht."

„Moment mal. Würde das Vermögen nicht trotzdem an Ludgers Erben gehen, nachdem Elmar stirbt?"

„Nein, denn aus dem Testament des Vaters geht eindeutig hervor, dass es sein Letzter Wille ist, dass das Familienvermögen in der Familie bleibt. Die Rechtsprechung deutet bei solchen Fällen den ursprünglichen Willen des Erblassers."

„Das nenne ich mal ein Motiv!", sagte Double-u.

„Schöner geht es kaum", bestätigte Claudia. „Aber wo ist die Gelegenheit? Weiße Menschen – außer dem hauptamtlichen Küster –, die in die Sakristei gingen, wären aufgefallen wie die lila Kuh auf der Weide." Sie biss herzhaft in ihre Boulette und schluckte schnell, um weiterzureden. „Und nun frage ich dich, was soll ich mit aller gebotenen Diskretion die Familie von Elmar fragen? Der Neffe ist mit diesem Hintergrund ein Hauptverdächtiger. Aber der hat sich aus Warendorf nicht wegbewegt, weil er am Bett seines Vaters klebt."

„Familien wie diese lassen morden", sagte Double-u.

„D'accord. Wir suchen also jemanden, der einen Auftragsmord durchgeführt haben könnte. Und dann müssen wir eine Beziehung zwischen diesem und irgendjemandem aus der Familie gerichtsrelevant beweisen."

„Claudi, ich habe da eine Idee", sagte Double-u und räumte ihren leergegessenen Teller ab.

Im Engel

Claudia stellte ihren Rollkoffer in die Ecke ihres Zimmers im *Engel* in Warendorf. Das Vier-Sterne-Hotel befand sich mitten in der Warendorfer Altstadt.

Sie fragte sich, ob sie sich umziehen und ein wenig aufhübschen sollte oder ob Haffe das als Einladung missverstehen würde.

Sie waren mit seinem BMW gefahren, die halbe Strecke hatte er ihr begeistert von seiner Studienzeit in Münster erzählt. Claudia hatte nur gelegentlich ein „ach ja" oder „oh, tatsächlich" eingefügt und ansonsten aus dem Fenster geschaut.

Sie war eine Anhängerin der These, dass Menschen so „Auto fahren, wie sie poppen". Haffe fuhr grundsätzlich links, als wäre in seinem BMW die Vorfahrt eingebaut, wenn eine Ampel vor ihm auf Gelb sprang, gab er Gas, um entweder bei Dunkelorange die Kreuzung zu passieren oder aber eine Vollbremsung hinzulegen.

Sie hatte versucht, ihn auf dienstliche Themen zu lenken. Zum Beispiel auf eine Befragungsstrategie der Familie Meerbusch.

„Da verlasse ich mich ganz auf Ihr Gefühl und Ihre Intuition“, hatte er gesagt. „Wir werden der Familie einen Besuch abstatten und ihnen unser Beileid zum Verlust von Pater Ludger ausdrücken. Das andere ergibt sich dann von selbst. Sie werden sehen, das sind ganz feine Leute.“

„Cool“, hatte sie gesagt und gedacht: Du kannst mich mal, und zwar so was von.

Er hatte sie zum Abendessen eingeladen. „Heute ist es sowieso zu spät, wir werden der Familie morgen einen Besuch abstatten. Lassen Sie uns gemütlich speisen, die haben hier im Haus ein ganz exzellentes Restaurant. Ich lade Sie ein.“

Es war Claudia nichts anderes übriggeblieben, als in sein Angebot einzuwilligen, ansonsten hätte sie ihn beleidigt. Sie beschloss, die Haare hochzustecken und eine frische Bluse anzuziehen. Außerdem legte sie zurückhaltend ein wenig Rouge und einen nudefarbenen Lippenstift auf. Der sollte bloß nicht denken, dass sie sich für ihn schönmachte.

Er empfing sie am Eingang des Hotelrestaurants, dessen gediegene Einrichtung Claudia sehr gefiel. Es sah genauso aus, wie sie sich ein westfälisches Restaurant vorgestellt hatte. Viel dunkles Holz und ein paar blau-weiße Fliesen.

Haffe überredete sie zu einem großen Menü mit hausgeräucherter Entenbrust auf Feldsalat an Mango-Vinaigrette, zu einer Cremesuppe von Krustentieren, gebratenen Riesengarnelen mit Macadamia-Vinaigrette und einem gebratenen Rinderfilet an Morchelrahmsauce. Die Nachspeise bekam sie kaum noch unter: Mousse von der Erdnuss mit kandierter Banane. Dazu tranken sie einen sizilianischen Weißwein, an dem danach bestellten spanischen Rotwein nippte Claudia nur, um auf jeden Fall nüchtern zu bleiben. Mit zunehmendem Alkoholkonsum wurde Haffe immer persönlicher.

Die Bedienung fragte, ob sie noch einen Kaffee wollten.

„Gern“, sagte Claudia, „wir müssen morgen früh raus.“

„Sie sind geschäftlich in Warendorf – oder machen Sie hier Urlaub?“, fragte die Bedienung.

Claudia wollte schon die Gelegenheit ergreifen und die Bedienung nach der Familie Meerbusch befragen, da fuhr ihr Haffe in die Parade: „Wir sind heute hier ganz privat“, sagte er und warf Claudia einen warnenden Blick zu. Als die Bedienung gegangen war, sagte er: „Vorsicht, Frau Westermann, hier haben die Wände Ohren, jeder kennt jeden, und morgen weiß das ganze Dorf, weshalb wir hier sind.“

„Aber wir wollten doch Informationen sammeln, da würde uns der Klatsch doch gerade recht kommen“, wagte sie einzuwenden. „Außerdem ist Warendorf kein Dorf, sondern eine Kreisstadt, wenn ich Sie darauf aufmerksam machen darf.“

„Verlassen Sie sich auf mich, wir brauchen morgen das Überraschungsmoment auf unserer Seite. Danach können wir uns für Klatsch und Tratsch interessieren. Außerdem ist dafür ein Kollege aus Münster dabei.“

„Wie Sie wollen, Sie sind der Boss“, sagte sie.

„Nun vergessen Sie mal für einen Abend, dass ich der Boss bin“, sagte er und legte eine Hand auf ihre.

Am liebsten hätte Claudia die Hand weggezogen, als wäre eine heiße Kartoffel darauf gefallen. Stattdessen lächelte sie ihren Boss an und sagte: „Na, dann sollte ich jetzt mal schnell schlafen gehen, damit ich morgen gut ausgeschlafen bin, für unser Überraschungsmoment."

„Ich bringe Sie noch zu Ihrem Zimmer."

Claudias Gedanken rasten. Sie musste dem Kerl entkommen, sonst würde es peinlich werden. Für ihn.

„Das ist wirklich nicht nötig. Ich würde vorher gern noch ein wenig draußen frische Luft schnappen und vor allem meinen Freund anrufen, der macht sich bestimmt schon Sorgen."

Als der Kaffee kam, bestellte Haffe die Rechnung. Der Hinweis auf ihren Freund schien ihn ein wenig ernüchtert zu haben. Sie tranken stumm ihren Kaffee, und nachdem Haffe die Rechnung unterzeichnet hatte, erhoben sie sich.

„Ich geh dann mal, vielen Dank für den tollen Abend", sagte Claudia. „Schlafen Sie schön!"

„Äh, ja, Sie auch", sagte Haffe, der ihr so schnell nicht folgen konnte, wie sie zum Ausgang strebte. Als sie an die frische Luft trat, fühlte sie sich schon besser. Sie ging ein paar Schritte, fingerte das Handy aus ihrer Tasche und drückte die Taste 2 auf ihrem Display: Double-us Nummer.

Gut Meerbusch

Am frühen Morgen fuhren sie in den Friesenring zur Kriminaldirektion 1, wo Haffe seinen „alten Kumpel“ Kriminaldirektor Jens Steinbrück aufsuchte. Natürlich war er über den Dienstweg von oben nach unten gegangen – „Ich spreche nicht mit Hänschen, sondern mit Hans“, hatte er zu Claudia gesagt. Jens Steinbrück hatte Kriminalhauptkommissar Georg Schäfer vom K 11 auf „den Fall“, wie er sich ausdrückte, angesetzt. Der Münsteraner Ermittler hatte bereits Nachforschungen über die Familie Meerbusch angestellt.

„Wie gewünscht, werden wir die Familie mit unseren Besuchen überraschen“, sagte Georg Schäfer, den Claudia auf den ersten Blick sympathisch fand. Der knapp ein Meter neunzig große Georg hatte eine spiegelblanke Glatze, Claudia fragte sich, ob er sie morgens polierte.

„Ich kenne den Neffen des ermordeten Priesters aus meiner Studienzeit in Münster“, informierte Haffe den Kommissar. Claudia hatte den Eindruck, dass Georg Schäfer ihrem Inspektionsleiter sehr distanziert gegenübertrat.

Nach einem scheußlich schmeckenden Kaffee fuhren Claudia und Haffe gemeinsam mit Georg Schäfer in dessen Wagen zurück nach Warendorf. Bereits von fern sah man das Gutshaus Meerbusch zwischen saftig grünen Wiesen und Getreidefeldern liegen. Es war ein klassisches geklinkertes Fachwerkhaus mit den gekreuzten Pferdeköpfen am tief gezogenen Satteldach. Hinter hohen Pappeln halb verborgen erstreckten sich weitläufige Stall- und Hallengebäude.

„Das ist die Pferdezucht von Andries Meerbusch, dem Neffen von Pater Ludger", erklärte Georg.

„Ist das der Familiensitz?", fragte Claudia.

„Ja, auch, es gibt noch den Gräftenhof etwas außerhalb von Warendorf. Aber da der alte Elmar im Hospiz in Münster liegt, dachte ich, es sei besser, hier zu beginnen, und wir fahren auf dem Rückweg dort vorbei."

Georg parkte den VW Passat vor dem Gutshaus neben einem künstlich angelegten Teich, der im Schatten einer Trauerweide lag. Der Vorplatz des Gutes war mit reich bepflanzten Blumenkübeln dekoriert, in denen Petunien und Fleißige Lieschen um die Wette blühten.

„Die haben hier aber keine Kosten und Mühen gescheut", sagte Claudia, während sie an die sechs Petunien dachte, die auf ihrem kleinen Balkon in Berlin ein recht bescheidenes Dasein fristeten.

Eine Person in Gummistiefeln und grüner Latzhose kam auf sie zu und fragte, was man für sie tun könne. Erst bei näherem Hinsehen entdeckte Claudia, dass es sich um eine Frau handelte.

„Wir suchen Andries Meerbusch", sagte Georg Schäfer und zückte seinen Dienstausweis.

„Sind Sie angemeldet?", fragte die Frau, deren Stimme genauso rau war wie ihr Aussehen.

„Nein, wir waren gerade in der Gegend und haben nur ein paar kurze Fragen", sagte Georg Schäfer.

„Wie war doch gleich Ihr Name?"

„Kriminalhauptkommissar Georg Schäfer, Kripo Münster K 11, und das sind meine Kollegen aus Berlin, Frau Westermann und Herr Dr. Schleinitz."

„Sie finden Herrn Meerbusch in der Longierhalle."

„Und wo finden wir die Longierhalle?", fragte Claudia.

„Ich bringe Sie hin", sagte die Frau.

Die Beamten konnten der Frau kaum folgen, so schnell stapfte sie mit ihren Gummistiefeln auf dem Kopfsteinpflaster voran. An der Ecke neben einer großen, modernen Halle zeigte sie auf eine kleinere, runde Halle, die sich daran anschloss. „Da vorne werden Sie ihn finden, ich muss wieder zu meinen Fohlen", sagte sie und drehte sich auf dem Absatz um.

Andries Meerbusch führte ein Pferd an einem langen Zügel im Kreis, während er in der rechten Hand eine Peitsche hielt.

„Ha, da haben wir ihn. Wenn das nicht Andries Meerbusch ist", rief Haffe laut in die Longierhalle.

Andries Meerbusch drehte sich um, Haffe hatte ihn offensichtlich erschreckt. Offenbar musste der Mann kurz überlegen, bis er erkannte, wer nach ihm gerufen hatte. Claudia hatte nicht den Eindruck, dass Andries Meerbusch sehr erfreut über den Besuch war.

„Ich komme gleich zu dir, Hans-Ferdinand", rief Andries

Meerbusch und führte das Pferd seelenruhig weiter an der Longe. „Bleibt bitte hinter dem Geländer."

Wenn Haffe erwartet hatte, dass Meerbusch für ihn alles stehen und liegen lassen würde, so hatte er sich getäuscht. Meerbusch ließ sie mindestens fünf Minuten lang stehen. Vielleicht überlegt er sich einfach, was er sagen soll, dachte Claudia. Der schindet Zeit.

Ein junger Mann drängte sich an ihnen vorbei in die Halle. „Arnim, übernimmst du mal?", fragte Meerbusch. Der junge Mann nahm Meerbusch Longe und Peitsche ab und brachte das Tier zum Stehen.

Andries Meerbusch kam gemessenen Schrittes auf sie zu. Eine gute Gelegenheit für Claudia, sich den Mann genauer anzuschauen. Er sah nicht aus wie ein Pferdezüchter. Wenn sie den Mann auf der Straße treffen würde, würde sie denken, er sei Segler – Weltumsegler. Meerbusch hatte eine Halbglatze über einem wilden, roten Haarkranz, dazu trug er einen sorgfältig getrimmten Vollbart, der ebenfalls in Wikingerrot leuchtete.

„Was führt dich denn nach Warendorf?", fragte er Haffe, während er sich die Hände an den Hosenbeinen abwischte.

„Mein Job. Darf ich dir meine junge Kollegin Claudia Westermann vorstellen", sagte ihr Chef.

Claudia schluckte. Wie der immer von oben herab kam!

„Und das ist Georg Schäfer von der Kriminaldirektion Münster."

„Sehr erfreut", meinte der Gutsbesitzer und reichte ihnen zögerlich die Hand. Es hörte sich an wie: Aha, was wollt ihr denn?

„Wir haben ein paar Fragen zum Tod Ihres Onkels, das wollten wir nicht per Telefon erledigen“, sagte Claudia.

„Danke, das ist sehr freundlich“, sagte Meerbusch. In Claudias Ohren klang das nicht besonders überzeugend.

„Du hast ja ein wundervolles Anwesen hier“, sagte der Inspektionsleiter.

„Das Wundervolle sind unsere Pferde. Kommt mit, ich zeige sie euch“, sagte Meerbusch und drehte sich auf dem Absatz um.

Er will Zeit gewinnen, dachte Claudia erneut, als sie ihm folgte.

„Wir haben hier im Moment rund hundertdreißig Pferde. Zuchtstuten, davon acht eigene, Fohlen, Jährlinge, Remonten, Nachwuchstalente, die wir in Beritt haben, und natürlich unsere Deckhengste.“ Er führte sie in einen kleineren, separaten Stall. „Die sind hier untergebracht.“

„Ihr besamt nur mit eigenen Hengsten?“

„Nicht ausschließlich“, erklärte Meerbusch und führte sie weiter. „Und hier sind unsere Stuten untergebracht. Dort hinten sind die Abfohlboxen. Hallo, Maria, alles okay?“

Das Gesicht der Frau, die sie am Eingang begrüßt hatte, tauchte aus der Box auf. „Läuft. Alles okay.“

„Das ist unsere langjährige Mitarbeiterin Maria Haubrich. Sie ist für das Wohl der Pferde im Laufstall, für die Stuten mit Fohlen und für das Abfohlen verantwortlich. Sie wohnt natürlich auf dem Gestüt. Unsere Stuten werden per Chip überwacht“, sagte Meerbusch. „Interessieren Sie sich überhaupt für Pferde?“, fragte er direkt an Claudia gewandt.

„Ich interessiere mich mehr für Menschen." Sie verschwieg, dass sie schon in ihrer Kindheit eine herzliche Abneigung gegen die Mädchen empfunden hatte, die mit verklärten Gesichtern auf ihren Pferden an ihr vorbeigeritten waren wie kleine Königinnen. Sie hatte immer gemutmaßt, dass die Mädels dabei irgendwelche sexuellen Gefühle haben mussten, anders konnte sie sich diesen entrückten Gesichtsausdruck nicht erklären. Allerdings musste sie auch zugeben, dass bei diesen Gedanken eine heftige Portion Neid durchaus eine Rolle gespielt haben mochte.

„Wie groß ist das ganze Anwesen?", fragte Claudia.

„Wir haben zum Gestüt direkt gehörig neunundachtzig Hektar Land. Neben den Weide- und Auslaufflächen erzeugen wir darauf Futterhafer, Mais- und Gras-Silage und natürlich Heu und Stroh für unsere Pferde."

Sie waren inzwischen hinter den Ställen angekommen, wo sich ausgedehnte Weiden erstreckten. „Hier sind unsere Jungpferde, ist das nicht ein herrliches Bild?", schwärmte Meerbusch, und diesmal hörte es sich ehrlich begeistert an.

Claudia musste zugeben, dass die weidenden Pferde schön anzusehen waren. „Was für elegante Tiere", sagte sie deshalb.

„Kommen Sie, ich zeige Ihnen die Paddocks." Meerbusch führte sie zu einer weiteren, luftigen Halle. „Hierher kommen die Jungpferde nach der Weidesaison, wir bringen sie gruppenweise in den Laufställen unter. Dadurch, dass wir voneinander getrennt eingerichtete Futter- und Schlafplätze haben, können wir auch ausreichend Bewegung und Frischluftzufuhr in den Wintermonaten garantieren."

„Das muss Millionen gekostet haben", sagte Claudia angesichts der weiträumigen, recht neu wirkenden Hallen.

„Ja, so eine international anerkannte Pferdezucht kann man nicht mal eben so aus der Portokasse stemmen, da haben Sie recht", sagte Meerbusch. „Das Gut gehört schon seit vielen Generationen der Familie, das Lebenswerk von Lisa, meiner Frau, und mir steckt hier in den Zuchtanlagen."

Dabei führte er sie in eine, wie Claudia schätzte, weit über tausend Quadratmeter große Halle. „Und wozu ist diese Halle da?", fragte sie.

„Bei uns werden auch Turnierpferde ausgebildet für Springen, Dressur und Freizeit. Dafür haben wir Trainer, die Nationenpreisreiter, Spring- und Dressurreiter sind, wir haben sogar einen freien Mitarbeiter, der Turnierrichter ist."

„Das hört sich nach einer Menge Mitarbeiter an", sagte Claudia.

„Ja, wir haben vierundzwanzig festangestellte Mitarbeiter, etliche Freie und sechs Auszubildende, die sich um die Pflege der Tiere und um die Besamungsstation kümmern."

„Das heißt, zu Ihnen kann man seine Stute bringen, damit sie besamt wird, oder wie muss ich mir das vorstellen?"

„Ja, wir bieten auch Boxen und Weidegang für Gaststuten und Fohlen an. Außerdem Pensionsweiden und Geburtsüberwachung. Aber wir haben auch einen sehr guten Ruf in der Hengstaufzucht, wobei wir uns um die Ausbildung der jungen Hengste kümmern und natürlich auch um die Vorbereitung auf die Körung."

„Langsam, ich komme nicht mehr mit. Was ist Körung?"

„Wenn ein Hengst zur Zucht eingesetzt werden soll, so ist

der erste Schritt die sogenannte Körung, das ist eine Auswahl zur Hengstleistungsprüfung. Erst wenn der Hengst die Leistungsprüfung bestanden hat, kann er als Zuchthengst eingetragen werden. Darauf muss man die jungen Hengste natürlich vorbereiten."

„Aha", sagte Claudia. „Das ist ja eine Wissenschaft für sich."

„Ja, natürlich, Pferdezucht ist nichts für Liebhaber. Wir haben übrigens auch eine EU-Besamungsstation, bei uns erhält man sowohl Frischsamen als auch Gefriersperma, was wir auch versenden. Natürlich haben wir eine tierärztliche Betreuung hier am Hof."

„Man kann das bei Ihnen bestellen. So wie Wein oder Bücher im Internet?"

„Das läuft über Tierärzte", sagte Meerbusch. „Das Geschäft damit läuft weltweit. Wollen wir ins Haus gehen?"

„Ich dachte schon, du fragst nie", sagte Haffe. „Mir tun langsam die Füße weh."

„Darf ich Ihnen Tee oder Kaffee anbieten?", fragte Meerbusch, als er das breite, grün gestrichene Tor zum Gutshaus öffnete. Dahinter lag ein breiter Gang, der in einen großen, weiß gekalkten Raum mündete.

„Wow", sagte Claudia statt einer Antwort auf Meerbuschs Frage, „das ist ja cool."

„Das ist die sogenannte Deele", erklärte Haffe. Auf der einen Seite war ein prächtiger, riesiger Kamin in die Wand eingelassen, die bis zum Dach zu reichen schien. „Wir nehmen gern einen Kaffee."

„Bitte, nehmen Sie Platz, ich suche rasch meine Frau."

Claudia schaute sich in der Diele um. Sie war noch nie

in so einem Bauernhaus gewesen. Auf dem mit alten Fliesen ausgelegten Boden lag ein riesiger Perserteppich, der dort bestimmt schon das neunzehnte Jahrhundert gesehen hatte. Die Einrichtung bestand aus bequemen Holzmöbeln, die offensichtlich extra für diesen Raum angefertigt worden waren. An den Wänden hingen historische Erntegerätschaften, in Krügen und Kübeln standen Pflanzen und Blumen.

Als der Hausherr zurückkam, sagte er: „Lisa kommt auch gleich dazu", und setzte sich in einen breiten Sessel mit grün bezogenen Polsterkissen.

Offenbar nahm er Claudias bewundernde Blicke wahr. Gerade nahm sie einen riesigen Gobelin an der Wand gegenüber dem Kamin in Augenschein. Der Wandteppich zeigte eine altertümliche Jagdgesellschaft.

„Das ist ein klassisches niederdeutsches Hallenhaus", sagte Meerbusch, „es wurde 1753 von meinem Urururgroßvater gebaut, ich hoffe, ich habe kein Ur vergessen. Dieser Bauernhaustyp ist in Westfalen nicht selten, er wird auch als Eindachhof bezeichnet, weil Wohnung, Stall und Erntelager unter einem Dach vereint waren. Dabei ist es ein Vierständerhaus, wie man es gerade hier in der Gegend häufiger findet, die Konstruktion beruht auf vier Ständerreihen in Längsrichtung."

Eine hochgewachsene, blonde Frau betrat die Deele. Sie trug das Haar kurz geschnitten und war wie ihr Ehemann in Jeans und ein kariertes Hemd gekleidet.

„Meine Frau Lisa", stellte Meerbusch die Frau vor, die Kaffee und einen Teller mit Selbstgebackenem servierte.

„Komm, setz dich zu uns“, bat Andries Meerbusch. „Ich erkläre gerade, in was für einem wundervollen Haus wir leben dürfen“, fügte er lächelnd hinzu.

„Wie geht es deinem Vater?“, fragte Haffe.

Meerbusch schüttelte den Kopf und sah dabei so betrübt aus, als ob er gleich anfangen wollte zu weinen. „Wir haben ihn vor zwei Wochen in das Johannes-Hospiz in Münster verlegen lassen. Die Ärzte können nichts mehr für ihn tun.“

„Das tut mir sehr leid für dich“, sagte Haffe.

Claudia dachte: Schleimer. Laut sagte sie: „Sie sind jeden Tag bei Ihrem Vater?“

„Ja, selbstverständlich, wir wechseln uns ab. Meine Stiefmutter und ich.“

„Ihr Onkel, Pater Ludger, sollte Ihrem Vater die Krankensalbung geben?“ Claudias Frage war rein rhetorisch.

„Ja, das war der ausdrückliche Wunsch meines Vaters, er hat seinen großen Bruder sehr geliebt.“

„Die Familie war nicht dagegen, dass Ludger als Missionar nach Afrika gegangen ist?“, fragte Claudia.

„Aber nein, wir sind alle stolz auf Onkel Ludger. Wir haben ihn bewundert.“

„Sie haben keine Geschwister?“, fragte Claudia.

„Nein, leider nicht. Nicht mehr. Meine kleine Schwester ist im Alter von drei Jahren gestorben. In Zeiten wie diesen wünscht man sich einen Bruder oder eine Schwester. Sie wissen doch, geteiltes Leid ist halbes Leid.“

„Sie sagten vorhin, das Land, auf dem Sie Ihre Pferdezucht aufgebaut haben, sei seit vielen Generationen in ihrer

Familie, ebenso wie dieses wunderschöne Bauernhaus", tastete Claudia sich langsam vor.

„So ist es. Wissen Sie, früher war es üblich in unserer Familie, dass der Älteste den Hof erbte und der Jüngere Priester wurde oder zum Militär ging."

„Dann war die Priesterweihe also sozusagen Familientradition."

„Natürlich nicht mehr im letzten Jahrhundert, aber davor hatten wir sogar einen Kardinal in unserer Familie."

„Erstaunlich, dass der Besitz dann nie an die Kirche fiel", sagte Claudia und schaute Georg an, der stumm daneben saß.

„Wie kommen Sie denn darauf? Das Erbrecht war darauf aufgebaut, dass der Besitz immer in der Familie blieb. Nur so konnten große, mithin profitable Höfe erhalten werden. Deshalb haben wir in manchen Teilen Deutschlands sehr große Güter und in anderen Teilen des Landes kleine Bauernhöfe oder sogar nur noch Nebenerwerbshöfe, weil durch das dort übliche Erbrecht die Güter unter den Geschwistern aufgeteilt wurden, so lange, bis nichts mehr zum Teilen da war."

„Du hast diesen Hof auf dem Land deiner Familie zu einem wirklich ansehnlichen Betrieb ausgebaut. Das war sicher gar nicht so einfach, dafür braucht man schließlich eine Menge Kapital", sagte Haffe.

Diesmal übernahm Frau Meerbusch das Antworten: „Wie in jedem profitablen Betrieb gibt es auch bei uns ein ausgewogenes Verhältnis von Eigen- und Fremdkapital."

„Ich kann mir vorstellen, dass Sie für diese Hallen hohe Kredite haben aufnehmen müssen", sagte Claudia.

Lisa Meerbusch funkelte sie böse an. „Niemand bekommt einen Kredit ohne entsprechende Sicherheiten."

„Was wäre denn, wenn das Land deiner Familie nicht in deinen Besitz übergehen würde?", fragte Haffe.

„Wie meinst du das?"

„Nehmen wir mal an, dass du das nicht von deinem Vater erben würdest", fragte Haffe.

„Wieso sollte ich nicht?"

„Vielleicht weil es einen Nacherben gibt?", sagte Claudia.

„Einen Nacherben? Ach, du meinst Onkel Ludger? Das wäre doch überhaupt kein Problem, Onkel Ludger dürfte das Land ebenso wenig verkaufen wie mein Vater, mein Großvater oder mein Urgroßvater. Die lebenden Generationen dürfen nur über das frei verfügen, was sie mit der Nutzung des Landes verdienen, die Ländereien dürfen nur unter sehr strengen Auflagen verkauft werden."

„Bekommt ihr deshalb Kredite auf das Land eurer Familie?", fragte Haffe.

Claudia war erstaunt, diese direkte Frage hätte sie dem Inspektionsleiter nicht zugetraut.

„Natürlich bekommen wir Kredite auf Grundvermögen, auf eigenes und auch auf das der Familie."

„Und was wäre, wenn Ludger deinen Vater überlebt und das Land nicht verkauft, sondern anderweitig vererbt hätte?"

„Das würde er niemals tun, glaub mir, wir alle sind mit einem sehr ausgeprägten Familiensinn aufgewachsen. Wir wissen, dass wir das Land unserer Väter nur verwalten und es an die nächste Generation weitergeben müssen. Deshalb behandeln wir unser Land auch so, dass die nächsten Generationen davon gut leben können."

„Er hätte es rein rechtlich also nicht außerhalb der Familie vererben können?"

„Doch, er hätte das Eigentum anderweitig vererben können, aber nicht das Nutzungsrecht", präzisierte Meerbusch.

„Verstehe ich das richtig? Er hätte die Ländereien und die Immobilien jemandem außerhalb der Familie vermachen können, aber Ihre Familie und Ihre Nachkommen würden das Land für immer nutzen können? Aber das hieße ja dann wohl, dass Sie das Land und die Immobilien pachten müssten, oder?", vermutete Claudia.

„Das hieße es wohl, aber das ist graue Theorie. Bedauerlicherweise ist mein Onkel tot. Wie kommen Sie eigentlich auf diese, seien wir ehrlich, indiskreten Fragen?"

„Vielleicht weil wir ein Testament Ihres Onkels gefunden haben?", sagte Claudia.

„In dem was steht?", fragte Meerbusch.

„In dem Sie vielleicht nicht der Erbe des Familienvermögens sind."

„Sondern?"

„Wir sind nicht befugt, über das Testament Ihres Onkels zu sprechen."

„Moment, Moment", sagte Lisa Meerbusch. „Merkst du eigentlich nicht, Dries, dass uns hier ein Mord in die Schuhe geschoben werden soll?"

„Quatsch, niemand bezichtigt uns des Mordes. Oder etwa doch?" Meerbusch schaute irritiert von Claudia zu

Haffe und dann zu Georg, der während des ganzen Gesprächs schweigend daneben gesessen hatte.

„Nein, natürlich nicht“, beeilte sich Haffe zu versichern. „Aber du musst verstehen, dass wir mitten in einer Mordermittlung stecken. Bei der Suche nach einem Motiv für den Mord an deinem Onkel dürfen wir nichts ausschließen.“

„Das ist doch wohl die Höhe. Verlassen Sie sofort unser Haus!“ Lisa war aufgesprungen, ihr Hals hatte eine rote Färbung angenommen.

„Beruhige dich, Schatz, diese Menschen machen nur ihren Job.“

„Dries! Sie haben dir soeben einen Mord in die Schuhe geschoben. Ruf sofort den Schulze-Mellinghaus an und sag kein einziges Wort mehr ohne unseren Anwalt!“

„Nun beruhigen Sie sich mal, gnädige Frau“, sagte Haffe. „Ich bin ganz sicher, dass Ihr Mann ein lückenloses Alibi hat.“ Entschuldigung heischend lächelte er Meerbusch an.

„Wir befragen Sie keineswegs als Beschuldigte“, schaltete sich Georg Schäfer ins Gespräch ein.

„Ich war an dem Tag, an dem Onkel Ludger ermordet wurde, genauso wie in den letzten Wochen jeden Tag einige Stunden bei meinem Vater. Das können mein Vater, meine Stiefmutter und die Angestellten vom Hospiz bezeugen. An dem Sonntag, an dem mein Onkel umgebracht wurde, habe ich außerdem noch einen prächtigen Zuchthengst aus den Vereinigten Arabischen Emiraten in Empfang genommen, das können nicht nur meine Mitarbeiter, sondern auch die Mitarbeiter der Transportfirma bezeugen.

Also kein Grund, sich aufzuregen“, sagte Meerbusch zu seiner Frau gewandt.

„Um welche Firma handelt es sich?“, fragte Claudia.

„Bloomberg Woodstock“, sagte Lisa, sie schien kurz vor dem Hyperventilieren. „Eine Unverschämtheit, Sie werden doch wohl nicht unseren guten Ruf ruinieren wollen, wenn Sie dort nachfragen?“

„Sorry, aber Ihr guter Ruf steht bei einer Mordermittlung nicht im Mittelpunkt unseres Interesses“, sagte Claudia.

Haffe wies nochmal darauf hin, dass sie bei ihren Nachfragen selbstverständlich mit maximaler Diskretion vorgehen würden. „Wir sind deshalb auch persönlich hierhergekommen.“

„Vielen Dank“, sagte Meerbusch. „Und jetzt muss ich wieder an die Arbeit.“

Das war ein sehr eleganter Rausschmiss. Claudia wechselte einen Blick mit Haffe, der zustimmend nickte.

„So leid es uns tut, Sie sind Zeugen in einem Mordfall. Da lässt es sich leider nicht vermeiden, dass wir Sie beide zu uns ins K 11 nach Münster bitten müssen, damit Sie Ihre Aussage schriftlich bestätigen“, sagte Georg und reichte Meerbusch seine Karte.

Die Verabschiedung fiel ein wenig frostig aus. Als sie wieder in Schäfers Wagen sagen, ergriff Claudia als Erste das Wort: „Ist Ihnen etwas aufgefallen?“

„Mir ist aufgefallen, dass seine Frau schneller begreift als er“, sagte der Inspektionsleiter.

„Das meinte ich nicht.“

„Die beiden schienen nicht verwundert, dass Ludger in

seinem Testament etwas anderes verfügt hat, als es der Familientradition entsprach“, sagte Georg, wobei er in den Rückspiegel schaute und Claudia aus dem Augenwinkel anlächelte.

„Sie wollten doch wissen, was in dem Testament steht?“, wandte Haffe ein.

„Ja, aber es hätte doch wie eine Bombe einschlagen müssen, dass Ludger das Familiengut nicht seinem Neffen vererbt hat. Außerdem wurde die Frau ziemlich giftig, als wir nach den Krediten gefragt haben. Was meinst du, Georg, würden die Banken die Kredite kündigen, wenn das Land nur noch an sie verpachtet wäre?“, fragte Claudia ihren Kollegen.

„Kommt drauf an, ob sie die Kredite bedienen können oder nicht, würde ich sagen. Wenn sie Schwierigkeiten hätten, die Kredite zu bedienen, dann könnte ich mir vorstellen, dass die Banken bei Verlust der Sicherheiten neue Garantien verlangen würden. Da wäre dann die Drohung mit Kreditkündigung kein allzu ferner Schritt. Aber so, wie es aussieht, ist das ein sehr gesunder, international anerkannter Betrieb“, sagte Haffe.

„Ich frage mich, ob man mit Pferden wirklich so viel Geld verdienen kann.“ Claudia sah nachdenklich aus dem Seitenfenster. „Allerdings habe ich davon keine Ahnung, wir sollten jemanden darauf ansetzen, der davon was versteht.“

„An wen dachten Sie?“, fragte Haffe.

„Vielleicht fragen wir mal direkt bei den Banken nach?“

„Sollte sich ein Verdacht gegen Andries Meerbusch erhärten, können wir einen richterlichen Befehl über Bankenauskunft erwirken", sagte Georg.

„Ich setze da im Moment noch auf Klatsch und Tratsch." Claudia lächelte und fügte hinzu: „Und jetzt, was machen wir jetzt?"

„Jetzt fahren wir nach Münster, zu Elmar Meerbusch ins Hospiz", sagte Georg. „Seine Ehefrau ist wohl jeden Nachmittag bei ihm, da schlagen wir zwei Fliegen mit einer Klappe."

Telgte

Das Büro befand sich in einem dreistöckigen Neubau aus den Neunzigerjahren mit blau gestrichenen Fensterrahmen und Türen. Am Empfang saß hinter einer Glastür nicht etwa die obligatorische Empfangsdame, sondern ein schwarz gekleideter Wachmann, der mit einem dezenten Sprechfunkgerät ausgerüstet war und hinter dem Tresen das gesamte Firmengelände auf mehreren Monitoren im Blick hatte.

„Das sieht ja hier aus wie ein Hochsicherheitstrakt", sagte Double-u und händigte dem Wachmann seinen Ausweis aus. „Ich bin angemeldet bei Herrn Dr. Evers."

Der Wachmann prüfte akribisch Double-us Ausweis und suchte im Computer nach seinem Namen. „Jawohl, Herr Robinson, bitte nehmen Sie noch einen Moment Platz, Sie werden abgeholt."

Er gab ihm den Ausweis zusammen mit einem Anstecker mit dem Aufdruck „Visitor" zurück und deutete auf zwei schwarze Ledersessel, die unter einem riesigen Hydrokultur-Geldbaum standen.

Double-u setzte sich. Die waren hier vorsichtig. Gewiss war das auch Show, schließlich besuchte er gerade ein

Unternehmen der Sicherheitsbranche. Er hatte Ekkis Idee aufgegriffen und sich bei der Firma Lifeguard mit Lebenslauf und Zeugnissen beworben. Es hatte nur einen Tag gedauert, bis er zu einem Vorstellungsgespräch nach Telgte eingeladen wurde.

Zu Double-us Erstaunen kam eine Frau die Treppe herunter. Sie trug ein dunkelblaues Etuikleid. Die Absätze ihrer blauen Pumps hinterließen ein verführerisches Klack-Klack auf dem Steinboden.

Sie schenkte ihm ein warmes Lächeln. „Wenn Sie mir bitte folgen wollen." Die Frau, die Double-u auf Anfang dreißig schätzte, ging mit bühnenreifem Gang vor ihm her und bot ihm einen atemberaubenden Ausblick auf ihr wohlgeformtes Hinterteil. Sie führte ihn einen langen Gang links neben der Anmeldung entlang, bis sie eine Tür öffnete. Anthrazitfarbener Teppichboden, weiße Tische, schwarze Ledersessel – ein funktional eingerichteter Konferenzraum.

„Was möchten Sie trinken?", fragte die blonde Schönheit.

„Zu einem Mineralwasser würde ich nicht nein sagen", sagte Double-u und dachte: Bei allem anderen auch nicht. In dem Moment trat ein etwa vierzigjähriger Mann ein, der den Raum augenblicklich zu beherrschen schien. Er war in feinsten Zwirn gekleidet, sein dunkles, militärisch kurz geschnittenes Haar leuchtete an den Schläfen silbergrau. Stahlgraue Augen blickten Double-u prüfend an.

„Herr Robinson." Er streckte ihm eine Hand entgegen. „Mein Name ist Evers. Anette Winkler, unsere Personalchefin, haben Sie ja bereits kennengelernt. Wieso haben Sie bei der Mordkommission aufgehört?“, kam Evers gleich zur Sache, nachdem sie sich gesetzt hatten.

„Ich war es leid, Blinden zu erklären, wie Farben aussehen“, sagte Double-u. „Ich schätze, die Zustände bei der Berliner Polizei haben sich bis hierher herumgesprochen.“

„Sie haben also Schwierigkeiten mit Autoritäten?“, fragte Frau Winkler und goss ihm ein Mineralwasser ein.

Double-u schüttelte den Kopf. „Ich habe keinerlei Schwierigkeit mit Autoritäten, wenn es sich um natürliche Autoritäten handelt. Mit Paragrafenhengsten, die zwar die Gesetzbücher auswendig kennen, aber ansonsten niemals aus ihrem Nobelviertel herausgekommen sind, kann ich allerdings wenig anfangen.“

Dr. Evers schien sich ausführlich mit seiner Bewerbung beschäftigt zu haben. „Sie haben eine Kneipe aufgemacht? Die läuft nicht, oder warum suchen Sie einen neuen Job?“

„Die läuft sogar hervorragend, aber sie läuft sozusagen von allein. Ich habe eine versierte Barfrau und einen guten Koch, die schmeißen den Laden ganz ohne mich. Wenn ich ehrlich bin, ist mir das Dasein als Kneipier auf Dauer ein wenig zu langweilig.“ Natürlich hatte Double-u in seiner Bewerbung den Namen der Kneipe verschwiegen. Er hatte geschrieben, dass er die Gaststätte *Loch Ness* gekauft habe, was ja immerhin stimmte.

„Sie lieben das Abenteuer?“, fragte die Personalerin.

„Sagen wir lieber, ich liebe die Herausforderung. Aber ich hätte da auch einmal ein paar Fragen an Sie. Aus Ihrem Internetauftritt geht nicht eindeutig hervor, was Ihr Aufgabengebiet umfasst. Ich kann mir nicht vorstellen, dass

Sie jemanden mit meinem Profil suchen, um ein Parkhaus zu bewachen oder um einer Hupfdohle Personenschutz zu geben."

Dr. Evers lachte. „Nein, da haben Sie natürlich absolut recht. Sie sind nicht verheiratet? Sind Sie familiär oder anderweitig gebunden?"

„Wenn Sie wissen wollen, ob ich auch für Auslandseinsätze zur Verfügung stehen würde, kann ich Ihnen das hundertprozentig zusichern. In Ihrem Internetauftritt schreiben Sie, dass Sie ehemalige Soldaten und Polizisten zur Ausbildung im Ausland suchen. Von welchem Ausland reden Sie, wenn ich fragen darf?"

„Das ist ganz unterschiedlich und kommt auf Ihre Eignung, Ihre Neigungen und auf unsere aktuellen Aufträge an. Sehen Sie, wir bieten einen Rundumservice, vom Objektschutz, auch international, über den Personenschutz hochrangiger Politiker bis hin zur Ausbildung von internationalen Spezialeinheiten und Übernahme von Sondereinsätzen. Wir schützen Schiffe vor Piraten genauso, wie wir Samen von Zuchtbullen am Handgelenk quer durch die Welt transportieren", sagte Evers.

„Wenn ich das mal übersetzen darf: Sie bilden Soldaten in Krisenregionen aus und vermitteln Söldner?"

„Es ist verboten, deutsche Staatsbürger als Söldner in Krisenregionen egal wo in der Welt einzusetzen", sagte Evers.

„Paragrafenreiterei", sagte Double-u. „Drücken wir es anderes aus: Sie schicken ehemalige Soldaten und Polizisten als Ausbilder von Soldaten für fremde Armeen?"

„Haben Sie sich deshalb bei uns beworben? Weil Sie das annehmen?"

„Wie gesagt, für den Objektschutz bin ich wohl ein bisschen überqualifiziert."

„Was haben Sie denn für Vorstellungen, was Sie gern verdienen möchten?", fragte Frau Winkler.

Diese Rollenverteilung ist ziemlich schlau, dachte Double-u. Die meisten Männer hatten Schwierigkeiten, mit Frauen über Geld zu reden. Das taten sie nur mit ihren eigenen Frauen oder mit Prostituierten.

„Das ist eine Frage, die ich liebe", sagte Double-u lächelnd. „Und die ich nur beantworten kann, wenn ich die Gefahrenlage einschätzen kann. Aber sagen wir mal: Bei hundertzwanzigtausend pro Jahr fängt es an, interessant zu werden. Es kommt allerdings wie gesagt auf das Einsatzgebiet an."

„Sie wissen, dass Sie diese Summe weder im Objekt- noch im Personenschutz in Deutschland verdienen können", sagte Evers.

„Ich weiß. Das interessiert mich auch nicht. Ich will Geld verdienen, egal wo und wie. Von mir aus in Burundi, Mali, Kongo oder vor der Küste von Somalia."

„Wir müssten Sie natürlich verschiedenen Tests unterziehen. Sowohl psychologischen als auch medizinischen und technischen, bevor wir über einen Einsatz – ich zitiere: egal wo und wie und für wie viel – diskutieren können. Wir müssen Ihre körperliche und mentale Eignung testen." Dr. Evers schaute ihn an, als ob er ihn scannen würde.

„Kein Problem", sagte Double-u. „Wie sieht so etwas aus?"

„Sie würden zunächst für ein Wochenende einem Eignungstest unterzogen werden. Sollten Sie diesen sehr anspruchsvollen Test bestehen, würden Sie für sechs Wochen in ein Trainingscamp in Oldenburg geschickt werden“, sagte Winkler.

„Eine Zeit, für die ich natürlich bezahlt werde?“ Double-u sagte sich, wenn er keinen Verdacht erregen wollte, musste er den Geldgeilen heraushängen lassen.

„Wir übernehmen selbstverständlich Verpflegung und Unterkunft und bezahlen eine Aufwandspauschale.“ Frau Winkler lächelte.

„Und dafür lasse ich alles stehen und liegen? Das glauben Sie doch nicht im Ernst! Zumal ich nicht weiß, ob und was wir anschließend gemeinsam machen werden. Da muss schon noch ein bisschen Butter bei die Fische, sowohl pekuniär als auch informationstechnisch. Ich will wissen, worauf ich mich einlasse. Wie werden Ihre Mitarbeiter versteuert und versichert? Grundsätzlich in Deutschland oder läuft das über Tochterfirmen in den Ländern, in denen Ihre Mitarbeiter arbeiten? Ich habe keine Lust, irgendwann im Dienst verwundet zu werden und dann im Regen zu stehen.“

„Da brauchen Sie sich keine Sorgen zu machen. Alle unsere Mitarbeiter werden in Deutschland zumindest mit einem Grundgehalt versteuert und versichert. Natürlich können Sie auch als freier Mitarbeiter bei uns tätig werden, dann müssen Sie sich naturgemäß selbst versteuern und versichern. Und sollten Sie für Auslandseinsätze nicht mehr tauglich sein, können Sie für uns oder eine unserer

Tochterfirmen weiterhin in Deutschland im Objekt- oder Personenschutz tätig werden“, erläuterte Dr. Evers.

„Das heißt also, wenn man mir in Ruanda ein Bein abhackt, darf ich in Zukunft in Wanne-Eickel ein Parkhaus bewachen, oder was?“

„Es gibt schlechtere Alternativen.“

„Wie viele Mitarbeiter haben Sie eigentlich?“

„In Deutschland sind es an die vierhundert Mitarbeiter, international das Dreifache. Ab wann wären Sie denn in Ihrer Kneipe abkömmlich?“, fragte Frau Winkler.

„Das muss ich mir überlegen“, sagte Double-u.

„Wir werden natürlich vorher noch eine Sicherheitsüberprüfung machen. Bitte teilen Sie uns deshalb mit, ob Sie Interesse daran haben, unser Trainingscamp zu besuchen. Reichen Ihnen zwei Wochen zum Überlegen?“

„Das sollte reichen.“ Double-u erhob sich. „Vielen Dank für das Gespräch.“ Mit einer bewussten Dominanzgeste legte er dem Mann eine Hand auf die Schulter.

„Frau Winkler begleitet Sie hinaus.“

Im Hospiz

Das Hospiz war in einer gepflegten, mit Klinkersteinen verputzten Villa am Hohenzollernring untergebracht. Als sie das Hospiz betraten, war Claudia erstaunt von der luftigen, modernen Atmosphäre. Die Inneneinrichtung bestand aus schwarzen Designerstühlen, roten Ledersofas, Glastischen und eleganten Sesseln, hier war nichts plüschig.

Der Hospizleiter – ein freundlicher, mittelalter Mann mit vielen Lachfältchen – empfing die Ermittler in seinem winzigen Büro. Er informierte sie, dass Elmar Meerbusch nur noch wenig Zeit verbleiben würde, er sei sehr schwach und erhalte eine hohe Dosis Morphium gegen die Schmerzen. Seine Ehefrau und sein Sohn wechselten sich an seinem Bett ab.

„Als wir den Termin vereinbart haben, dachte ich, dass eine Befragung des Patienten eventuell möglich sei. Das sieht aber im Moment leider nicht so aus, sein Befinden hat sich noch weiter verschlechtert. Die Ehefrau bittet, von einer Befragung abzusehen. Die Familie versucht, jede Aufregung von Herrn Meerbusch fernzuhalten. Damit Sie aber nicht umsonst zu uns gekommen sind, können Sie gern mit Frau Meerbusch sprechen."

„Ist es richtig, dass sowohl Frau Meerbusch als auch Elmar Meerbuschs Sohn täglich an seinem Bett wachen?“, fragte Claudia.

„Ja, das kann ich bestätigen. Es ist noch kein Tag vergangen, an dem nicht sowohl die Frau als auch der Sohn an seinem Bett gewacht haben. Die Familie ist um den Mann rührend besorgt.“

Der Hospizleiter führte sie auf eine Terrasse, von der man einen schönen Blick auf den gepflegten Garten hatte.

Die Ermittler setzten sich in die bequemen, cremefarbenen Sessel. Außer ihnen saß ein Patient offensichtlich mit Freunden an einem Tisch weiter hinten, und zwei dick in Decken eingewickelte Patienten in Rollstühlen genossen die warmen Sonnenstrahlen. Claudia sah in die Gesichter der Patienten. Denen leuchtet der Tod aus den Augen, dachte sie.

Als der Hospizleiter in Begleitung einer jungen, schlanken Frau wiederkam, standen alle drei auf. „Das ist Kommissar Schäfer von unserer Polizei in Münster, und das sind die Beamten aus Berlin, Frau Meerbusch.“ Der Hospizleiter zog sich zurück.

„Vielen Dank, dass Sie sich die Zeit nehmen, mit uns zu reden. Das ist Kriminalhauptkommissarin Claudia Westermann, ich bin Dr. Schleinitz.“ Haffe bat die Frau mit einer Geste, Platz zu nehmen.

„Was wollen Sie von mir? Ich habe keine Zeit, ich will schnell wieder zu meinem Mann, verstehen Sie, jede gemeinsame Minute ist uns kostbar“, sagte die Frau, die bald Witwe sein würde.

„Das verstehen wir gut, sehr geehrte Frau Meerbusch.

Aber Sie verstehen sicher auch, dass wir nach dem Mörder Ihres Schwagers suchen und uns natürlich über seinen persönlichen Background informieren müssen."

„Ich dachte, Sie hätten den Mörder längst dingfest gemacht", sagte Maria. Sie war schätzungsweise Mitte dreißig und im Gegensatz zu ihrer etwa gleichalten Schwiegertochter sah man ihr nicht an, dass sie die Frau eines Landwirts war. Sie trug hochhackige rote Schuhe und ein rotes Etuikleid, über das sie ein kurzes, schwarzes Jäckchen gezogen hatte. Die halblangen blonden Haare waren zu einem modernen Bob geschnitten, dazu hatte sie dezentes Make-up aufgelegt. Sie wirkte wie eine erfolgreiche Immobilienmaklerin. Sieht so eine Frau aus, die in den letzten Stunden ihres Mannes versucht, tapfer zu bleiben?

Claudia wusste, dass man Menschen nicht unbedingt ansah, ob sie trauern oder es ihnen das Herz zerreißt. Trotzdem schaltete ihr Ermittlerinstinkt sofort auf Alarm.

„Leider nicht, wir mussten den Tatverdächtigen wieder freilassen." Dieser Satz schien Haffe körperliche Schmerzen zu bereiten. „Wenn es nach mir ginge, gnädige Frau, gäbe es diese Ermittlungen nicht mehr. Wir würden trotzdem gern von Ihnen wissen, wie Ihr Verhältnis zu Ihrem Schwager war."

„Was hat mein Verhältnis zu meinem Schwager mit dem Mord an ihm zu tun?", fragte Maria spitz. „Oder, besser gesagt: Es gab keines. Ich habe den Mann zweimal in meinem Leben gesehen."

„Wie war denn das Verhältnis von Ihrem Mann zu seinem Bruder?", fragte Claudia.

„Der war für ihn ein Heiliger. Bitte, der Tod von Ludger hat meinen Mann sehr mitgenommen“, sagte Maria Meerbusch.

„Das hat uns auch der Heimleiter berichtet. Was wissen Sie über die Erbschaft der beiden von Ihrem Vater?“

„Soviel ich weiß, hat der Vater alles Elmar vermacht, da Ludger freiwillig auf sein Erbe verzichtet hat, als er nach Afrika ging.“

„Sie kennen das Testament des Vaters von Elmar?“

„Nein, leider nicht. Also nur vom Hörensagen.“

„Gibt es einen Familiennotar?“

„Den gab es, aber der ist wohl vor einigen Jahren verstorben.“

„Wer betreut denn den Nachlass Ihres Mannes?“, fragte Haffe.

„Wie meinen Sie das, betreut?“

„Bei welchem Notar ist das Testament verfasst worden?“, fragte Claudia.

„Was nützt Ihnen ein Testament, das vor einigen Jahren aufgesetzt wurde? Ich finde Sie offen gesagt ein wenig pietätlos, mein Mann liegt im Sterben, und Sie kommen hierher und fragen als Erstes nach seinem Testament. Das kann er bis zur letzten Minute ändern, wie Sie wohl wissen, nicht wahr.“

„Aber durch das Ableben Ihres Schwagers sind doch wohl ein paar Änderungen an der Vermögenssituation Ihres Mannes aufgetreten?“, sagte Claudia.

„Ja? Ich habe, ehrlich gesagt, keine Ahnung. Wir haben über so etwas nie gesprochen“, sagte Maria.

Claudia glaubte ihr kein Wort.

„Seit wann sind Sie denn mit Herrn Meerbusch verheiratet?“, fragte Haffe.
„Seit fast acht Jahren.“
„Haben Sie Kinder?“, fragte Claudia.
„Äh, nein“, sagte Maria.
„Und wie sind Sie mit seinem Sohn zurechtgekommen?“
„Mit Andries? Gut, wieso? Ich würde jetzt gern zu meinem Mann zurückgehen, wenn Sie gestatten!“
Haffe nickte ihr zu. „Bitte.“
„Vielen Dank auch“, sagte sie und erhob sich.
„Wir müssen Sie leider bitten, uns im K 11 in Münster zu besuchen, damit wir Ihre Zeugenaussage schriftlich fixieren können“, sagte Georg und reichte ihr eine Visitenkarte.
„Das wird ja wohl Zeit haben. Wie Sie sehen, bin ich bei meinem sterbenden Mann“, sagte die Frau und drehte sich auf dem Absatz um.
„Morgen Nachmittag“, sagte Georg, und es klang nicht wie eine freundliche Einladung. „Laut meinem Kalender habe ich morgen zwischen vierzehn Uhr dreißig und sechzehn Uhr freie Zeitfenster. Ist Ihre Option. Sagen Sie einfach per Mail zu.“
Als die Frau gegangen war, sagte Georg: „Die Bemerkung, dass ich sonst ich ein Taxi von Blau-Weiß Münster zur Abholung beauftrage, habe ich mir gerade noch verkniffen.“
Claudia grinste. Richtige Bullen ticken eben alle gleich, dachte sie.

Pinkus Müller – Münster

„Wollen wir uns bei *Pinkus Müller* treffen?“, fragte Double-u seinen ehemaligen Kollegen Michael Hünekens. Michael und er hatten sich bei dem Kurs „Grundlagen des Profilings“ beim BKA in Wiesbaden kennengelernt und angefreundet.

„Willst du wirklich in diesen Touri-Schuppen?“, fragte Michael.

„Du, auf den Pfefferpotthast freue ich mich schon seit Tagen, außerdem mag ich Altbier.“

„Na, wenn es sein muss. Ehrlich gesagt, war ich mindestens seit fünfzehn Jahren nicht mehr dort.“

„Dann wird es Zeit.“ Was Double-u nicht sagte, war, dass Claudia ihm über WhatsApp mitgeteilt hatte, Haffe habe ihr angedroht, mit ihr zu *Pinkus Müller* zu gehen, nachdem sie beim K 11 Münster ihre Berichte geschrieben hatten.

Da es am Nachmittag kräftig geregnet hatte und nun ein unangenehmer Wind wehte, hatten Double-u und Michael drinnen einen Tisch genommen. Kaum hatten sie ihr erstes Alt bestellt und studierten die Speisekarte, betraten Haffe und Claudia das Restaurant.

„Das glaube ich jetzt nicht“, sagte Double-u erstaunt zu

Michael, „mein ehemaliger Inspektionsleiter und Claudi, meine Ex-Partnerin. Hier in Münster!“

Michael Hünekens drehte sich zur Tür.

„Hallo, Claudi, hallo, Herr Dr. Schleinitz, was für eine nette Überraschung!“, rief Double-u.

„Double-u! Ich fasse es nicht!“ Claudia war Double-u in gespieltem Erstaunen um den Hals gefallen.

Haffe reichte ihm zögerlich die Hand. „Was wird hier denn gespielt?“, fragte er.

„Darf ich Ihnen Michael Hünekens vorstellen? Michael, das sind mein Ex-Chef Dr. Hans-Ferdinand Schleinitz und meine Ex-Partnerin Claudia Westermann.“

„Sehr erfreut.“ Haffes Miene strafte seine Worte Lügen.

„Kommt, setzt euch zu uns, hier sind noch zwei freie Plätze“, sagte Double-u, der einen Tisch für vier Personen reserviert hatte.

„Äh, ich weiß nicht“, sagte Haffe.

„Ach ja, das ist aber nett, ich hoffe, wir stören nicht, Herr Hünekens?“, fragte Claudia.

„Ganz und gar nicht“, sagte Michael, der offensichtlich fasziniert von Claudia war. „Du hast mir nie verraten, dass deine Partnerin so hübsch ist“, fügte er hinzu.

„Vorsicht, Claudi, Michael ist der größte Schürzenjäger im ganzen Münsterland.“

Claudia hatte sich neben Double-u gesetzt, so dass Haffe nichts anderes übrigblieb, als neben Michael Platz zu nehmen.

„Das Alt ist übrigens zu empfehlen, *Pinkus* ist die letzte verbliebene Altbrauerei in Münster“, sagte Michael.

„Danke, das weiß ich, ich habe hier studiert." Haffe klang reichlich angefressen.

„Was führt euch denn nach Münster? Was für ein Zufall, dass wir uns hier treffen!"

„Wir ermitteln im Mordfall Ludger Meerbusch", sagte Claudia.

„Ich nehme an mit Unterstützung vom K 11?", fragte Michael Hünekens.

„Michael ist auch von der Truppe", sagte Double-u. „Er war früher beim K 11 in Münster, bevor er die Leitung der Kreispolizeibehörde in seinem Heimatort Warendorf übernommen hat."

„Da hätten wir euch doch auch helfen können, die Meerbuschs sind hier in Warendorf ziemlich bekannt. Ich dachte, ihr hättet Ludgers Mörder bereits verhaftet?"

Claudia und Haffe sprachen gleichzeitig. „Das haben wir auch", sagte Haffe. „Wir mussten ihn aber wieder freilassen", sagte Claudia. Und ergänzte, als Haffe schwieg: „Es hat einen zweiten Mord im Umkreis von Pater Ludger gegeben. Wir suchen ein Motiv. Deshalb, dachten wir, wäre es nicht falsch, direkt mit der Familie zu sprechen."

„Ich dachte, das wäre so eine Sache unter Schwarzen gewesen", sagte Michael.

„Wir fürchten, dass wir genau das denken sollten", sagte Claudia.

Haferschleim hatte es aufgegeben dazwischenzugehen. Wahrscheinlich, dachte Double-u, weil ich seine Pläne gerade erfolgreich durchkreuzt habe. Dass der Kerl seine beste Freundin abschleppen wollte, stand für Double-u fest.

„Wie meinst du das?“, fragte Michael.

„Der Täter – wir gehen davon aus, dass beide Morde auf das Konto eines Täters gehen – hat sich sehr viel Mühe gegeben, die Taten so aussehen zu lassen, als wären sie von einem Afrikaner begangen worden“, erklärte Claudia.

„Was heißt das konkret?“

„Der zweite Mord wurde von jemandem verübt, der sich einer Kampfkunsttechnik bedient und die Halsschlagader durchtrennt hat. Danach hat der Täter eine Machete, die das Opfer als Deko an der Wand hängen hatte, genommen, den Mann geköpft und ihm die Hände abgehackt. Das war eindeutig der Versuch, die Mordtechnik zu verschleiern. Weiße morden gewöhnlich nicht mit Macheten“, sagte Claudia.

„Stimmt, da würde ich auch misstrauisch werden. Ihr habt euch also die Meerbuschs angeschaut. Vater oder Sohn?“

„Wir waren heute sowohl beim Sohn und seiner Frau als auch bei Elmar Meerbusch, wo wir allerdings nur mit der Ehefrau sprechen konnten“, sagte Claudia.

„Und habt ihr etwas Erhellendes gefunden?“

„Wenn wir hier schon aus dem Nähkästchen plaudern“, drängelte sich Haffe in das Gespräch, „was können Sie uns denn über die Familie Meerbusch erzählen?“

„Was wollt ihr wissen? Es sind Großbauern. Die Höfe sind seit vielen Generationen in der Familie.“

„Das haben wir schon gehört. Ist es üblich, hier in der Gegend, dass jeweils immer der Älteste den Hof erbt?“

„Das war früher so, vor allem bei den Adligen. Heute ist

das eher selten, die Bauern sind froh, wenn ihr Nachwuchs den Hof überhaupt noch haben will. Ist nicht immer ein Zuckerschlecken so eine Landwirtschaft."

„Meerbusch junior scheint die Landwirtschaft nur noch als Nebenerwerb zu betrachten", sagte Claudia.

„Die Meerbuschs haben so viel Grund und Boden hier in der Gegend, die wissen gar nicht mehr, wohin damit."

„Aber der Alte macht nicht in Pferden", sagte Claudia.

„Nein, der hat eine Bullenzucht, einen Bullenmastbetrieb, und er ist Mehrheitseigner von einem Schlachthof. Pferde hält der sich nur zum Spaß. Und er verkauft Ferienwohnungen, die er in einem alten Stallgebäude gebaut hat."

„Er liegt im Sterben", sagte Haffe.

„Ach so? Dann ist seine Frau ja endlich frei", sagte Michael grinsend.

„Wie meinst du das denn?"

„Ich denke, ihr habt sie heute getroffen? Sie ist halb so alt wie Elmar. Und so richtig Spaß hat sie nicht an Bullen. Jedenfalls nicht an Vierbeinigen."

„Soll heißen …", fragte Haffe.

„Man redet. Sie passt so gar nicht auf dieses Gut. Das ist ein richtiger Vorzeigebetrieb, der alte Elmar ist in allen möglichen Verbänden und Vereinen, meist als Vorsitzender. Aber seine Frau ist nie dabei, sie ist einfach keine Landfrau. Die anderen Bauersfrauen hier in der Gegend, die schmeißen einen Gutteil der Höfe, die sind Hauswirtschaftsmeisterinnen oder Ökotrophologinnen, und nicht wenige sind heute Diplom-Landwirtinnen, tragen Gummistiefel, bauen ihr eigenes Gemüse an und kümmern sich um die Kälberaufzucht. Wenn deren Mann stirbt, stemmen die den Betrieb alleine, und oft besser als die Kerle. Die machen die Buchhaltung, den Einkauf, managen die Familie und packen kräftig in den Ställen mit an. Wenn der alte Elmar tot ist, dann siehst du von Maria nur noch eine Staubwolke. Man sagt, die hätte noch nie einen der Ställe freiwillig betreten."

„Wie ist Elmar Meerbusch denn an so eine Frau gekommen?", fragte Haffe.

„Seine erste Frau, die Gabi, die ist ihm weggestorben. Die war so ein richtiges Münsterländer Mädel. Robust und zupackend. Der Elmar ist an ihrem Tod fast zerbrochen, die beiden waren ein ideales Paar. Alle haben ihm gesagt, du musst mal in den Urlaub fahren, Abstand finden. Und als er aus dem Urlaub zurückkam, hatte er diese Maria im Schlepptau. Knapp ein Jahr nach Gabis Tod haben die beiden geheiratet. Und wenn du mich fragst, hat der Elmar seitdem keinen einzigen glücklichen Tag mehr erlebt", berichtete Michael.

„Die gute Maria kann sich jetzt freuen, bald ist sie ihren alten Ehemann los, und wahrscheinlich wird sie auch noch gewaltig erben. Und was war das für eine Andeutung mit den zweibeinigen Bullen?", fragte Claudia.

„Klatsch und Tratsch. Angeblich hatte sie ein Verhältnis mit einem unserer Polizisten. Und auch über ein Verhältnis zu einem Samenkurier wurde gemunkelt. Aber das ist wohl schon ein paar Tage her."

„Einem was?", fragte der Inspektionsleiter.

„Cattle Breeding, also Viehzucht, ist heute ein internationales Geschäft. Und wenn du einen Superbullen im Stall hast, dann ist der Samen von so einem Tier so wertvoll wie pures Gold. Und dieses Samengold wird quer durch die Welt in Eisbehältern transportiert."

„Was hat Sie eigentlich nach Münster verschlagen?", fragte Haffe.

Double-u wunderte sich, warum diese Frage jetzt erst kam. „Ich hatte einen privaten Termin", sagte er ausweichend und bestellte beim Kellner eine Runde Alt für alle.

„Darf ich Ihnen auch etwas zu essen bringen?", fragte der Kellner.

„Ich kann dir die Pannekoken mit Pillewörmer empfehlen, du isst doch so gern Eierkuchen", sagte Double-u zu Claudia.

„Was sind Pillewörmer?", fragte Claudia.

„Regenwürmer", sagte Michael.

„Iiiih!"

„Nix iiih, so nennt man hier die Streifen vom westfälischen Schinken."

„Ach so, au ja!" Claudia nickte dem Kellner zu. „Will ich!"

„Und ich nehme die Töttchen – das ist ein sehr leckeres Münsterländer Ragout. Das sollten Sie probieren, Frau Westermann", sagte Haffe.

„Ich glaube, ich bleibe bei den Regenwürmern", sagte Claudia. Als der Kellner gegangen war, fragte sie:

„Und was ist mit dem Sohn, dem Andries? Läuft die Pferdezucht gut?", fragte Claudia.

Double-u musste sich ein Lächeln verkneifen, als er Haffes bösen Blick sah.

„Die ist international anerkannt", sagte Michael. „Ob sie das abwirft, was die beiden da investiert haben, wage ich zu bezweifeln. Jedenfalls nicht in diesem Leben. Aber er hat ja eine reiche Frau geheiratet."

„Ach, die Lisa ist vermögend?", fragte Claudia.

„Die stammt aus einer der reichsten Familien hier im Münsterland. Ihr Vater hat unter anderem eine Türzargenfabrik in Beckum. Der Alte hat ordentlich Geld in Andries' Betrieb geschossen. Hauptsache, Prinzesschen ist glücklich."

Double-u hörte geradezu den Stein von Haffes Herzen plumpsen, als dieser sagte: „Ich habe ja immer gesagt, der Andries ist über jeden Zweifel erhaben."

„Außerdem hat er dafür Land von den Meerbuschs bekommen, auf dem er einen Golfclub hat bauen lassen."

„Was wurde denn in der Gegend über Ludger so geredet?", fragte Claudia.

„Der war so etwas wie der Stolz von Warendorf, das gute Gewissen, und jetzt, nachdem er so ein schreckliches Ende genommen hat, wird er wahrscheinlich zum Nationalheiligen ernannt."

„Gab es irgendwelche Gerüchte bezüglich der Erbschaft von Ludgers und Elmars Vater?"

„Der Ludger hat wohl offiziell auf sein Erbe verzichtet oder wurde vom Vater überhaupt nicht bedacht. Es hieß, der Alte habe ihn rausgeschmissen, nachdem er ihm mitgeteilt hatte, dass er als Missionar nach Afrika gehen wollte.

Dass er Priester werden wollte, war kein Problem, aber Afrika war ein No-Go für den alten Meerbusch. Der hatte Angst, dass Haus und Hof irgendwann von einem weiß gewandeten Mann in einer strohgedeckten Hütte verwaltet werden."

„Und so hat nur Elmar geerbt", sagte Claudia.

„Genau."

„Und wenn Elmar stirbt, erben sein Sohn und seine Witwe."

„Denke ich mir, zumindest ihren Pflichtteil."

„Die Frage ist nur, was ihm tatsächlich gehört", sagte Claudia.

„Wie meinst du das?", fragte Michael.

„Wir müssten herausfinden, wie das Testament des Vaters von Ludger und Elmar aussah. Bis jetzt kennen wir nur Mutmaßungen. Ist der Schulze-Mellinghaus eigentlich der Notar der Familie?"

„Ich kenne nur einen Anwalt mit diesem Namen, ob der auch Notar ist, weiß ich nicht", sagte Michael.

Endlich kamen ihre Biere. „Auf einen gemütlichen Abend", sagte Michael und erhob sein Glas.

Informell

Als Claudia und Haffe nach dem Essen gegangen waren, sagte Michael anerkennend: „Das ist ja mal eine heiße Braut, und die war deine Partnerin?“

„Ja, sieben Jahre lang. Und die heiße Braut war sogar dreimal deutsche Karatemeisterin, Vizeweltmeisterin, die legt dich schneller flach, als du gucken kannst.“

„Hätte ich jetzt nichts gegen. Der Inspektionsleiter ist auch schon kräftig am Baggern.“

„Aber hallo. Der wird sich wundern, Claudi ist eine nicht einzunehmende Festung. Es sei denn, du hast schwarze Locken und eine abgebrochene Schulbildung. Claudis Männergeschmack wird mir auf ewig ein Rätsel bleiben. Obwohl sie meine beste Freundin ist.“

„Das war gerade eine vorhangreife Vorstellung. Aber mir machst du nichts vor, du bist ihretwegen hier. Eifersüchtig auf diesen Dr. Schleinitz?“

„Quatsch, ich bin in ziemlich festen Händen. Nein, ich versuche nur, ihr zu helfen. Claudi ist seit einigen Monaten stellvertretende Kommissariatsleiterin, und dieser Ludger Meerbusch ist ihr erster Fall, den sie als Chefin lösen muss, weil der Kommissionsleiter im Urlaub ist. Und Haferschleim, wie ich diesen Schleinitz nenne, wirft ihr ständig Knüppel zwischen die Beine. Ich hasse diesen Kerl! Die Meerbuschs, das sei eine ganz feine Familie, hat der doch tatsächlich von sich gegeben. Sie hat Beweise, dass der erste Verhaftete nicht der Mörder von Ludger ist, und er macht ihr die Hölle heiß, weil der Staatsanwalt den Tatverdächtigen wieder auf freien Fuß gesetzt hat. Und im Zweifel schiebt der dem Staatsanwalt die Verantwortung in die Schuhe. Verstehst du jetzt, warum ich keinen Bock mehr auf diesen Verein hatte?"

„Das heißt, du hast das Treffen zwischen ihr und mir arrangiert?"

„Sauer?"

„Wenn ich schwarze Locken und eine abgebrochene Schulbildung hätte, nicht", sagte Michael. „Komm, lass uns noch einen Schnaps auf das Bier gießen. Ich hab jetzt was gut bei dir."

„Sag mal, was weißt du eigentlich über Lifeguard Germany?"

„Über die Lifeguard? Du meinst diese Firma in Telgte? Die machen Objektschutz, sind im Personenschutz und im Werttransportbusiness tätig. Auch international. Man sagt, die bewachen auch Despoten."

„Alles legal?"

„Wenn es nicht legal wäre, gäbe es die hier nicht mehr."

„Ich hatte heute dort einen Vorstellungstermin."

„Wie, willst du etwa wieder in die Sicherheitsbranche? Ich dachte, du bist glücklich mit deiner neuen Kneipe."

„Ach, man muss ab und an seinen Marktwert testen", sagte

Double-u. „Ich war einfach neugierig, wofür diese Firma ehemalige Polizisten und Ex-Berufssoldaten benötigt."

„Wie bist du denn auf die gekommen?"

„Einer von Claudis Verdächtigten hat für die gearbeitet. Da habe ich ein bisschen recherchiert."

„Also, du liebst sie doch."

„Wen?"

„Na, deine Claudia."

„Blödsinn. Ich will ihr einfach helfen. Die Firma hält sich im Internet sehr bedeckt, aber ich kann mir nicht vorstellen, dass man Menschen mit militärischem oder polizeilichem Background für die Bewachung einer Tiefgarage braucht", sagte Double-u. „Deshalb habe ich vermutet, dass die Lifeguard ein Betrieb ist, der Söldner in Krisenregionen schickt, und ich wollte eine Bestätigung dafür haben."

„Hast du sie bekommen?", fragte Michael.

„Na ja, indirekt. Habt ihr die nie aufs Korn genommen?"

„Wir nicht, ob meine Kollegen in Münster sich mit denen befasst haben, weiß ich nicht."

„Könntest du dich da mal umhören? Für mich?"

„Nee. Für dich nicht. Für Claudi."

Sie stießen mit ihren Schnapsgläsern an.

Vorsicht, Bullen!

„Bullensperma!“, sagte Double-u statt einer Begrüßung, als er Stunden später Claudia anrief.

„Wo, was, wieso? Ich habe noch nie …“ Er schien Claudia aus dem Tiefschlaf geholt zu haben.

„Ich rede nicht von dir. Wie, du hast noch nie mit einem Bullen gepennt?“

„Ob du es glaubst oder nicht: nein! Nie im Dienst, nie mit Kollegen, du kennst doch mein Mantra.“

„Irgendwann, wenn du alt und hässlich geworden bist, wirst du bereuen, die Gänseblümchen am Wegesrand nicht gepflückt zu haben.“

„Red keinen Stuss. Außerdem werde ich nicht hässlich, wenn ich älter werde.“

„Doch, du wirst dick und fett werden. Bei deinem Toffifee-Konsum musst du dick und fett werden.“

„Double-u, was willst du? Es ist halb eins, ich habe schon geschlafen.“

„Ich wollte kontrollieren, ob Haferschleim dich in deinem Zimmer heimgesucht hat.“

„Das meinst du nicht im Ernst!“, lachte sie.

Double-u stellte fest, dass er genau das getan hatte.

„War er sehr sauer?"

„Er hat sich von dir vorgeführt gefühlt. Ich bin mir nicht sicher, ob er mir abgenommen hat, dass ich nicht wusste, dass du in Münster bist. Auf jeden Fall war er ziemlich sauer, dass du überhaupt etwas von Ludger Meerbusch wusstest. Das gehe dich einen feuchten Kehricht an."

„Der Kerl soll sich freuen, dass ich ihm auf dem Silbertablett einen schnellen Fahndungserfolg geliefert habe. Und jetzt, meine Süße, liefere ich dir frei Haus einen erstklassigen Verdächtigen, inklusive Motiv und Verbindung."

„Was, erzähle!"

„Du hast doch vorhin gehört, dass Michael, den du übrigens sehr beeindruckt hast, von einem Samenkurier gesprochen hat."

„Wie war der Ausdruck noch gleich: irgendwas mit Kessel."

„Cattle Breeding", sagte Double-u, „das englische Wort für Viehzucht."

„Ja, genau, dass Maria nicht nur etwas mit einem Bullen, sondern auch etwas mit einem Kurier gehabt haben soll."

„Bingo. Und nun rate, welche Firma sich mit dem Samentransport hier in der Gegend befasst."

„Sag nicht, Lifeguard International!" Jetzt schien Claudia hellwach.

„Yes! Dieser Dr. Evers, bei dem ich mich heute vorgestellt habe, sagte, dass sie auch Bullensamen transportieren. Und dass, wenn jemandem in Afrika ein Bein abgehackt wird, derjenige dann in Wanne-Eickel ein Parkhaus bewachen darf. So in etwa."

„Das heißt, wir müssten die nur fragen, für welche Einsätze Ulf Torwald eingeteilt war? Double-u, du bist einfach großartig."

„Was bin ich, ich habe dich gerade nicht richtig gehört?"

„Du bist großartig. Der Größte, der Beste, der Liebste. Mein Held."

„Toll, in welchem Hotel schläfst du, welche Zimmernummer?"

„Ach, fahr zur Hölle."

„Das ist nicht fair." Double-u tat betrübt.

„Danke!", sagte Claudia. Und dann: „Gute Nacht!"

Double-u legte lächelnd auf.

Maria

Claudia hatte in der Nacht kaum geschlafen. Während sie sich von links nach rechts wälzte, überlegte sie, wie sie die private Information von Double-u am geschicktesten verpacken konnte, damit Haffe nicht merkte, dass er ausgetrickst wurde. Darüber hinaus brauchte sie einen Beweis, dass Ulf Torwald bei der Lifeguard International Bullensamen transportiert hatte.

Als der Morgen dämmerte, war ihr klar, dass sie sowohl dem Hof von Maria als auch der Firma Lifeguard einen Besuch abstatten mussten. Ihr würden jetzt nur noch direkte Fragen weiterhelfen, wobei der Klatsch, den sie gestern Abend von Michael geliefert bekommen hatte, sie ein großes Stück weitergebracht hatte.

Im Frühstücksraum traf sie auf einen schlechtgelaunten Inspektionsleiter. Claudia setzte sich an seinen Tisch. „Gut geschlafen?“, fragte sie ihn freundlich.

„Sicher nicht so gut wie Sie“, sagte er.

Sie hatte nicht die Absicht, ihm von ihren nächtlichen Gedanken zu berichten.

„Georg Schäfer ist auf dem Weg hierher. Er hat mit dem Rechtsanwalt Schulze-Mellinghaus einen Termin gemacht.

Sie meinten ja, dass wir den kontaktieren sollten, obwohl ich nicht glaube, dass das was bringt."

„Ich glaube, wir sollten diese Maria noch mal zu Hause besuchen. Nach den Informationen von gestern Abend hätte ich da noch eine Menge Fragen", sagte Claudia. Dass sie außerdem die Firma Lifeguard aufsuchen wollte, behielt sie noch für sich.

„Meinen Sie? Ich kann mir kaum vorstellen, dass wir heute mehr aus der Frau herausbekommen. Außerdem kann das K 11 die Zeugenbefragung vornehmen. Denn schlussendlich hat sie recht: Solange der alte Meerbusch noch lebt, kann der immer noch sein Testament ändern. Also was wollen Sie dort erfahren?"

„Ich will mir auf jeden Fall einen Eindruck von den persönlichen Lebensumständen machen", sagte Claudia. „Wenn wir schon mal hier sind."

„Na gut, bitten wir diesen Schäfer, uns zu begleiten. Der ist ja so eloquent wie eine Fliese in Müllers Klo."

Wenn du dich da mal nicht irrst, dachte Claudia, der aufgefallen war, dass Georg Schäfer nicht nur sehr genau zuhörte, sondern auch jede Geste der Befragten genau beobachtete.

Haffe legte seine Serviette etwas unsanft beiseite. „Aber dann fahren wir zurück nach Berlin, ich will zur Tagesschau zu Hause sein", sagte er und stand auf.

Claudia dachte, Double-u würde jetzt sagen: Fuck yourself and save the money. Bei dem Gedanken an seine Ami-Flüche musste sie lächeln.

Den Termin bei Schulze-Mellinghaus hätten sie sich sparen können. Der Mann hatte keine Ahnung von irgendeinem Meerbusch-Testament oder gab das zumindest vor. Claudia nahm Georg Schäfer beiseite und erklärte ihm, was sie gern noch an diesem Tag mit ihm zusammen erledigen würde.

Eine halbe Stunde später standen sie staunend vor der Adresse, bei der Elmar Meerbusch gemeldet war. Das Gut war sogar für Georg Schäfer nicht einfach zu finden gewesen, es befand sich außerhalb von Warendorf an der Ems.

„Das ist tatsächlich noch ein alter Gräftenhof", sagte Georg.

„Was heißt das?", fragte Claudia.

„Das sehen Sie doch. Er ist von Wassergräben umgeben. Die bezeichnet man hier als Gräften", belehrte sie Haffe.

„Sieht aus wie ein Wasserschloss. Ich dachte immer, so was haben nur Adlige", sagte Claudia.

„Nicht unbedingt. Natürlich dienten die ländlichen Herrensitze des niederen Adels als Vorbild beim Bau solcher Höfe. Damit haben die Großbauern ihre Nähe zum Adel und ihre führende Stellung in der Gesellschaft demonstriert. Diese verwitterten, ungestrichenen Fachwerkhölzer sind typisch für das Münsterland."

„Von wann stammt so ein Hof?", wollte Claudia wissen.

„Ich schätze aus dem Mittelalter", sagte Georg.

„Das muss eine Menge Geld kosten, so ein altes Gemäuer zu erhalten", sagte Claudia.

„Davon kannst du ausgehen", sagte Georg, als sie über die Brücke zu dem Torhaus fuhren.

Georg stellte seinen Wagen direkt vor dem großen Haupthaus ab. Zu beiden Seiten sah man weitere Gebäude. Claudia vermutete, dass es sich um Ställe und eine Scheune handelte.

Auf dem Hof herrschte eine gespenstische Stille.

„Hallo“, rief Georg, aber es rührte sich nichts. Sie sahen nirgendwo eine Klingel, deshalb öffnete Haffe einen Flügel des großen Tores, das vermutlich zur Diele führte. Das Haus war nicht abgeschlossen, Claudia sah eine Überwachungskamera. Das Tor öffnete sich mit lautem Knarzen, doch weder von Maria noch von irgendeinem Angestellten war etwas zu sehen oder zu hören.

„Hallo, Frau Meerbusch“, rief jetzt Claudia in die Diele, die ebenso wie das Pendant von Meerbuschs Sohn mit einem riesigen Perserteppich ausgelegt war. Die Möbel hier wirkten allerdings schwerer, handwerklicher, weniger auf Repräsentation ausgerichtet.

„Das Haus wirkt wie ausgestorben“, sagte Claudia. In dem Moment hörten sie das Geräusch eines Traktors. Sie gingen hinaus, der Traktor fuhr um das Haus herum und hielt vor einem weiteren hohen Tor in einem der Nebengebäude, die Claudia für Ställe gehalten hatte.

Von dem Traktor stieg ein mittelalter Mann in Jeans und T-Shirt. „Kann ich Ihnen weiterhelfen?“

„Wir suchen Frau Meerbusch“, sagte Georg.

„Haben Sie hinten im Garten geschaut? Es könnte sein, dass sie in der Bleichhütte ist.“

„Und wo finden wir die Bleichhütte?“

„Einfach um das Haus herum, am Ende des Gartens,

neben dem Backhaus.“ Der Mann öffnete das Tor des Hauses, vor dem er den Traktor geparkt hatte. Die Ermittler sahen, dass in dem Haus mehrere landwirtschaftliche Geräte abgestellt waren.

„Wo finden wir denn die Bullenställe?“, fragte Claudia.

„Die Bullen sind nicht hier auf dem Hof, sondern in den modernen Ställen, wenn Sie auf der Straße, auf der Sie gekommen sind, Richtung Telgte weiterfahren.“

„Hier gibt es überhaupt keine Tierhaltung?“, fragte Claudia.

„Doch, ein paar Pferde stehen hier, eigene und auch welche von den Wohnungsbesitzern.“

„Welche Wohnungsbesitzer?“, fragte Claudia.

„Wer sind Sie überhaupt?“

„Kriminalhauptkommissar Schäfer, Kriminalpolizei Münster, und Claudia Westermann und Dr. Hans-Ferdinand Schleinitz von der Mordkommission Berlin“, sagte Georg. Sie zückten ihre Dienstausweise.

„Wir kommen wegen des Todes von Ludger Meerbusch“, sagte Claudia.

„Ach so, deshalb sind Sie so neugierig. Die ehemaligen Schafställe und der frühere Speicher sind zu kleinen Eigentumswohnungen umgebaut worden. Reiter, meist aus dem Ruhrgebiet, die hier nur am Wochenende wohnen.“

„Ist das nicht gefährlich, das Haus hier total offen zu lassen, wenn niemand drin ist?“, fragte Haffe. „Wir hätten da einfach reingehen können.“

„Frau Meerbusch hat wahrscheinlich vergessen abzuschließen. Aber kein Problem, das Anwesen wird bewacht.“

„Von wem, wenn ich fragen darf?“

„Von einer Bewachungsfirma."

„Könnten Sie uns den Namen der Firma verraten?"

„Ja klar, Lifeguard International." Er wandte sich wieder der Scheune zu. „Jetzt muss ich aber."

„Und mit wem hatten wir das Vergnügen?", fragte Claudia.

„Andreas Niemeyer, ich bin der Gutsverwalter." Er setzte sich auf den Traktor und fuhr in die Scheune.

Claudia, Georg und Haffe gingen um das Haupthaus herum. Dahinter befand sich ein gepflegter Garten mit breiten Blumenbeeten, in denen jetzt der hellrote Türkenmohn mit dem blauen Salbei um die Wette blühte. Sie schritten unter einer mit blühenden Glyzinen bewachsenen Pergola entlang in die Richtung von zwei kleineren Häusern. In dem Moment ging die Tür des kleineren der beiden Häuser auf und Maria Meerbusch trat hinaus. Sie war nur in ein Badehandtuch gewickelt, die Haare waren nass.

„Hallo, Frau Meerbusch", sagte Claudia, „wir haben Sie wohl gerade beim Schwimmen gestört."

Maria Meerbusch blinzelte gegen die Sonne, jetzt erkannte sie erst, wer ihr da entgegenkam. „Was wollen Sie denn hier?", fragte Maria.

„Wir hätten da noch ein oder zwei Fragen an Sie", sagte Claudia.

„Ich dachte, ich sollte sowieso aufs Kommissariat kommen. Für ein oder zwei Fragen hätten Sie auch anrufen können, oder sich wenigstens anmelden. Ich komme gerade aus der Sauna, wie Sie sehen, und würde gern unter die Dusche und mich anziehen, wenn Sie nichts dagegen haben."

Offenbar war die sogenannte Bleichhütte inzwischen zu

einer Sauna umgebaut worden. Maria ging, ohne sich weiter um sie zu kümmern, auf das größere der beiden Häuser zu. „Warten Sie hier draußen, ich muss mich abkühlen und anziehen.“

Als Maria die Tür zu dem Haus öffnete, sahen die Beamten, dass in dem Haus ein Schwimmbad eingerichtet war.

„Was für ein Luxusleben“, flüsterte Claudia, als Maria ihnen die Tür vor der Nase zuschlug. Sie standen ein wenig verloren auf dem Gartenweg, es blieb ihnen nichts weiter übrig, als sich draußen umzuschauen. Das Anwesen wirkte sehr gepflegt, mehr wie ein exklusives Hotel als wie ein Bauernhof. „Die Arbeit scheint anderswo stattzufinden“, sagte Claudia. „Wir sollten anschließend dieser Sicherheitsfirma einen Besuch abstatten.“

„Was erhoffen Sie sich denn davon?“, fragte Haffe.

„Diese Sicherheitsfirma war der ehemalige Arbeitgeber eines unserer Verdächtigen.“

„Von wem sprechen Sie?“, fragte Georg.

„Von dem festangestellten Küster von St. Elisabeth, Ulf Torwald.“

„Ach! Und jetzt glauben Sie, dass es da einen Zusammenhang gibt?“, fragte Haffe.

„Wer, wie, was, warum – wer nicht fragt, bleibt dumm“, sagte Claudia, die endlich das Gefühl hatte, genau auf der richtigen Spur zu sein. Haffe sollte sich lieber mit der Politik auseinandersetzen, als an Ermittlungen teilzuhaben. Der Mann hatte ihr wieder einmal gezeigt, dass ihm jedes kriminalistische Gespür abging. Trotz der paar Bierchen in Hiltrup.

Als Maria in einer dreiviertellangen, weißen Hose und einem T-Shirt aus dem Badehaus kam, sah sie noch viel jünger aus als am Vortag im Hospiz. Sie hatte ihre Haare nur kurz durchgerubbelt, so dass sie immer noch in feuchten Strähnen lagen.

„So, also, stellen Sie mir Ihre ein oder zwei Fragen, ich habe noch einen Termin."

„Kennen Sie Ulf Torwald?", fragte Claudia.

„Wen?"

„Ulf Torwald."

„Wer soll das sein?"

„Kennen Sie ihn oder nicht?"

„Nein, nie gehört."

„Sie verschicken Bullensamen weltweit?"

„Mein Mann, ich habe keine Ahnung von Bullenzucht. Interessiert mich gar nicht."

„Was interessiert Sie denn?", fragte Claudia.

„Ich kümmere mich um die Immobilien, ich bin Architektin, mit Bullensamen habe ich nichts am Hut, verstehen Sie."

„Aha, Sie haben also die Eigentumswohnungen ausbauen lassen?", fragte Haffe.

„Ja, eine ist noch käuflich zu erwerben. Soll ich sie Ihnen zeigen?"

„Natürlich, gern", sagte Haffe.

„Na dann, folgen Sie mir." Maria führte sie aus dem Garten hinaus. Rechts neben der Scheune, in der Andreas Niemeyer den Traktor geparkt hatte, erstreckte sich ein langgezogenes, niedriges Gebäude.

„Das waren früher die Schafställe“, sagte sie. „Ich habe die Schaf- und die gegenüberliegenden Schweinemastställe nach und nach zu komfortablen Eigentumswohnungen ausgebaut.“ Sie nahm einen Schlüssel von einem Balken und schloss eine Tür auf.

„Das ist ja toll“, sagte Claudia ehrlich beeindruckt. Man betrat durch die Eingangstür einen großen Raum, in dem direkt neben der Tür eine kleine Küche eingebaut war, die zu dem Raum hin nur mit einem Tresen abgeschottet war. Von dem Wohnraum aus sah man auf die Gräfte und auf die dahinterliegenden Wiesen mit den weidenden Pferden.

„Das ganze Anwesen wird von einer Sicherheitsfirma bewacht?“, fragte Claudia.

„Ja, selbstverständlich.“

„Lifeguard International?“

„Kann sein, wieso?“

„Sie kümmern sich auch darum nicht?“

„Ehrlich gesagt, nein. Wieso sollte ich?“, sagte Maria.

„Vielen Dank, dass Sie uns das hier gezeigt haben, Ihr Hof ist sehr beeindruckend“, sagte Haffe.

„Ja“, sagte Maria. „Wenn Sie mich jetzt bitte entschuldigen wollen.“

„Natürlich, wir sehen Sie ja heute Nachmittag bei uns im Friesenring 43.“

Wenn Blicke töten könnten, wäre Georg soeben tot umgefallen.

Die Beamten verabschiedeten sich. Im Auto googelte Claudia die Adresse der Firma Lifeguard International.

„Bitte fahr nach Telgte, ich denke, dass wir dieser Sicherheitsfirma dringend einen Besuch abstatten müssen", sagte sie.

Georg wendete den Wagen und fuhr schweigend zurück auf die Bundesstraße 64.

Lifeguard International

Der Wachmann am Empfang musterte misstrauisch ihre Polizeiausweise. „Polizei Münster? Was verschafft uns denn das Vergnügen?“

„Wir möchten den Geschäftsführer sprechen“, sagte Georg.

„Und was darf ich als Grund für Ihren Besuch angeben?“

„Vielleicht kann er uns in einem Mordfall in Berlin mit einer Auskunft weiterhelfen“, sagte Claudia.

Der Wachmann bat die drei, Platz zu nehmen. Sie sahen, wie er eine Nummer anrief und so leise in den Hörer sprach, dass sie nichts verstehen konnten. Als der Mann aufgelegt hatte, rief er: „Sie werden abgeholt.“

Nach nicht einmal zwei Minuten erschien eine ältere, elegant gekleidete Frau. „Guten Tag, wenn Sie mir bitte folgen wollen!“

Sie gingen in den ersten Stock. Dort öffnete sie eine Tür. „Bitte, treten Sie ein, Herr Dr. Evers wird sich gleich Zeit für Sie nehmen.“

Die Beamten betraten einen kleinen, mit teuren Ledersesseln und einem Kirschholztisch ausgestatteten Konferenzraum. „Darf ich Ihnen einen Kaffee anbieten?“

„Nein, danke“, beeilte sich Claudia zu sagen.

Die Frau schloss hinter sich die Tür. Die Beamten warteten schweigend ungefähr zehn Minuten, ohne dass etwas geschah. Dann wurde die Tür aufgerissen, und ein gutaussehender Mann stürmte in den Konferenzraum.

„Tut mir leid, dass Sie warten mussten, leider hatten Sie sich nicht angemeldet." Er schaute auf einen Zettel. „Kriminalhauptkommissar Schäfer von der Kriminaldirektion 1 in Münster und Frau Westermann und Herr Dr. Schleinitz von der Mordkommission Berlin. Ich bin Dr. Mario Evers. Womit kann ich Ihnen denn dienen?"

Claudia betrachtete den Mann. Er wirkte auf sie ein bisschen zu jung, zu agil, zu charmant, zu fröhlich, zu hilfsbereit. Er war dieser Typ „Hoppla, jetzt komme ich", bei dem ihr immer ein wenig mulmig wurde. Im Grunde, dachte sie, war er das Pendant zu Haferschleim. Der war ihr auch immer ein bisschen zu hoppla.

„Tut mir leid, dass wir Sie so überfallen, unser Besuch war auch nicht geplant", sagte Haffe.

„Sie sind der Geschäftsführer von Lifeguard International?", fragte Georg.

„Jawohl, ich habe die Lifeguard vor zwanzig Jahren gegründet."

Claudia fragte sich, ob sich der Mann nur gut gehalten hatte oder ob er das in seinem ersten Studiensemester getan hatte.

„Herr Dr. Evers, wir ermitteln in einem Berliner Mordfall. Vielleicht haben Sie es gehört, in der Sakristei einer Berliner Kirche wurde der Warendorfer Dr. Ludger Meerbusch ermordet."

„Natürlich haben wir davon gehört, die Familie Meerbusch ist nicht nur hier in der Gegend sehr bekannt, sondern wir dürfen uns glücklich schätzen, sie zu unseren Kunden zu zählen."

„Dürfen wir Sie fragen, welche Art von Dienstleistung Sie für die Familie Meerbusch erbringen?"

„Selbstverständlich. Wir sind im Objektschutz für den Gräftenhof und die Bullenzucht von Elmar Meerbusch ebenso tätig wie im Objektschutz für die Pferdezucht von Andries Meerbusch."

„Wir haben im Lebenslauf des Küsters von St. Elisabeth – das ist die Kirche, in der Ludger Meerbusch ermordet wurde – gesehen, dass dieser mal für Ihre Firma tätig war."

„Na, das ist ja ein Ding! Wie heißt denn der Küster?", fragte Dr. Evers.

„Ulf Torwald."

„Der sagt mir jetzt nichts, aber das muss nichts heißen. Wir haben Hunderte von Angestellten und noch mehr Ex-Angestellte, da kann ich nicht jeden namentlich kennen."

„Könnte es sein, dass Ulf Torwald für Sie in Afrika tätig gewesen ist?"

„Da bin ich ohne Unterlagen überfragt. Warten Sie bitte, ich werde unsere Personalchefin bitten, in unseren Personalunterlagen nach einem – Ulf Torwald, sagten Sie? – zu suchen."

Claudia und Georg tauschten einen Blick. Denn auch er hatte offensichtlich registriert, dass dieser Evers nicht abgestritten hatte, überhaupt in Afrika tätig zu sein. Haffe hatte mal wieder nichts gemerkt, stellte Claudia fest.

Dr. Evers ging zu einem Telefon, das auf einer Anrichte stand. „Frau Winkler, wir haben die Polizei im Haus. Könnten Sie bitte in den Personalunterlagen nach einem Ulf Torwald suchen? Bringen Sie die Personalakte von diesem Mann, wenn vorhanden, in den kleinen Konferenzraum. Ja. Danke." Evers legte auf. „Jetzt bin ich aber gespannt", sagte er zu Claudia gewandt.

In Haffes Gesicht war nur Langeweile und Desinteresse zu lesen. Der versteht gar nicht, dass es hier gerade um die Wurst geht, dachte Claudia.

Während sie warteten, fragte Claudia nach den Einsatzgebieten der Mitarbeiter. Die Antworten von Dr. Evers waren genauso erhellend wie die Internetseite des Unternehmens.

Nach etwa zehn Minuten betrat eine blonde, schlanke Frau den Raum.

„Das ist unsere Personalchefin Anette Winkler", sagte Dr. Evers.

„Der Mann hat tatsächlich für unser Unternehmen gearbeitet", sagte Winkler. „Und zwar von 2013 bis 2016."

„Dürfen wir erfahren, in welchen Einsatzorten der Mann tätig war?", fragte Claudia.

Winkler und Dr. Evers wechselten einen Blick. Dr. Evers nickte.

„Torwald war zuletzt für die Bewachung eines Parkhauses am Berliner Alexanderplatz eingestellt, genauer gesagt, für eines unserer Tochterunternehmen, der Olsen Security. Davor war er für die Lifeguard im Eventbereich tätig."

„Was heißt Eventbereich?", fragte Claudia.

„Wir übernehmen häufig die Security bei Großveranstaltungen, also vom Radrennen bis hin zum Formel-1-Rennen am Hockenheimring, von Rockkonzerten bis zu Aktionärsveranstaltungen von Konzernen. Also die gesamte Veranstaltungspalette. Da werden unsere Mitarbeiter dann je nach Wohnort eingesetzt."

„Wo wohnte Ulf Torwald in diesen drei Jahren?"

„In Berlin. Da haben wir auch die meisten Großveranstaltungen."

„Der Mann ist schwerbeschädigt."

„Dann dürfte er im Eingangsbereich eingesetzt worden sein, also ähnlich wie beim Objektschutz im Parkhaus."

„Können Sie Ihren Personalunterlagen entnehmen, in welcher Firma der Mann vorher gearbeitet hat?"

„Nein, tut mir leid, das Bewerbungsschreiben haben wir nicht aufbewahrt", sagte Winkler.

Claudia war nicht entgangen, dass Winkler und Evers einen Blick gewechselt hatten.

„Dann bedanken wir uns ganz herzlich bei Ihnen", sagte Haffe und stand auf.

„War der Mann vielleicht mal als Samenkurier eingesetzt?", fragte Claudia.

„Das weiß ich nicht", sagte Winkler, nachdem sie wieder einen Blick mit ihrem Chef gewechselt hatte. „Die einzelnen Einsatzorte sind der Personalakte nicht zu entnehmen."

„Vielen Dank, dass Sie uns Ihre kostbare Zeit gewidmet haben", sagte Claudia und stand auf.

Der Firmeninhaber war ebenfalls aufgestanden. „Ich begleite Sie noch nach unten."

Georg reichte dem Mann die Karte des Polizeipräsidiums von Münster. „Sie kennen sich ja mit den Gesetzen aus, wir benötigen Ihre Zeugenaussage natürlich auch schriftlich, bitte kommen Sie morgen Nachmittag um sechzehn Uhr zu uns ins K 11, damit wir Ihre Aussage schriftlich fixieren können."

„Ich habe ja sonst nichts zu tun", sagte Dr. Evers. Es klang nicht unfreundlich.

„So, jetzt aber, ab nach Hause", sagte Haffe.

„Vielen Dank für eure Hilfe, vor allem für deine", sagte Claudia, als Georg sie am Hotel wieder absetzte.

„Gute Fahrt", wünschte der Kollege.

Afrikanische Sprichwörter

Kurz vor der Tagesschau setzte Haffe Claudia vor ihrer Wohnung ab. Sie stellte ihren Rollkoffer in den Flur und stieg wieder die zwei Treppen hinunter, die sie soeben hinaufgelaufen war. Kurz vor Saarmund hatte sie eine WhatsApp-Nachricht von Double-u bekommen: „Komm ins *Blue Light* – Neuigkeiten!" Das ließ sie sich natürlich nicht zwei Mal sagen.

Sie traf Double-u vor der Tür, er wollte gerade mit Agathe Gassi gehen. „Du hast es überlebt!", rief er.

Claudia kraulte dem alten Hund den Kopf. „Mit Mühe, sage ich dir, mit Mühe. Der Kerl geht mir so was von auf den Keks! Bäh!" Sie schüttelte sich.

„Musst du eigentlich alle Männer verrückt machen?", fragte Double-u. „Haferschleim sabbert, wenn er dich sieht, Michael überlegt, sich nach Berlin versetzen zu lassen, und unser guter Cookie hat mal wieder im Alleingang für dich die Welt gerettet!"

„Erzähle!" Er schaffte es doch immer wieder, sie neugierig zu machen.

„Das sollte er dir selbst erzählen, der wartet schon ganz ungeduldig darauf, dass du endlich seine Rippchen probierst. Nach dem Originalrezept von meiner Oma aus Mobile Alabama!“

Sie standen vor einem Baum und schauten Agathe geduldig zu, wie sie ihr Geschäft machte. Claudia musste lächeln, als sie daran dachte, wie sie das allererste Mal mit Agathe Gassi gegangen waren: Der Hund hatte sich geweigert, einen Schritt auf die Straße zu machen, so dass sie ihn in einem Tragegurt in der Keithstraße von Baum zu Baum getragen hatten. Ohne Erfolg. Bis sie auf die Idee gekommen war, Agathe zu ihren angestammten Bäumen in die Straße zu bringen, in der ihr kurz zuvor verschiedener Besitzer gewohnt hatte. Im Grunde war es also Agathes Schuld, dass Double-u nicht mehr in der Mordkommission ermittelte, sondern die Stammkneipe von Agathes ehemaligem Hundeführer gekauft hatte.

Claudia erzählte Double-u noch von ihren Erlebnissen in Münster.

„Maria Magdalena.“ Double-u lachte. „War das nicht die Sünderin aus der Bibel?“

„Frag Tomasz, ich habe es nicht so mit der Bibel. Sie ist für mich im Moment zumindest die Verdächtige Nummer eins.“

„Was hältst du denn von diesem Evers von der Lifeguard?“

„Der wirkt schrecklich aufgesetzt. Unecht. Zu bemüht. Erinnert mich an Haffe.“

„Stimmt“, sagte Double-u. „An den musste ich auch denken.“

„Und du willst mir nicht verraten, was Denis für mich hat?“

„Los, rein mit dir, bevor du vor Neugierde platzt!“

Das ließ sich Claudia nicht zwei Mal sagen. Im Laden

war es um diese für Berlin frühe Abendstunde halb voll. Rosie erspähte sie sofort vom Tresen aus.

„Hallo, da kommt ja die Langerwartete!", rief sie – und zur Küchentür gewandt: „Denis, Claudi ist da!"

Es gab nichts im *Blue Light*, was Rosie nicht mitbekam. Denis trat aus der Küchentür und wischte sich die Hände an einem Handtuch ab, das er sich in die Jeans geklemmt hatte. „Hey, da isse ja!", rief er, und seine babyblauen Augen zwinkerten ihr zu. Claudia ging zu ihrem „kleinen Freund", wie sie diesen riesigen Mann inzwischen nannte, stellte sich auf die Zehenspitzen und schaffte es trotzdem nicht, ihm einen Kuss auf die Wange zu verabreichen.

„Großvater, warum bist du sooo groß?", fragte sie.

„Damit ick dir bessa beschützen kann", sagte Denis und hielt ihr die Küchentür auf. „Komm rin inne jute Stube."

„Double-u hat gesagt, dass du die sensationellsten Rippchen seit seiner Großmutter produziert hast. Bekomme ich eine Portion, ich falle gleich um vor Hunger."

„Na aba! Die Oma hat uns n janzet Paket mit diesem Blackener jeschickt, Hammer!"

„Blackener? Sind die Rippchen jetzt schwarz?"

„Nee, logo nich, nur an den Grillstreifen, aber dit schmeckt nach Tausendundeener Nacht, glob mir."

Während er Claudia von dem Rezept der Oma vorschwärmte, holte er einen dunkelrot marinierten Rippchenstrang aus dem Kühlschrank. „Riech mal!" Er hielt ihr die Rippchen unter die Nase. „Dit Fleisch fällt von alleene ab."

„Hhm, das duftet. Nach Zimt?"

„Ick sach doch, Tausendundeene Nacht, da is allet Mögliche drin, in diesem Blackener."

„Was hast du sonst noch raufgemacht? Tomatenketchup?"

„Logo, mit n bisschen Weinessig verrührt und Ahornsirup. Und Knoblauch. Und Cayennepfeffer. Muss ja ordentlich Buff habn."

„Geil." Claudia lief das Wasser im Mund zusammen. „Double-u hat gesagt, du hast noch eine Überraschung für mich."

„Dassa imma allet verraten muss – is doch die janze Dramaturjie im Arsch."

„Komm, erzähle. Ich platze gleich vor Neugier."

„Erst wird jejessen. Damitte mir nich vom Fleische fällst, bist schon janz spitz umme Neese. Ohne Mampf keen Kampf. Hab ick von Cheffe. Hock dir draußen hin, Rosie bringt dirn Bierchen, ick bruzzle dir die Rippchen. Und dazu jibs Cole Slow, nachm Rezept vom Hausherrn persönlich."

„Double-us Special?"

„Jenau!"

„Na dann." Claudia schob sich an Denis vorbei zur Tür. Die Küche war nicht sehr groß, sie fragte sich schon lange, wie so ein Riese stundenlang in dieser Kemenate arbeiten konnte, ohne klaustrophobische Anfälle zu bekommen.

Rosie brachte ihr ein Bier und Besteck zu einem der niedrigen Tische. Als Double-u und Agathe von ihrem Spaziergang zurückkamen, setzten sie sich zu ihr. „Hammer, oder?", sagte Double-u.

„Was? Die Rippchen? Ich warte noch drauf!"

„Nee, ich meinte die …“ In gespieltem Entsetzen schlug er sich auf den Mund. „Jetzt hätte ich es fast verraten.“

Agathe knabberte zärtlich an ihrem rechten Schuh. „Agathe, das kitzelt“, rief sie unter den Tisch. Die alte Hundedame schaute sie aus milchigen Augen an. Claudia hätte schwören können, dass sie die Schnauze zu einem Lachen verzogen hatte.

„Ihr seid sooo gemein!“, sagte Claudia und dachte, wie schön es war, wieder zu Hause zu sein.

Denis kam mit zwei Tellern aus der Küche. „Juten“, sagte er und wollte wieder zurück in seinen Arbeitsraum verschwinden.

„Hiergeblieben!“, rief Claudia. „Du wirst jetzt warten, bis ich die Rippchen probiert habe. Oder willst du etwa nicht wissen, was ich davon halte?“ Sie wusste ganz genau, dass Denis durch die Küchenluke jeden ihrer Gesichtszüge beim Essen genau analysieren würde. Also ergriff sie das Messer und wollte ein Rippchen abschneiden, als Denis rief: „Halt, dit löst sich doch von alleene!“ Und tatsächlich hatte sie plötzlich ein Rippchen in der Hand. Sie biss hinein und schloss die Augen. Denis hatte recht gehabt. „Tausendundeine Nacht! Einfach märchenhaft!“

Ein rosa Hauch überzog das Babygesicht des großen Mannes. „Und wat hältste vom Salat?“

Claudia kannte das Rezept des Salats, Double-u hatte ihn oft für sie zubereitet. Trotzdem kostete sie. Dann schaute sie Double-u strafend an. „Der schmeckt besser als deiner!“, sagte sie vorwurfsvoll.

„Kann nicht sein, lass mich mal kosten!“ Double-u nahm ihr die Gabel aus der Hand.

„Da fehlt was drin!“, sagte Double-u.

„Ick hab dit Mehl wechjelassn, dit schmeckt ma ohne bessa!“, sagte Denis. „Dafür hab ick Buttermilch rinjetan. Sach bloß, du finstet nich jut?“

„Ich verzeihe dir. Aber nur einmal! Buttermilch sagtest du?“ Double-u fischte sich eine weitere Gabel aus Claudias Essen.

„Hey, jetzt reicht's aber, gibt mir meine Gabel wieder.“

Während die beiden sich um die Gabel kabbelten, schlich Denis zurück in die Küche.

„Jetzt hast du ihn aber glücklich gemacht“, sagte Double-u, als Denis außer Hörweite war.

„Der schmeckt mir wirklich besser als deiner“, sagte Claudia. „Aber ich weiß immer noch nicht, was für eine Überraschung er auf Lager hat.“

„Stärk dich erst mal“, sagte Double-u und stand auf. Er räumte auf dem Nebentisch die Biergläser ab und brachte sie zu Rosie an den Tresen. „Drei Bier für die Kollegen von der Zweiten“, sagte er zu seiner Barfrau.

Claudia nagte sich genüsslich durch die Rippen, am liebsten hätte sie noch eine zweite Portion bestellt, das waren eindeutig die besten Rippchen, die sie je gegessen hatte. Allerdings brauchte sie dringend mehr Servietten, sie sah bestimmt aus wie eine Einjährige, die sich mit dem Löffel den Alete-Brei ums Mäulchen geschmiert hatte.

Rosie bekam mit, dass sich Claudia in einer akuten Notsituation befand, und brachte ihr nicht nur einen Stapel Servietten, sondern machte ihr sogar eine Fingerbowl.

„Danke, du Engel. Das war ja eine herrliche Schweinerei!“, sagte Claudia und wischte sich den Mund ab. Dann stand sie auf und ging zur Toilette, wo sie sich einer Runderneuerung vor dem Spiegel unterzog. Als sie wiederhergestellt war, entschied sie, dass es jetzt dramaturgisch gesehen Zeit für den Showdown wurde. Sie stürmte zurück in Denis’ Küche.

„Liegt uffm Kühlschrank“, sagte Denis, der dabei war, für die Kollegen von der 2. Mordkommission Schnitzel zu braten.

Claudia schaute, nahm den Umschlag, der dort lag, und setzte sich auf den Hocker.

„Das ist ja der Vollhammer!“, entfuhr es ihr, als sie sah, was der Umschlag enthielt.

„Wa?“, schallte es vom Herd.

„Wo hast du das denn her?“

„Von meene Kumpel vom Bantu-Restaurant. Weeßte, watta jesacht hat? Der Regen fällt nicht nur uff een Dach. Dit isn afrikanischet Sprichwort.“

„Soll das heißen, dass die Afrikaner uns helfen wollen, damit sie unbehelligt bleiben?“

„So würde ick dit sehn, wa! Der war vorjestern hier und hat dit vorbeijebracht. Der Paule, wat der Kerl is, der mit die Machete frisiert wurde, der warn Kumpel von ihm. Und außerdem sind dit allet Katholen. Die sind echt anjepisst, wenn ihnen eener ihre Popen meuchelt, vastehste.“

„Woher wusste der denn, dass das bei uns landen würde?“, fragte Claudia.

„Ick hab jesacht, dass die janzen Kriminalen hier verkehrn, wo ick arbeete. Deshalb issa jekommen, meene Kumpel.“

Die Zeugenvernehmung

Ulf Torwald saß ihnen gegenüber und lächelte süffisant. Claudia spürte geradezu, was er dachte: Diese Fotze lass ich genauso auflaufen wie die andere Tussi. Aber so einfach würde sie es ihm nicht machen.

„Herr Torwald, meine Kollegin Tina hat mir erzählt, dass Sie gern Lotto spielen. Aber so, wie ich Sie einschätze, pokern Sie gerne. Und ich wette, Sie sind darin verdammt gut!“, sagte Claudia.

„Wieso, sehe ich so aus?“, fragte Torwald.

„Sie sind der Typ, der gut pokern kann. Das ist eine seltene Begabung.“

„Vielleicht sollte ich das mal versuchen“, sagte Torwald mit unbewegtem Gesicht.

„Wieso versuchen, Sie pokern doch gerade“, sagte Tina.

„Wie kommen Sie darauf?“ Von oben herab.

„Sie setzen darauf, dass wir auf ihre Unschuldsmiene hereinfallen. Dabei wissen wir, was man in einschlägigen Kreisen über Sie sagt.“ Claudia sah ihm in die Augen.

„Ach was, was sagt man denn?“

„Was glauben Sie denn?“

„Ich habe keine Ahnung, wovon Sie sprechen.“

„Pokerface Ulf. Mit der dicken Marie."

„Wie kommen Sie denn darauf?"

„Na, hören Sie, wer dicke Geldbündel mit sich in der Hosentasche rumschleppt, muss schon ein Pokergenie sein, oder?" Claudia schob ihm dezent ein Foto hinüber, das ihn mit einer fetten Rolle Hunderter am Spieltisch zeigte. „Wie viel machen Sie denn so im Monat beim Spielen?"

„Wahrscheinlich mehr, als du verdienst, Mädel!", zischte er.

„Das glaube ich gern, wenn ich das so sehe. Wozu arbeiten Sie dann eigentlich noch als Küster?"

Ulf Torwald lehnte sich zurück. „Was hat das eigentlich alles mit dem Tod von Vater Ludger zu tun?", fragte er. „Denn wegen dem bin ich wohl hier, oder?"

„Ist das die Methode, die man bei den Söldnern lernt, auf jede Frage mit einer Gegenfrage zu antworten?", sagte Claudia.

Torwald schwieg. Er hatte die Augen zu Schlitzen verengt, durch die er Claudia abschätzig anstarrte.

„Das Töten von Menschen scheint Sie zu verfolgen", sagte Claudia, nachdem sie eine Weile geschwiegen hatte. Schweigen wirkte ihrer Erfahrung nach meistens.

„Du findest das doch geil, sei ehrlich! Kriegst ein ganz nasses Höschen, wenn's nach Blut riecht!"

Claudia lächelte. Da hatte sie ihn haben wollen. „Ein bisschen Abenteuer gehört doch dazu im Leben, oder nicht? Was glauben Sie, warum ich zur Polizei gegangen bin! Ich bin vor Langeweile beim Jurastudium fast gestorben. Gestehen Sie, vor welcher Langeweile sind Sie geflohen?"

„Hildesheim“, sagte er, als würde allein das Wort als Begründung ausreichen.

„Und wer versprach Ihnen den Duft der großen weiten Welt?“, zitierte sie eine alte Zigarettenwerbung aus den Siebzigerjahren.

„Die französische Fremdenlegion.“

Sie hätte darauf wetten können. „Das ist ja spannend, erzählen Sie mal.“

„Vergiss den Quatsch, Mädel! Ich war nie in der Fremdenlegion. Ich war ein ganz braver Zeitsoldat bei der Bundeswehr. Noch irgendwelche Fragen?“

„Bis wann waren Sie denn bei der Bundeswehr?“, schaltete sich Tina wieder ins Gespräch.

Ulf Torwald rechnete nach. „Bis zur Jahrtausendwende. Und danach war ich in der Security tätig.“

„Bei welchem Unternehmen haben Sie gearbeitet?“

„Früher selbstständig. Als Contractor. Bei verschiedenen Firmen. Später festangestellt bei Lifeguard International.“

„Also, so wie Sie aussehen, haben Sie früher auch keine Parkhäuser bewacht. Erzählen Sie mal, wohin hat man Sie denn so geschickt als – äh – Contractor? Das ist so eine Art zeitweiliger Subunternehmer? Scheinselbstständig nennt man das wohl?“

„Kosovo, Irak, Libanon, Liberia, Somalia, Dschibuti, Libyen, Mali … überall, wo die Cola kochte.“

„Ist doch gar nicht so einfach, solche Jobs zu kriegen, wenn ich richtig informiert bin. Sechzig Prozent der Bewerber, habe ich mir sagen lassen, fallen allein bei den Einstellungstests durch. Das soll echt hart sein!“, sagte Tina.

„Da wird ordentlich gesiebt, das ist auch vonnöten, für solche Auslandseinsätze braucht man die Besten."

„Die Guten kommen ins Töpfchen, die Schlechten ins Parkhaus, ja?", versuchte Claudia, ihn zu reizen.

Ulf Torwald brummte etwas Unverständliches.

„Wo haben Sie denn Ihren Unterschenkel gelassen?", fragte Claudia.

„An einem Baum in Bad Salzdetfurth", sagte er, schief lächelnd.

„Ach herrje, das war also gar kein Betriebsunfall, sondern ein privater Unfall?"

„Motorrad. 2012."

„Oh nein. Supergau! Und danach haben Sie dann Aufträge in Deutschland von der Lifeguard International angenommen?"

„Man muss von irgendwas leben, nicht wahr."

„Aber Sie sind doch so ein phantastischer Pokerspieler. Wenn da allerdings nicht immer die blöden Wetten wären, nicht wahr?" Claudia schob Ulf Torwald ein weiteres Foto hinüber, das ihn aus einem Wettbüro kommend zeigte.

„Wo haben Sie denn den Scheiß her? Sie wissen, dass das nicht erlaubt ist."

„Ja, wir werden eine Großfahndung nach demjenigen beginnen, der die Fotos gemacht und uns anonym zugespielt hat, damit er sich nachträglich Ihre Genehmigung einholen kann, ansonsten droht demjenigen eine gehörige Ordnungsstrafe", sagte Tina. „Ich stelle mir das ziemlich furchtbar vor. Da war man früher der bewaffnete Held in irgendeiner Phantasieuniform, hat Menschen beschützt,

Regime gestützt oder gestürzt, und plötzlich sitzt man in so einem Parkhaus. Ausgemustert. Und das mit", sie schaute in ihre Unterlagen, „knapp neunundvierzig Jahren. Schöne Scheiße, würde ich sagen."

„Na, du wirst es ja wissen, Mädel!"

„Und alles, was Sie gelernt haben, war so ganz und gar umsonst. Welche Kampfsportarten haben Sie denn betrieben?"

„Wie kommen Sie denn auf Kampfsport?"

„Hey, ich habe auch einen schwarzen Gürtel, also erzählen Sie mir nicht, dass Sie nicht Karate gemacht haben."

„MMA", sagte Ulf Torwald.

Claudia übersetzte für Simones Protokoll: Mixed Martial Arts.

„In welche Zeit fallen die Samentransporte?"

„Die was?"

„Die Samentransporte. Bullensamen oder Pferdesamen, kostbar, kostbar, muss bewacht werden!"

„Was soll denn der Quatsch? Das ist doch lächerlich. So was habe ich nie gemacht. Samentransporte, ich fasse es nicht!"

„Schade, das ist doch bestimmt interessant. Man bereist fremde Länder, arabische Staaten, USA, Südamerika, und alles, was man zu tun hat, ist im Flugzeug mit einer Kühltasche am Handgelenk zu sitzen."

„Das ist ein Job für Opas!" Er klang echt verletzt. Irgendetwas an seinem Ton sagte Claudia, dass er so einen Job tatsächlich nie gemacht hatte. Ja, dass er zum ersten Mal etwas davon gehört hatte. Vielleicht lief sogar ein Film in seinem Kopf ab: Wieso haben die nicht mich geschickt. Das ist doch hundertmal besser als Parkhaus.

Claudia zog das Foto der Schwarzen Frau aus der Akte. „Kennen Sie diese Frau?"

„Nehm ich … Wer ist das?"

Sie versuchte den Frontalangriff: „Wie viel haben Sie denn für den Pfarrer bekommen?"

„Wie viel was?"

„Kohle, Penunse, Bucks, Scheinchen … egal, wie Sie das nennen", sagte Claudia.

„Hör auf zu spinnen, Mädel."

„Kommen Sie, wer hat Sie bezahlt? Maria oder Andries? Ich tippe auf Maria! Ist ja auch eine echt heiße Braut, nicht wahr?"

„Wer zum Teufel ist Maria? Ich kenne keine Maria. Und keinen Anschiss."

„Andries. Andries Meerbusch. Kennen Sie nicht?", fragte Claudia.

„Nein, kenne ich nicht!"

„Wann waren Sie denn das letzte Mal in Warendorf?"

„Was sollte ich denn in Warendorf?"

„Na, vielleicht Geld abholen?", sagte Tina.

„Moment, Moment, wenn ich das jetzt richtig verstehe, dann glaubt ihr, dass ich den Pfarrer umgebracht habe. Und das hier ist keine Befragung, sondern eine Vernehmung. Wenn jetzt alles mit rechten Dingen zugehen sollte, muss meine Belehrung jetzt kommen."

„Sie nehmen mir gerade das Wort aus dem Mund. Genau. Ich wollte Ihnen gerade sagen, dass wir soeben festgestellt haben, dass Sie ein Tatverdächtiger sind. Für das Protokoll", sagte Claudia zu Simone, „wir haben die Zeugenvernehmung soeben abgebrochen. Herr Ulf Torwald, geboren am 03.04.1969, wird nunmehr als Beschuldigter vernommen und hiermit über seine Rechte belehrt: Wir vernehmen Sie unter dem dringenden Tatverdacht, Dr. Ludger Meerbusch und Paul Ndwaniye getötet zu haben. Sie haben das Recht auf einen Anwalt."

„Das will ich aber meinen. Und den will ich jetzt und sofort sprechen."

„Bitte", sagte Claudia und schob ihm das Telefon zu. Sie hatte damit gerechnet.

Sie hatte auch damit gerechnet, dass der Anwalt seinen Mandanten anweisen würde, zu schweigen und in Zukunft, wenn überhaupt, nur noch eine Aussage in seinem Beisein zu machen.

Claudia rief Fliege an. „Schau bitte in deine Mailbox. Diese Bilder sind uns anonym zugespielt worden. Das ist Ulf Torwald, der Küster von St. Elisabeth. Wir haben ihn soeben vorläufig festgenommen. Der Mann hat zugegeben, in Afrika als Söldner gedient zu haben. Was meinst du, reicht das für einen Haftbefehl?"

Fliege studierte die Fotos. „Oh, oh, das ist ganz dünnes Eis. Ehrlich gesagt, nachdem wir schon einen Tatverdächtigen in diesem Fall haben freilassen müssen, denke ich nicht, dass die Bilder für den Haftrichter ausreichen. Wir brauchen mehr Butter auf die trockene Stulle."

„Was ist mit einem Durchsuchungsbeschluss für Torwalds Wohnung?", fragte Claudia.

„Den kriege ich, reine Formsache bei der Sachlage. Mal gucken, wer Bereitschaftsrichter ist. Ach, der alte Hummel. Der wird mich wieder fragen, was meinst du, Fliege, war er's, was sagt dein Bauchgefühl? Also, Claudia, war es Torwald?"

„Ich denke ja."

„Du kannst deine Leute schon mal lostraben lassen! Aber schick den Küster erst mal nach Hause."

Gin Tonic

Schmitti, Matze, Ekki und ein Team der Kriminaltechniker trafen nahezu zeitgleich mit Ulf Torwald bei seiner Wohnung ein. Sie durchsuchten akribisch alle Schränke und Schubladen. Die Kriminaltechniker besprühten seine Kleidung und seine Schuhe mit Luminol. Aber weder an seinen Klamotten noch im Badezimmer noch auf seinen Teppichen wurden Blutspuren gefunden. Das Einzige, was sie fanden, war ein Umschlag mit siebenundzwanzigtausenddreihundertfünfzig Euro, den sie ebenso beschlagnahmten wie sein Handy.

„Natürlich war der schlau genug, die Klamotten und die Schuhe zu entsorgen“, sagte Schmitti später zu Claudia.

Ulf Torwald sagte keinen Ton, wie ihm sein Anwalt befohlen hatte.

Aufgrund des richterlichen Beschlusses hatte Claudia die Verbindungsdaten von Torwalds Handy bekommen. Einen Kontakt nach Warendorf gab es offensichtlich nicht.

Die Kriminaltechniker lasen seine GPS-Daten aus – er hatte sich in den vergangenen Wochen nicht mal in die Nähe von Warendorf begeben. Zumindest nicht mit seinem Telefon.

Claudia war frustriert und musste sich beherrschen, ihre Kollegen nicht anzustecken. Sie waren alle sicher, dass Ulf Torwald der Mörder von Pater Ludger und Paul Ndwaniye war. Quod erat demonstrandum – was verdammt noch mal zu beweisen war. Er hatte ein Motiv, er war Spieler und im Besitz von einer Menge Bargeld. Und er hatte die Gelegenheit gehabt. Das wussten sie gesichert. Hatte Paul Ndwaniye ihn aus der Sakristei kommen sehen? Aber warum hatte der Mann aus Ruanda das gegenüber der Polizei nicht erwähnt? Hatte der Mann etwas gewusst, das Torwald gefährlich hätte werden können?

Außerdem hatten die Kriminaltechniker festgestellt, dass der Anruf bei Pater Ludger am Morgen seines Todestages aus der Kirche St. Elisabeth gekommen war. An das Kirchentelefon kamen nicht viele heran. Darüber hinaus hatte Torwald das Wissen, wie man jemanden lautlos umbringt beziehungsweise nahezu köpft. Er hatte in Afrika viele Tote gesehen und viele Arten des Tötens kennengelernt. Aber all das waren nur Vermutungen. Es passte halt so gut, doch es waren keine Beweise, nicht mal Indizien.

Claudia bat die Münsteraner Kollegen, bei der Lifeguard International nach den Namen derer zu fragen, die für den Transport von Bullen- und Pferdesamen bei der Familie Meerbusch eingesetzt gewesen waren. Claudia rief bei ihrem Kollegen Georg Schäfer an und bat ihn, den Gutsverwalter von Elmar und Maria danach zu befragen beziehungsweise mal auf den Busch zu klopfen, ob der etwas über ein eventuelles Verhältnis von Maria wusste.

Claudia wollte auf den Arm. Sie schickte ihre Crew in

den wohlverdienten Feierabend. Sie mussten nun warten und hoffen, dass die Kriminaltechniker doch noch etwas Erhellendes fanden.

Im *Blue Light* traf sie auf Linh-Anh. Sie schien ihr an der Nasenspitze anzusehen, dass sie frustriert war.

„Weschn was flentsde denn nu schone widder rumm?", fragte sie Claudia in ihrem breitesten Sächsisch.

Fast hätte Claudia laut gelacht, es war einfach urkomisch, wenn die Asiatin so breit sächselte. Stattdessen sagte sie: „Ich könnte vor Wut den Grunewald abholzen. Wir wissen genau, dass der Kerl es war, wir können es aber nicht beweisen." Sie berichtete Linh-Anh von ihrem Indizienfrust.

Double-u kam aus der Küche und nahm Claudia in den Arm. „Na, habt ihr den Kerl festgesetzt?"

„Vergiss es. Wir haben nicht den Hauch eines Beweises. Der hat die Klamotten und Schuhe entsorgt, der ist doch nicht blöd. Und die Kohle, die wir gefunden haben, kann er genauso gut beim Pokern gewonnen haben."

„Ich glaube, ich muss noch mal Denis auf den ansetzen", sagte Double-u. „Vielleicht finden wir ja ein paar Zeugen, dass der Mann nichts als Spielschulden hatte, die er vielleicht vor kurzem beglichen hat."

„Das wäre immerhin was." Claudia setzte sich.

„Komm, Mädel, ich mach dir einen steifen Gin Tonic", sagte Rosie, die das Gespräch hinter dem Tresen mitbekommen hatte.

Agathe ließ sich zu Claudias Füßen nieder und legte ihre feuchte Schnauze auf Claudias Schuhe.

„Der hat sogar zugegeben, dass er pokert, er hat zugegeben, dass er Mixed Martial Arts betreibt, dass er in Afrika als Söldner tätig war. Alles passt!“

„Habt ihr auch seine Uhren konfisziert?“, fragte Double-u.

Claudia schaute ihn aufmerksam an. „Du meinst …“

„Ich meine, dass die meisten Menschen einfach geizig sind. Klamotten entsorgen ist eine Sache, Schuhe wegschmeißen, kein Problem. Aber bei den Uhren, da fängt bei den meisten der Geiz an.“

„Ja, des is waa! Die glauben, Abwischen reicht. Dabei setzen sich Mikropartikel in jedem Armbandglied und hinter der Krone an“, sagte Linh-Anh.

„Ich muss schauen, ob sie Armbanduhren beschlagnahmt haben.“

„Der trug doch eine, oder?“

„Ja klar, trägt der eine Uhr. Hat er jedenfalls bei der Vernehmung getragen. Du meinst … Rosie, was hast du eben von einem Gin Tonic gesagt?“

Schlaflos in Friedenau

Was war das heiß in diesem Mai. Claudia wälzte sich in ihrem Bett. Obwohl sie die Fenster offen gelassen hatte, drang kein frisches Lüftchen an ihre Haut. Sie hatte kurz überlegt, ob sie Amando nach seinem Feierabend in der Pizzeria abholen sollte, hatte sich aber aufgrund der schweißtreibenden Temperaturen gegen eine Nacht mit ihrem derzeitigen Lover entschieden. Es war auch allein in ihrem Bett heiß genug.

In Gedanken machte sie eine Checkliste, was sie am nächsten Morgen alles zu erledigen hatte. Sie musste bei den Münsteraner Kollegen um Hilfe bitten. Claudia brauchte die Fingerabdrücke der Familienmitglieder. Es wäre doch gelacht, wenn die sich nicht irgendwo an dem Geld oder auf dem Umschlag, den sie bei Ulf Torwald gefunden hatten, befanden. Allerdings mussten die Familienmitglieder freiwillig mitmachen. Denn es wäre schwierig, einen guten Grund zu finden, warum die Polizei die Fingerabdrücke benötigt. Die Familienangehörigen waren nicht mal ansatzweise in der Nähe des Tatorts von dem Mord an Pater Ludger gewesen, ganz zu schweigen von dem afrikanischen Küster.

Sie würde versuchen, über den Anwalt Ulf Torwald dazu zu bewegen, am nächsten Tag freiwillig auf das Revier zu kommen. Er sollte erklären, woher das Geld stammte, das in seiner Wohnung gefunden worden war. Und sie musste herausfinden, ob die Kollegen seine Uhren beschlagnahmt hatten.

Claudia wälzte sich auf die andere Seite. Sie hatte ein schlechtes Gewissen, weil sie ständig die Hilfe von Double-u und Denis in Anspruch nahm. Double-u fehlte ihr, als ob ihr jemand eine Rippe entfernt hätte. Sie musste lächeln bei dem Vergleich, war ja doch irgendwie biblisch. Sie war alt und erfahren genug, selbst die Ermittlungen zu einem guten Ende zu führen. Trotzdem war es natürlich schön, wenn liebe Freunde einem zu Hilfe eilten. Und wenn sie ganz ehrlich war, wäre sie ohne Double-us Hilfe nicht so weit gekommen mit ihren Ermittlungen. Aber die Bemerkung von Linh-Anh steckte wie ein Stachel in ihrem Fleisch. Was hatte sie doch gleich gesagt? „Weschn was flentsde denn nu schone widder rumm?“ Kam sie tatsächlich als Heulsuse rüber?

Claudia stand auf und angelte sich ihre Crocs. In der Küche holte sie sich eine eisgekühlte Flasche Mineralwasser und setzte sich auf ihren winzigen Balkon. Klein, aber mein, dachte sie. Sie teilte die Flasche Wasser schwesterlich mit ihren Petunien, die sie erneut vergessen hatte zu gießen.

Am nächsten Morgen fühlte sich Claudia wie gerädert, daran konnte auch eine lauwarme Dusche kaum etwas ändern. Das war nicht gerade ein granatenmäßiger Start in einen Tag, der sie bereits um halb neun Uhr morgens mit einer Überraschung überfiel. Elmar Meerbusch wollte sie sprechen. Der Hospizleiter hatte ihm mitgeteilt, dass Ermittler aus Berlin da gewesen waren, die ihn wegen des Mordes an seinem Bruder zu sprechen gewünscht hatten. „Der Hospizleiter hat gesagt, wir sollten uns beeilen, es gehe definitiv dem Ende zu", sagte Georg Schäfer. Claudia überlegte nicht lange, sondern buchte sich auf den nächsten Zug nach Münster mit Umsteigen in Hamm. Sie sah auf die Uhr. Es blieb ihr noch genug Zeit, mit dem Anwalt von Torwald zu sprechen und in ihrem Team die Arbeit zu verteilen.

Elmar Meerbusch

Man sah ihn kaum zwischen den weißen Kissen, gegen die er gelehnt war. Der Hospizleiter persönlich hatte Claudia und Georg zu dem Todkranken geführt.

„Vielen Dank, dass Sie uns empfangen", sagte Claudia. Die Fenster in dem Zimmer waren geschlossen, es war sehr warm, wahrscheinlich fror der bis auf die Knochen abgemagerte Mann erbärmlich.

„Wer hat meinen großen Bruder umgebracht?", fragte er mit brüchiger Stimme.

„Das wissen wir noch nicht", sagte Claudia.

„Wir ermitteln noch", fügte Georg hinzu.

„Wieso wollten Sie mich sprechen?", fragte Elmar.

Claudia hatte sich während der Bahnfahrt überlegt, was sie auf diese Frage antworten sollte, denn es war ihr klar gewesen, dass sie kommen würde.

„Wir suchen den Mörder Ihres Bruders. Dabei können wir kein mögliches Motiv auslassen. Sie wissen sicher, dass in der Mehrzahl der Tötungsdelikte der Täter im direkten beziehungsweise familiären Umkreis des Opfers zu finden ist. Wir fragen uns, ob der Mord an Ihrem Bruder vielleicht etwas mit dem Testament Ihres Vaters zu tun haben könnte, über das wir nur ein paar Gerüchte kennen."

„Das Testament meines Vaters war ganz einfach", sagte Elmar und fing fürchterlich an zu husten.

Claudia schaute auf seinen Nachttisch und sah dort eine Flasche Wasser stehen. Sie goss einen Schluck in ein Glas und reichte es ihm.

„Danke", sagte Elmar. „Ich habe das gesamte Familienvermögen geerbt. Wenn ich vor Ludger gestorben wäre, wäre das Vermögen auf ihn übergegangen."

„So haben wir es gehört. Und wir fragen uns, ob das ein Motiv für sein gewaltsames Ende sein könnte."

„Das frage ich mich auch", sagte Elmar.

„Wen haben Sie in Ihrem Testament als Erben festgelegt?"

„Das ist alles nicht so einfach." Wieder hatte der Mann einen Hustenanfall. Claudia reichte ihm erneut das Glas mit dem Wasser. „Ich möchte mein Testament ändern, deshalb sind Sie hier."

Claudia musste sich setzen. Das war eine Wendung, mit der sie nicht gerechnet hatte.

„Aber es gibt doch sicher ein notariell beglaubigtes Testament, das Sie irgendwo hinterlegt haben?", sagte Claudia.

„Ja, das gibt es. Aber das ist überholt. Ich habe immer geglaubt, dass ich meinen großen Bruder überlebe. Es war aber wohl Gottes Wille, dass ich vor ihm heimgehen sollte. Doch jemand hat versucht, das zu ändern. Ich weiß nicht, wer dieser Jemand war. Aber wenn es einer meiner Erben sein sollte, dann will ich, dass dieser Mensch, der dem lieben Gott versucht hat, ins Handwerk zu pfuschen, nicht einen einzigen müden Cent erbt, weder von dem Familienerbe der Meerbuschs noch von dem, was ich persönlich in meinem Leben erwirtschaftet habe. Kindchen", sagte Meerbusch und tastete nach Claudias Hand, „mein Notar wird gleich hier sein. Und Sie beide werden mein neues Testament als Zeugen unterzeichnen. Das Pflegepersonal kann bestätigen, dass ich seit gestern früh alle Schmerzmittel abgelehnt habe, ich stehe also nicht unter Morphium."

Claudia drückte zart seine Hand, die sich wie skelettiert anfühlte.

„Das machen wir, natürlich. Haben Sie denn einen Verdacht, wer sich das Erbe sichern wollte?"

„Mein bisheriges Testament sieht – abgesehen von einigen Legaten – vor, dass das persönliche Vermögen zu gleichen Teilen an meine Frau Maria und an meinen Sohn Andries geht. Das Familienvermögen wäre durch das Testament meines Vaters an meinen Bruder Ludger gefallen, durch seinen Tod fällt es allerdings zurück in mein persönliches Vermögen, so dass es ebenfalls zwischen meiner Frau und meinem Sohn aufgeteilt werden würde. Das will ich nicht. Auf keinen Fall." Elmar japste nach Luft.

„Ich will, dass mein Sohn den Familienbesitz alleine erbt, damit er in der Familie bleibt. Was weiß ich, wen meine Frau später noch ehelichen wird. Sie ist mit meinem persönlichen Vermögen bestens bedient." Elmar wurde immer leiser. Claudia wagte es nicht, ihn zu unterbrechen, sie fühlte, dass der Mann sich etwas von der Seele reden wollte.

Und tatsächlich. Elmar hatte noch eine weitere Überraschung für sie auf Lager:

„Falls sich herausstellen sollte, dass Ludger tatsächlich umgebracht wurde, damit er nicht als mein Nacherbe fungieren kann, will ich, dass seine Verfügungen über sein Vermögen wirksam werden. Denn ihm steht das gerechterweise zu."

Der Mann hatte sich völlig verausgabt. Er sank zurück in seine Kissen. Claudia wechselte einen Blick mit Georg. Sie hatte Angst, dass Elmar die Ankunft des Notars nicht mehr erleben würde.

Spürnasen

„Was ist, Mädel, wollen wir es denen noch mal zeigen?", fragte Double-u nach dem Frühstück Agathe. Die alte Hündin stand schwanzwedelnd auf und spitzte die Öhrchen.

„Okay, dann lass Papa mal einen Anruf tätigen", sagte Double-u und schnappte sich sein Smartphone. Zu seinem Erstaunen teilte ihm Schmitti mit, dass Claudia am Morgen nach Münster gefahren war.

„Habt ihr eigentlich die Uhren des Küsters beschlagnahmt?", fragte er ihn.

„Nein. Das hat Claudi heute früh auch wissen wollen. Der Küster kommt mit seinem Anwalt heute freiwillig um zwölf zu uns, um uns zu erklären, woher er das viele Geld hat."

Als Double-u aufgelegt hatte, versetzte er Agathe einen Klaps. „Dein Auftritt, Agathe!"

Die alte Hundedame erhob sich, als ob Rheuma oder Gicht eine Fehldiagnose gewesen wären. Sie schritten Seite an Seite hoch zur Straße des 17. Juni, wo Double-u seinen Volvo geparkt hatte.

Double-u fuhr zur Keithstraße und wartete draußen auf die Ankunft von Torwald und dem Strafverteidiger Udo Herzog. Zum Glück kannte er den Strafverteidiger vom Sehen. Als er Herzog in Begleitung eines Mannes auf dem Bürgersteig kommen sah, stieg Double-u mit der Hündin aus.

„Arbeite", sagte Double-u, und dann ging alles wie von selbst.

Er lief mit Agathe auf die beiden Männer zu. Der Anwalt wollte gerade die Eingangstür öffnen, da blieb Agathe vor Ulf Torwald stehen und schnupperte. Dabei knurrte sie leise. Double-u ließ die Führungsleine ein wenig lockerer, damit der Hund noch näher an Torwald herankam. Agathe schnüffelte an dem Verdächtigen, insbesondere das linke Handgelenk schien sie zu interessierten.

„Hey, nehmen Sie den Köter weg!", sagte Ulf Torwald und trat dem Hund in die Weichteile. Das missfiel Agathe, sie schnappte knurrend nach Torwalds linken Ärmel.

„Aus!", rief Double-u. „Sitz!"

„Sie spinnen wohl, was soll der Scheiß", sagte Ulf Torwald und rieb sich den Arm. Agathe setzte sich hin und gab Laut.

„Brav, Agathe, braver Hund", lobte Double-u die alte Spürnase, die gar nicht mehr aufhören wollte zu bellen. Zu Ulf Torwald gewandt sagte er: „Entschuldigen Sie bitte, dieser Hund ist einfach zu neugierig."

Danach drehte er sich um und ging zurück zu seinem Wagen. Als Agathe eingestiegen war, wählte er die Nummer von Claudia. Es antwortete nur ihre Mailbox. Nein, diese Nachricht wollte Double-u der Maschine nicht anvertrauen. „Ruf mich bitte zurück, ich habe gute Neuigkeiten." Sicherheitshalber schickte er ihr noch eine WhatsApp-Nachricht.

Vitamin B

Die Ansage von Double-u war klar gewesen: „Wir brauchen jemanden, der bereit ist, eine Aussage bei der Polizei zu machen, dass Ulf Torwald Spielschulden hatte, die erst kürzlich überraschend beglichen wurden."

Denis wusste, dass es nicht so einfach sein würde, im Spielermilieu jemanden zu finden, der freiwillig bei der Polizei oder später vor Gericht aussagte.

„Wir müssen jemanden finden, dessen Existenz vom Wohlwollen der Polizei abhängt", hatte Double-u gesagt.

Denis hatte die halbe Nacht darüber nachgedacht. Wen konnte er anzapfen? Sein Kumpel Roger hatte in der afrikanischen Community schon mehr als genug getan. Was war eigentlich mit dem Besitzer des Wettbüros, vor dem Ulf Torwald fotografiert worden war? Würde Roger wissen, um welches Büro es sich handelte? Konnte er das vielleicht herausbekommen?

Er rief Roger in seiner Küche an und fragte ihn ganz direkt.

„Je ne sais pas. Ick werde versuchen, wa."

Denis bedankte sich. Aber so richtig zufrieden war er nicht. Das musste besser gehen. Und dann hatte er eine

Idee. Im Zweifel musste er einfach Irmchen fragen, seine alte Chefin.

Auf dem Weg in den Großmarkt Metro fuhr er bei Irmchens Bordell vorbei. Seine ehemalige Chefin Irma saß wie jeden Vormittag in ihrem Büro und kontrollierte die Einnahmen der Nacht.

„Cookie, altes Sackgesicht, wie geht es dir?", rief sie, als er in der Tür zu ihrem Büro stand.

„Jut, Irmchen, jut, ick kann nich lauter klajen. Und bei dir?"

„Wir haben immer noch niemanden gefunden, der dich wirklich ersetzen kann. Du fehlst uns, Denis, willste nicht doch zu uns zurückkommen?"

„Ach, Irmchen", sagte Denis, drückte ihr die Hand und setzte sich wie früher auf den schmalen Stuhl ihr gegenüber. „Weeßte, dit war wirklich jut bei dir, ick hab dir und die Mädels immer lieb jehabt. Aber jetzt bin ick da, wo ick hinjehöre. Vastehste, dit is Schicksal. Dit hat mir da hinjespült."

„Wie geht's denn deiner Mama?", fragte Irma. Die Mutter von Denis war nach einem Selbstmordversuch in der Psychiatrie gelandet.

„Die is immer noch im Heim, wa. Und dit is ooch jut so. Ick hätt echt Bammel, wennse die uff die Menschheit wieda loslassen würdn. Die kommt nich klar, vastehste, die kommt einfach nich klar mittm Leben."

„Kein Wunder, nachdem, was die arme Frau durchgemacht hat. Erst der Mann, dann die Tochter. Es ist wirklich traurig. Und wie kommst du damit klar, Kleener?"

„Ick besuch se, jeden Sonntag, wa."

„Ich meinte eigentlich, wie du mit dem Leben klarkommst."

„Ick bin stärker, als ick aussehe."

Irma lachte laut auf. „So stark, wie du aussiehst, bist du garantiert nicht!"

„Hör ma, Irmchen. Du kennst doch diesen Black Jack!"

„Du meinst meinen Ex-Mann, Jacob, den Spieler?"

„Jenau, den meine ick. Zu dem haste doch immer noch Kontakt, wa?"

„Ab und an", sagte Irmchen gedehnt und schaute Denis fragend an.

„Ick brauch ne Info über jemanden. Über einen Spieler. Is wichtich."

„Hhm, wichtig für dich oder für mich?"

„Für Claudi!"

„Ach, für die Polizeimieze. Die hat es dir angetan, was?"

„Ick verdanke ihr allet, vastehste."

„Ich verstehe, dass die Frau zwei schöne braune Augen hat, die mitfühlend in die Welt blicken können, lange seidig-dunkle Haare und einen durchtrainierten Body. Denis, ich durchschau dich, du bist verknallt!"

Denis war bei ihren Worten knallrot geworden. Oh, wie er es hasste, dass man jede seiner Gefühlsregungen an seiner Gesichtsfarbe ablesen konnte.

„Bitte, Irmchen, ick könnte deine Hilfe wirklich brauchen", sagte er und versuchte dabei, so hilflos wie möglich auszusehen.

Irma lachte. „Wer is denn der Typ, wie heißt er?"

„Der Typ heißt Ulf Torwald. Er is Küster in St. Elisabeth."

„Denis, sag jetzt nicht, dass das ein Mörder ist!"

„Könnte sind."

„Scheiße, in was mischst du dich da ein. Das ist Polizeisache!"

„Ick weeß."

„Deine Polizeimieze hat dich aber nicht geschickt, oder?"

„Nee. Versprochen. Ick will nur helfen, vastehste. Mehr nich."

„Okay, Cookie, weil du es bist, ich sperr mal die Ohren auf, aber du hältst dich raus aus irgendwelchen krummen Dingern. Herrgott, manchmal frage ich mich, wer dir ins Gehirn geschissen hat!"

„Danke, Irmchen", sagte der große Mann und stand auf. „Rufste mir an?"

„Verpiss dich", sagte sie und lächelte.

Münster

Die Stunden im Hospiz waren anstrengender gewesen als ein vierundzwanzigstündiger Dienst in Berlin. Die Sonne brannte auf die Dächer von Münster, das Krankenzimmer hatte sich aufgeheizt wie eine Sauna. Sie hatten nicht gewagt, ein Fenster zu öffnen.

Andries und Maria Meerbusch waren ebenfalls in das Hospiz gekommen, aber Elmar hatte darum gebeten, allein mit Claudia, Georg und seinem Notar reden zu dürfen.

Claudia hatte das Gefühl gehabt, mitten im Auge eines Hurrikans zu sein – die Ruhe im Krankenzimmer stand im krassen Gegensatz zu den umherschwirrenden Emotionen, die geradezu körperlich greifbar waren. Der Notar hatte Elmar belehrt, dass er sein Testament in Bezug auf eine eventuelle Schuld eines Angehörigen nicht zu ändern brauchte. Denn es gab den § 2339 BGB, in dem der Gesetzgeber die Gründe für Erbunwürdigkeit dargelegt hatte. Dazu zählte auch Mord an dem Erblasser. Aber Elmar beharrte darauf, dass dies ausdrücklich in seinem Testament so formuliert werden sollte, damit niemand vor Gericht mit Spitzfindigkeiten durchkam. Darüber hinaus verfügte er, dass das Familienvermögen an seinen Sohn gehen sollte, weil auch sein Vater gewollt habe, dass das Familienvermögen in der Familie bliebe. Seine Ehefrau sollte nur die Hälfte seines persönlichen Vermögens erben. Elmar hatte dem Notar sein neues Testament diktiert, der Notar hatte es ein wenig ausgefeilter formuliert, handschriftlich niedergelegt und von Claudia und Georg gegenzeichnen lassen.

Als sie das Krankenzimmer verließen, wurden sie draußen von den Angehörigen geradezu angefallen. Natürlich ahnten die beiden Erben, dass für sie dunkle Wolken am Horizont aufzogen. Der Hospizleiter hatte sie allerdings vorgewarnt, dass es Zeit wurde, sich von Elmar Meerbusch zu verabschieden, so dass die beiden sich schnell ans Krankenbett begaben.

„Ich bring dich zum Bahnhof", sagte Georg.

Claudia nahm das Angebot dankend an. Sie saß wie auf Kohlen, denn in Berlin ging die Post ab. Einen Bericht konnte sie im Zug schreiben.

Bereits auf der Hinfahrt hatte sie Double-us Rückrufbitte erreicht.

„Agathe, unsere olle Spürnase hat sich wie eine Furie auf den linken Arm von Torwald gestürzt. Ich wusste doch, dass der zu geizig war, seine Uhr zu vernichten", sagte Double-u, als sie ihn mittags zurückgerufen hatte.

Claudia hatte sofort Fliege angerufen und Tina und Alex angewiesen, den Tatverdächtigen erneut vorläufig festzunehmen und die Uhr zu beschlagnahmen. Schließlich hatten sie jetzt eine belastbare Zeugenaussage von einer Amtsperson: Agathe.

Als sie jetzt im Kommissariat anrief, erhielt sie von Tomasz die Nachricht, dass Tina und Alex den Beschuldigten bereits zwangsweise erkennungsdienstlich hatten behandeln lassen, so dass er alles hatte ausziehen müssen, inklusive seiner Uhr, und in einen von den schicken, weißen Verhüterlis gesteckt worden war, die die Polizei für vorläufig Festgenommene bereithielt. Darüber hinaus hatten die Kriminaltechniker auch noch einen wunderschönen Daumenabdruck auf dem Geldumschlag gefunden, den ihre Kollegen bei Torwald sichergestellt hatten. Und es war eindeutig nicht der Daumenabdruck von Torwald.

Die Uhr war umgehend in die Kriminaltechnik gebracht worden. Tatsächlich hatten die Kriminaltechniker mittels Luminol festgestellt, dass an der Uhr blutsuspekte Anhaftungen zu finden waren. Allerdings konnten sie so schnell nicht feststellen, ob es sich nicht eventuell um das Blut des Uhrbesitzers handelte, es war immerhin denkbar, dass der Mann sich irgendwo geschnitten hatte. Sie konnten also nur warten und hoffen.

Tina und Alex vernahmen inzwischen Ulf Torwald als Beschuldigten. Das Geld, sagte er, habe er beim Pokern gewonnen. Ansonsten sagte er gar nichts, wie sein Anwalt ihm geraten hatte.

Beziehungen

„Mensch, Cookie, du hast vielleicht Beziehungen“, sagte Claudia staunend. Sein Anruf hatte sie kurz vor dem Südbahnhof erreicht.

„Black Jack, wat früher ma der Olle vona Irma war, is so wat wie der Spieler-König von Berlin. Die Bullerei müsste den kennen, der hat mehrere Wettbüros, n paar Spielhallen, und wenn in einschläjigen Hinterzimmern irgendwelche Luden um Zichtausende pokern, dann ist Black Jack ooch nich weit. Außerdem kennta Arsch und Frieda, vastehste.“

„Und dieser Black Jack wäre bereit, bei uns eine Aussage hinsichtlich unseres Küsters zu machen?“

„Hat Irma jesacht. Die Bullerei muss ihn nur frajen.“

„Na, das ist ja ein Hammer. Denis, du bist echt ne coole Socke, ich weiß gar nicht, wie ich dir danken soll. Wenn du wüsstest, wie diese Nachricht uns jetzt gerade ein Riesenstück nach vorn katapultiert.“

Nachdem Claudia aufgelegt hatte, bat sie Tomasz, im Telefonverzeichnis der Berliner Polizei nachzuschauen.

„Dezernat 33“, sagte er, „die sind für die Verfolgung illegaler Glücksspiele und Sportwetten, für Spiel- und Wettbetrug zuständig. Außerdem – halt dich fest – für die Überwachung von Sicherheits- und Bewachungsunternehmen."

Na Bingo, dachte sie und wählte die Nummer.

„Sagt Ihnen der Name Black Jack etwas?", fragte sie den Dezernatsleiter.

„Klar, was ist mit dem?"

„Wir brauchen von dem Mann eine Aussage. Über einen Verdächtigen in einem Mordfall: Ulf Torwald."

„Was wollen Sie wissen?"

„Wir müssen Folgendes wissen: Ist ein Ulf Torwald in der Spielerszene bekannt? Hat er hohe Wettschulden? Hat er in letzter Zeit plötzlich alle seine Schulden bezahlt? Ist er schon mal wegen Spielschulden bedroht worden?"

„Immer zu Diensten", sagte Rainer Brandes, „wenn wir den Kollegen damit helfen können."

„Wir haben zu danken und, Herr Brandes – wir brauchen das schnell. ASAP!" Claudia hatte sich von Double-u angewöhnt, einiges in Englisch zu sagen, zum Beispiel die kaufmännische Abkürzung von *as soon as possible*, was auf gut Deutsch hieß: gestern!

„Wird gemacht, das kostet aber ne Runde, ist Ihnen doch wohl klar."

„See you at *Blue Light*."

Vogelgezwitscher

Claudia war gerade wieder in ihrem Dienstzimmer in Berlin gelandet, als der Anruf von den Kriminaltechnikern kam.

Die Uhr von Ulf Torwald wies sowohl winzige Blutspuren von Pater Ludger als auch von dem afrikanischen Küster auf. Sie hatten ihn. Claudia rief Fliege an, jetzt konnte Torwald einem Haftrichter vorgeführt werden. Sie forderte eine Wanne an, damit der Beschuldigte in die Turmstraße gebracht werden konnte.

Claudia streckte sich. Was für ein Tag, dachte sie. Und in diesem Moment klingelte ihr Telefon. Es war ein Mann namens Jacob Schneidermann. Er sprach mit einem starken russischen Akzent, jedoch ansonsten fehlerfreies Deutsch. Rainer Brandes habe ihn gebeten, sie anzurufen. Claudia hörte ihm schweigend zu und schaute dabei auf die Uhr über dem Konferenztisch. Es war der Tag der Sensationen.

Aber die größte Sensation stand ihr noch bevor. Als man Ulf Torwald mitteilte, dass er eine kostenlose Sightseeing-Tour nach Moabit zum Haftrichter bekam, hatte der Mann nur einen Wunsch: Er wollte aussagen. Hier. Bei dieser Karatemieze.

Die „Karatemieze“ begab sich mit Tina erneut in den Vernehmungsraum. Claudia dachte: Warte nur, du Arsch. Torwalds Anwalt saß neben ihm.

„Ich hatte Spielschulden“, sagte Torwald.

„Sie haben nicht nur Spielschulden, Sie haben auch eine verdammte Scheißangst in der Hose, dass man Ihnen auch noch das zweite Bein abnimmt.“

Der Anwalt schaute Claudia erstaunt an.

„Herr Torwald“, sagte Claudia, „Ihr zunächst angeblicher Betriebsunfall, den Sie uns dann als Motorradunfall verkauft haben, war wohl tatsächlich ein Betriebsunfall. Denn Sie sind professioneller Spieler.“

„Wer behauptet denn so was?“

„Jemand, der die Szene bestens kennt.“

Black Jack alias Jacob Schneidermann hatte ihr eine Aussage geliefert, die all ihre Vermutungen übertroffen hatte. Irmchens Ex war offensichtlich auf das Wohlwollen der Berliner Polizei stark angewiesen.

„Sie hatten bei jemandem Spielschulden, bei dem man besser keine Schulden macht, und wenn, sollte man diese Schulden pünktlichst begleichen. Zunächst hat es Sie nur den großen Zeh gekostet. Die waren dezent, die Eintreiber damals. Ein fehlender Finger hätte ja Ihre Spielerkarriere sofort beendet. Wenn da nicht die Sepsis dazu gekommen wäre. Und weg war er, der Unterschenkel. Adieu, Söldnergeschäft. Adieu, die großen Verdienstmöglichkeiten. War es nicht so?“

„Sie sind besser, als ich dachte“, sagte Torwald.

„Sie brauchen sich nicht selbst zu belasten“, sagte Anwalt Herzog.

Claudia lächelte breit. Double-u hatte mal gesagt, wenn Claudia dieses breite Lächeln in einer Vernehmung zeigt, sehe es aus, als ob ein Puma seine Zähne fletschte.

Sie schaute Ulf Torwald an und sagte: „Wie so ein kleiner Fehler so einen Mann wie Sie zu Fall bringen kann." In gespieltem Erstaunen schüttelte sie den Kopf. „Jetzt sind Sie doch tatsächlich über Ihre eigene Nickeligkeit gestolpert. Da haben Sie alles so fein entsorgt: die Schuhe, die Klamotten, Sie haben nirgendwo Fingerabdrücke hinterlassen. Alles picobello sauber. Wahrscheinlich haben Sie sogar in einer öffentlichen Badeanstalt geduscht. Wenn man mal von der Kohle in Ihrem Kleiderschrank absieht, hatten Sie geradezu vorbildlich Ihre Spuren vertuscht. Nur Ihre Uhr, die hätten Sie mit entsorgen sollen. War die denn so wertvoll?"

„Ist ein Geschenk meines Vaters."

Komisch, dachte Claudia, das war der erste halbwegs sympathische Satz, den der Kerl von sich gegeben hat.

„Tja, so eine Uhr und ihr Gliederarmband sind ein wunderbarer Träger für mikroskopisch kleine Blutspritzer. Dabei haben Sie sie so gut abgerieben, nicht wahr? Sie wissen, was unser kriminaltechnisches Labor in Ihrer Uhr gefunden hat, nicht wahr?", fragte Claudia.

Ulf Torwald nickte. „Leugnen hat ja wohl keinen Zweck."

„Das sehe ich auch so. Vielleicht wollen Sie mir jetzt sagen, woher Sie das Geld haben?", sagte Claudia.

„Keine Ahnung, ich weiß es wirklich nicht", sagte Torwald.

„Wer hat Ihnen den Auftrag zum Mord an Ludger Meerbusch gegeben?"

„Ich habe das schriftlich bekommen. Nach dem Lesen zu vernichten. Durchgesteckt, im Briefkasten."

„Und Sie wissen nicht, wer Sie beauftragt hat?"

„Nein."

„Ich habe Ihnen die Frage bereits gestellt: Für welchen Teil der Familie Meerbusch waren Sie schon mal tätig?"

„Ich habe noch niemals für irgendeinen Meerbusch gearbeitet. Ich kenne niemanden von denen."

„Wer hat Ihnen das Geld gegeben?"

„Ich sollte es mir abholen aus einem Schließfach in der Metro in Spandau. Der Schlüssel lag im Brief."

„Wie viel haben Sie bekommen?"

„Vierzigtausend."

„Vorweg?"

„Nein, zehntausend vorweg und den Rest nach Vollzug."

„Wer wusste, dass Sie dringend Geld brauchen?"

Ulf Torwald schwieg. „Ach, verdammte Kacke, ich war in der Bredouille. Ich hatte absolut keinen Bock, auch noch meinen zweiten Unterschenkel zu verlieren. Oder einen Finger."

„Bei wem hatten Sie denn Spielschulden?"

„Überall. Und bei den Russen."

„Aha. Und da haben Sie sich gesagt, besser der Priester als ich?", fragte Claudia.

„Was hätte ich tun sollen? Ich konnte schließlich nicht auswandern, wovon hätte ich leben sollen?"

„Ja klar, da kam so ein Auftrag gerade recht. Was ist dann schiefgelaufen?"

„Dieser Aushilfsküster, der hat mich angerufen und gesagt, er müsse dringend mit mir reden. Da bin ich zu ihm hin. Er wollte Schweigegeld, der Idiot."

„Natürlich wollten Sie sich nicht erpressbar machen. Die Russen reichten Ihnen schon, stimmt's?"

Ulf Torwald nickte. „Ich habe Ludger Meerbusch und Paul Ndwaniye umgebracht. Ich weiß nicht, wer mir den Auftrag gegeben hat."

Claudia schaute Simone an. „Soweit alles klar?"

Auch Simone nickte.

„Dann warten Sie hier, damit Sie das Protokoll unterschreiben können. Und dann geht es auf zur Turmstraße. Zusammen mit Ihrem Geständnis. Der Haftrichter wird sich freuen."

Amtshilfe

Sie saßen zusammen an dem großen Konferenztisch in Claudias Büro. „Verdammt, wir sind zwar ein großes Stück weiter, aber wir wissen immer noch nicht, in wessen Auftrag der Kerl gehandelt hat", sagte Claudia frustriert. „Wer war es? Wer hat Ulf Torwald den Mord-Auftrag gegeben?"

„Also entweder Andries oder Maria? Maria hat entschieden mehr zu verlieren als Andries. Denn der hat noch eine reiche Ehefrau, wenn ich das richtig verstanden habe", sagte Alex.

„Aber woher wussten die Meerbuschs von einem willigen Mörder?", fragte Claudia.

„Die Lifeguard International könnte doch dahinterstecken", sagte Tomasz.

„Das sehe ich auch so. Oder zumindest der Bullensamentransporteur. Der vielleicht von einem Kollegen in Berlin wusste …", sagte Ekki.

„Mir ist da zu viel Zufall im Spiel." Matze schüttelte den Kopf. „Okay, ein Kollege wusste vielleicht, dass Ulf Torwald Kohle brauchte. Vielleicht wusste jemand, mit dem er in Afrika war, auch, dass Ulf wenig Skrupel kannte. Aber woher wusste ein Kollege in Warendorf, dass Ulf Torwald in Berlin Küster in just der Kirche war, in der Vater Ludger ab und an das Hochamt feierte?"

„Gute Frage. Sehr gute Frage", sagte Claudia. „Wenn der Torwald jede vorherige Begegnung mit den Meerbuschs leugnet, muss er von irgendjemandem zufällig in der Kirche entdeckt worden sein."

„Vielleicht von jemandem von der Olsen GmbH. Oder von der Lifeguard. Es ist die einzige Verbindung ins Münsterland. Tina und Alex, ihr nehmt euch bitte noch mal diese Afrikamissionare vor. Hatte Ludger in den letzten Wochen Besuch? Wenn ja, von wem. Oder hat er etwas von einem zufälligen Treffen erzählt?"

„Wie weit sind denn die Kollegen in Münster mit den Fingerabdrücken?", fragte Schmitti.

„Noch nichts", sagte Claudia, „ich mache da morgen früh nochmal Dampf."

„Mitunter ist es zum Mäusemelken", sagte Schmitti. „Einer von denen muss es ja gewesen sein. Aber wir dürfen die Tatverdächtigen nur freundlich um einen Fingerabdruck bitten, den sie auch noch verweigern dürfen. Und das dürfen wir ihnen noch nicht mal zum Nachteil auslegen."

„Ach, ich vergaß, es gab einen Anruf, während du da drin warst", sagte Tomasz. „Georg Schäfer hat uns mitgeteilt, dass Elmar Meerbusch in der Nacht für immer eingeschlafen ist."

„Da waren wir ja keinen Moment zu früh da." Claudia schloss für einen Moment die Augen. „Okay, Leute, geht schlafen. Morgen geht's weiter. Wäre doch gelacht, wenn wir nicht den Auftraggeber ermitteln können."

Kommissar Zufall

„Ein Michael Hünekens für dich", sagte Tomasz, der das Gespräch zufällig angenommen hatte.

Claudia dachte kurz daran, sich verleugnen zu lassen, sie hatte keinen Bock auf Flirts mit Kollegen. Auf der anderen Seite hatte sie wertvolle Informationen von diesem Michael aus Warendorf bekommen, und außerdem war er ein Freund von Double-u. Also nahm sie das Gespräch an.

„Du hast mir leider nicht deine Handynummer gegeben", sagte er nach der Begrüßung.

„So schnell bekommt niemand meine Handynummer", sagte Claudia.

„Ich weiß, ich weiß, ich bin groß, blond, habe studiert und bin überhaupt nicht dein Typ. Was ich ausgesprochen schade finde. Aber deine Handynummer brauche ich trotzdem. Du würdest es bereuen, wenn ich dir nicht ein paar skandalöse Aufnahmen von mir poste", sagte Michael. Sie hörte das unterdrückte Lachen in seiner Stimme.

„Was soll das werden? Telefonsex?", fragte Claudia.

„Na, besser als gar nichts, ich gebe mich auch mit den Brosamen zufrieden."

„Du rufst mich doch nicht mitten im Dienst an, um mit mir über Brosamen zu reden!"

„Ich bin gerade sehr bedürftig. Du hast eine tolle Stimme, ich liebe Frauen, die eine sanfte, tiefe Stimme haben. Deshalb brauche ich auch dringend deine Handynummer. Wirklich. Ich würde dir so gern eine WhatsApp schicken. Ich verspreche dir, du wirst es nicht bereuen."

„Könntest du bitte zum Punkt kommen, ich bin gerade nicht so in der richtigen Stimmung, wir haben zwei Morde aufzuklären."

„Ach nee, ihr klärt Morde auf? Und das bei der Mordkommission! Das erstaunt mich jetzt aber!"

„Micha, komm, spann mich nicht auf die Folter, was hast du für mich?" Claudia war klar, dass der Anruf ihres Kollegen ganz und gar nicht privat war.

„Ein kleines Bömbchen. Könnte sein, dass mir das letzte Stück deines Puzzles zufällig vor die Füße gefallen ist."

„Rede!"

„Nö, wenn du mir deine Handynummer nicht gibst, schweige ich wie ein Grab."

Claudia stöhnte auf, gab sich dann aber geschlagen.

„Siehst du, und schon stöhnst du."

Zehn Minuten später rief Claudia Fliege an. Sie sandte ihm die Fotos, die sie von Michael bekommen hatte. „Kannst du uns einen Beschluss zur erkennungsdienstlichen Behandlung für die Dame erwirken? Wir brauchen die Fingerprints von der Frau zum Abgleich."

„Eine meiner leichtesten Übungen", sagte Fliege seine Unterstützung zu.

When the night has come

„Siehst du", sagte Double-u, „letztlich kommt es immer auf Beziehungen an. Wenn du nur den Haferschleimweg gegangen wärst, würdet ihr in zwei Jahren noch nach dem Täter suchen."

„Das stimmt", sagte Claudia, „aber Haffe ist der König aller Networker."

„Ja, der kuschelt mit jedem Senatsfuzzi. Aber die klären keine Morde auf, die sind nur hilfreich für die Karriere."

Heute war die gesamte Mordkommission bei Double-u eingefallen, auch Simone war zur Feier des Tages dabei. „Auf euch, ihr seid die Allerbesten", sagte Claudia. „Und danke! Moment, hier fehlt noch jemand ..." Claudia schaute Double-u an.

„Ich soll ihn holen?"

„Bitte! Ohne Denis hätten wir den Torwald nicht so schnell festgenagelt."

„Cookie, du bist echt cool", sagte Tina kurz darauf. „Wie du es geschafft hast, dass dieser Black Jack tatsächlich eine Aussage zum Thema Ulf Torwald gemacht hat, also alle Achtung! Die Nachricht mit dem verlorenen Bein wegen seiner Spielschulden war der absolute Burner!"

„Auf Cookie“, sagte Claudia, und alle stießen an.

„Danke, dit war doch jar nüscht“, sagte Denis, der, wie nicht anders zu erwarten, knallrot geworden war.

„Ich bin stolz darauf, einen Freund wie dich zu haben“, sagte Claudia. „Ach übrigens, ich habe diesen Rainer Brandes vom Glücksspieldezernat auch eingeladen, heute Abend dabei zu sein. Mal schauen, ob er noch kommt.“

Claudia saß mit dem Rücken zur Tür. Am Grinsen von Double-u, der ihr gegenübersaß, merkte sie, dass jemand hinter ihr stand. Als sie sich umdrehte, entfuhr es ihr: „Ach nee! Was machst du denn hier?“

„Den habe ich eingeladen, schließlich ist Wochenende, und der arme Kerl muss auch mal raus aus seinem Kuhdorf. Darf ich euch meinen alten Kumpel Michael Hünekens vorstellen?“

„Der Mann mit der aufregendsten WhatsApp-Nachricht des Jahres“, sagte Matze anerkennend. „Hock dich zu uns!“

Claudia rückte ein Stück zur Seite, und Michael Hünekens setzte sich neben sie.

„Mehr Glück als Verstand“, sagte Claudia. „Wenn ich gläubig wäre, würde ich denken, dass der liebe Gott die Mörder von seinen irdischen Helfern nicht entkommen lassen wollte und uns zur rechten Zeit mit den richtigen Informationen versorgt hat.“

„Na klar“, sagte Michael Hünekens lächelnd, „er hat mir ein Englein geschickt, das mir geflüstert hat: Los, fahr nach Dortmund, geh ins *Café Banane*, dort findest du Andries Meerbusch mit seiner Geliebten bei einem Tête-à-tête. Der hätte sich doch garantiert erst scheiden lassen, wenn ganz viel Gras über die Sache gewachsen wäre – und vor allem, wenn er die Erbschaft von seinem Vater angetreten hätte."

„Das mit der Erbschaft kann er sich jetzt abschminken, geht alles an die Flüchtlingshilfe der UNO. Der Wahnsinn! Der alte Elmar war ein Fuchs, sicher kein leichter Vater und bestimmt kein leichter Ehemann. Aber welch ein Abgang! Selbstbestimmt bis zur letzten Minute", sagte Claudia.

„Und Andries' Frau wird nicht nur die Scheidung einreichen, sondern ganz bestimmt die Pferdezucht alleine weiterführen. Die Lisa ist ein Klasseweib, die versteht auch was von dem Geschäft", sagte Michael Hünekens.

„Ja, aber sie wird Pacht zahlen müssen für die Anwesen", sagte Claudia.

„Das wird sie verschmerzen, schließlich ist da immer noch Daddy", sagte Michael Hünekens.

„Deshalb hat sich der Andries ja nicht einfach scheiden lassen. Aber auch dem ist der Zufall zu Hilfe gekommen. Da verbringt er mit seiner Freundin ein Dirty Weekend in Berlin, und wen sieht die Frau: Ulf Torwald", sagte Claudia.

„Die sind tatsächlich gemeinsam zu Onkel Ludger in die Messe gegangen, was für eine Idee!"

„Natürlich wusste sie bestens, wie es um den Torwald bestellt war, schließlich war sie die Personalchefin von Lifeguard International, für die er jahrelang frei gearbeitet hat. Und hat ihn schließlich zur Olsen GmbH, einer hundertprozentigen Tochter der Lifeguard, abgeschoben, weil der Kerl auch bei der Lifeguard nicht mehr richtig einzusetzen war. Ich wette, dass die Idee, den Priester in der Sakristei zu killen, von Anette Winkler kam, auch wenn sie und Andries sich jetzt gegenseitig beschuldigen", sagte Tomasz.

„Aber es war der Fingerabdruck von Anette Winkler auf dem Umschlag! Die hat wahrscheinlich vergessen, dass sie das Ding schon mal angefasst hatte, als es in der Schublade lag. Dabei hatte sie jeden Geldschein sorgfältig abgewischt."

„Das Geld kam allerdings von Andries!", sagte Tina. „Das konnten wir durch die Konteneinsicht einwandfrei nachweisen."

„Da kommt der Schrecken der Buchmacher", sagte Double-u. „Rainer Brandes, komm zu uns!"

„Rosie, bring unserem Kollegen was zu trinken", rief Claudia und bedankte sich bei Rainer Brandes für seine Hilfe.

„Lasst uns feiern!", sagte Claudia, als Rosie Rainers Drink brachte.

„Double-us Mutter war übrigens gestern hier", sagte die Barfrau. „Bobby danken, hat sie gesagt."

„Schweig!", sagte Double-u.

„Wieso, ihr seid doch alle Barbaren. Niemand interessiert sich für die kleine Ivie und ihren heimlichen Liebhaber Abdullah."

„Doch, natürlich interessieren uns die beiden. Diese Ivie ist zu beneiden um so einen ehrenwerten Freund", sagte Claudia. „Auch, wenn der Junge hier kaum eine Zukunft haben dürfte."

„Sind die wieder zusammen?", fragte Tina. „Ich mochte diesen Abdullah. Im Ernst."

„Laut Double-us Mutter hat Bobby Ivie zum glücklichsten Mädchen der Welt gemacht. O-Ton, natürlich."

„Ich muss auf die Bühne", sagte Double-u, „die Kollegen warten schon. Kommst du mit, Tomasz?"

„Wie jetzt, darf ich? Echt?"

„Sag ich doch, los, kommt alle mit rüber."

Sie nahmen ihre Gläser und folgten Double-u in den Bühnenraum, der bereits gut gefüllt war. Auf der Bühne waren schon die Musiker versammelt. Staatsanwalt Fliege saß am Keyboard, Strafverteidiger Henning Lauterbach am Schlagzeug und der Pathologe Mendel stimmte seinen Bass. Double-u zeigte auf die Gitarre in der Ecke und sagte: „Bedien dich und mach einfach mit", während er sein Saxophon vom Ständer nahm. „Für unsere Freunde", sagte Double-u und lächelte Claudia zu. Er hob sein Saxophon und begann, die erste Strophe des Ben-E.-King-Klassikers zu spielen: „Stand by me".

Michael Hünekens stand dicht neben Claudia und sang ihr leise den Text ins Ohr: „When the night has come ..."

Es war Agathe, die Claudia davor rettete, in Tränen auszubrechen. Die alte Hündin hob ihre Schnauze und fiel beim Refrain ein: „Oh wow wow, wow ..."

Ein paar Tage später

Sie wollte nur noch rasch die Nachrichten sehen und schaltete NTV ein.

Als Claudia aufwachte, wurde es bereits hell draußen. Ihr Rücken schmerzte, so richtig bequem war ihr Sofa nicht, wie oft hatte sie sich schon vorgenommen, sich etwas Gemütlicheres zu kaufen. Sie streckte sich und rollte sich zur Seite. Der Fernseher lief immer noch. Wo hatte sie die Fernbedienung hingelegt? Claudia setzte sich auf und suchte auf dem Couchtisch zwischen den ungelesenen Zeitschriften und Büchern, bis sie merkte, dass sie auf der Fernbedienung gelegen hatte.

Sie wollte schon den Aus-Knopf drücken, als ihr Blick auf den Bildschirm fiel. Es schien sich um einen Bericht aus dem UNO-Hauptquartier zu handeln. Am Rednerpult stand eine ältere Schwarze Frau. Ihr Name wurde eingeblendet, darunter stand UNHCR Tansania. Die Kamera zoomte auf die Rednerin.

Plötzlich war Claudia hellwach. Das ist sie, das ist sie hundertprozentig! Die Frau, die dort sprach, war eindeutig die ältere Version der Frau auf Pater Ludgers Foto. Sie war keine Hochglanzschönheit, sondern hatte ein einprägsames Gesicht mit klugen Augen, um die sich viele kleine Fältchen gebildet hatten. Es war ein gutes Gesicht, eingerahmt von kurzen, weißen Haaren. Fasziniert lauschte sie der Rede. Sie sprach ein verständliches Englisch mit einem afrikanischen Akzent. Sie sprach eindringlich, berichtete vom Leid in den Flüchtlingslagern in Tansania. Über eine Viertelmillion Menschen aus Burundi und der Demokratischen Republik Kongo hatten Zuflucht in Tansania gesucht.

Das also war sie, die heimliche, große Liebe von Pater Ludger. Natürlich hatten die Priester die Frau erkannt. Sie hatten Pater Ludger Meerbusch sein Geheimnis mit ins Grab nehmen lassen. Claudia schaltete den Fernseher aus und ging lächelnd ins Bett.

DANKE

Am Donnerstag, den 22. Februar 2018, wurde Dr. Alain-Florent Gandoulou, Pfarrer der französischsprachigen katholischen Mission in Berlin, erstochen. Der aus dem Kongo stammende Priester wurde von einem Kameruner mit dem Regenschirm in seinem Pfarrbüro ermordet.

Ich hatte bis zu diesem Zeitpunkt noch nie etwas von einer fremdsprachigen katholischen Mission in Berlin gehört. Das machte mich neugierig, und so begab ich mich auf eine Reise in ein bis zu diesem Zeitpunkt auch für mich geborene Berlinerin unbekanntes Land. Ich ließ den bereits angefangenen zweiten Band von „Blue Light Berlin“ liegen und begann, „Der Tod trägt Schwarz“ zu schreiben, nachdem auch mein Co-Autor Michael Hellmann spontan zugestimmt hatte. Denn ein Mord in der afrikanischen Community versprach uns genau das, was wir mit unseren Blue Light Krimis wollen: ein realistisches Bild vom heutigen Berlin mit all seinen Facetten und der Arbeit der Berliner Polizei zeichnen.

Mein erster Besuch in St. Elisabeth hat mich zurückgeführt zu meinen Wurzeln – ich bin in meiner Kindheit in Schulen und Internaten von Franziskanern erzogen worden. Allerdings hatte ich seit Jahrzehnten keinen Gottesdienst mehr besucht. Noch nie habe ich mich so „Berlin" gefühlt wie während des englischsprachigen Gottesdienstes in St. Elisabeth. Das war „meine" Stadt. Ich habe mich sofort in diese bunte, feierliche afrikanische Gemeinde verliebt.

Wie viele Eingänge hat die Sakristei und ähnlich dumme Fragen, die nur Krimiautoren stellen können, hat mir der wunderbare Chef der englischsprachigen Mission beantwortet, dessen temperamentvolle Predigt mir in St. Elisabeth so gut gefallen hatte. Zum Dank wollte er nicht seinen Namen hier lesen, sondern die Spendenkontonummer:

Paxbank, IBAN DE55 3706 0193 60008430 22, Englische Gemeinde, Erzbistum Berlin.

Und so kam ich dann auf die Weissen Väter. Was denn, echte Afrikamissionare mitten in Berlin? Ich habe alles gelesen, was ich über die Geschichte der Weissen Väter finden konnte, und dann habe ich das Afrika Center besucht, das von Pater Frank Rossmann geleitet wird. Auch da wurde ich so freundlich und offen empfangen, dass ich es kaum glauben konnte, schließlich wollte ich nicht für einen Zeitungsartikel recherchieren, sondern für einen Krimi. Und so kam ich zu einem Interviewtermin mit zwei Afrikamissionaren, die mir ebenso wie der Priester alle meine dummen Fragen offen beantwortet haben.

Michael Hellmann und ich bedanken und verneigen uns vor diesen sympathischen, gebildeten Männern, die so ganz und gar nicht fromm dahergekommen sind, sondern weltoffen und den aktuellen Problemen zugewandt. Ihrer Arbeit gilt unser höchster Respekt. Danke für Ihre Hilfe!

Im Restaurant *Bantou Village* kann man übrigens echte afrikanische Bobolo essen, wir haben dort einen Pit-stop bei unserer Reise durch das afrikanische Berlin gemacht. Dass dort illegale Wetten laufen, ist allerdings reine Fiktion!

Sie können sich die Schauplätze dieses Romans übrigens auch ansehen auf:

www.facebook.com/bluelightberlinkrimi

Wenn Sie uns eine Nachricht zukommen lassen wollen, schreiben Sie uns. Wir antworten auch, versprochen.

info@nikalubitsch.de

Über Ihre Rezension auf amazon.de würden wir uns sehr freuen.

Wenn Sie noch nicht wissen, wie es zum *Blue Light* gekommen ist, dann empfehlen wir Ihnen unseren Piloten

… und aus bist du
Blue Light Berlin-Krimi Band 1

Als die Hauptkommissare Claudia Westermann und Robert W. Robinson in eine Neuköllner Hinterhofwohnung gerufen werden, ahnen sie nicht, dass der Fall zu einer großen Herausforderung für die Berliner Mordkommission werden und sogar ihr Leben für immer verändern wird. Ein Familienstreit wurde von dem erwachsenen Sohn Denis mit dem Messer beendet. Sein Stiefvater stirbt im Rettungswagen, seine Mutter wird schwer verletzt ins Krankenhaus gebracht. Denis gelingt die Flucht, bevor die Polizei eintrifft. Von Céline, der zehnjährigen Tochter des Opfers, fehlt jede Spur. Für Denis scheinen in dieser schwülen Freitagnacht alle Albträume wahr zu werden, er befürchtet, dass seine kleine Schwester entführt wurde. Obwohl nach ihm gefahndet wird, bittet er die Ermittler der Berliner Mordkommission um Hilfe. Doch nicht nur die Berliner Polizei, auch Célines Freunde machen sich auf die Suche – ohne zu ahnen, dass sie dadurch einem Kindermörder gefährlich nahe kommen.

Der 7. Tag

„Der 7. Tag“ ist ein hinterhältiger Kriminalroman mit unerwartetem Ausgang. Sybille und Michael sind ein glückliches Paar, jetzt endlich erwarten sie ein Baby. Da verschwindet Michael spurlos. Sybille befindet sich mitten in einem Albtraum, aus dem es kein Erwachen gibt. Als ihr Mann erstochen aufgefunden wird, gibt es nur eine Verdächtige: seine Ehefrau. Die Anklage lautet auf Mord. Während Sybille vor Gericht den Ausführungen der Zeugen zuhört, zieht ihr gemeinsames Leben an ihr vorbei. Am siebenten Prozesstag erkennt Sybille plötzlich die Wahrheit. Sie muss sie nur noch beweisen.

Das Buch stand monatelang auf Platz 1 der Kindle-Bestsellerliste und ist in viele Sprachen übersetzt worden. Oliver Berben hat das Buch für das ZDF mit Stefanie Stappenbeck, Marcus Mittermeier, Steve Windolf, Henning Baum und Josefine Preuß verfilmt. Regie: Roland Suso Richter. Mehr als sechs Millionen Zuschauer sahen die Erstausstrahlung im ZDF als Fernsehfilm der Woche am 23. Oktober 2017.

Das 5. Gebot

Die Engländerin Vicky findet beim Joggen im Berliner Grunewald eine Leiche, die aussieht wie eine Zwillingsschwester. Als ihre Mutter in England getötet wird und Vicky mit viel Glück einen Mordversuch überlebt, ahnt sie, dass es ein dunkles Familiengeheimnis geben muss. Die Suche nach der Wahrheit führt Vicky quer durch Europa und weit zurück in die Vergangenheit. Es beginnt ein Wettlauf mit dem Tod.

Auch der zweite Roman von Nika Lubitsch konnte wieder Platz 1 der Kindle-Bestsellerliste erreichen.

Das 2. Gesicht – Thriller

Nach einer überstürzten Hochzeit folgt Julia dem weltberühmten Thrillerautor George Osterman nach Amerika und findet sich unversehens mutterseelenallein in seinem luxuriösen Anwesen in Florida wieder – George zieht es vor, seine Thriller an einem geheimen Ort zu schreiben. Doch dann tauchen in den Everglades Leichenteile auf, deren Verstümmelungen Julia erschreckend an Georges Bücher erinnern. Wer ist der Mann, den sie geheiratet hat und der sich jetzt vor ihr in seinem Strandhaus versteckt? Gemeinsam mit ihrer Freundin begibt sie sich auf die Suche nach dem wahren Ich ihres Mannes. Sie werden in einen tödlichen Strudel von Ereignissen gerissen, zu denen George Osterman das Drehbuch schrieb.

Der 1. Mann – Kriminalroman

Lara und Oliver sind ein glückliches Paar – bis zu dem Tag, an dem der Arzt Lara eine niederschmetternde Diagnose stellt. Statt ihr in den dunkelsten Stunden beizustehen, wendet sich Oliver von Lara ab. Im Krankenhaus lernt Lara Simone kennen. Auch sie wurde von ihrem Mann im Stich gelassen. Die beiden Frauen schmieden einen perfiden Plan. Doch dann kommt alles ganz anders, und Lara findet sich im Zusammenhang mit drei Morden vor Gericht wieder …

Mord im 4. Haus

Bestialische Morde in einem Berliner Vorort: Eine ganze Familie sollte ausgelöscht werden, nur Jonas, der geistig behinderte Sohn, überlebt schwer verletzt das Massaker. Für die Justiz scheint der Fall abgeschlossen, der Nachbar wurde dafür lebenslänglich ins Gefängnis geschickt. Für dessen Frau ist die Gerichtsreporterin Sybille Thalheim die letzte Hoffnung. Sybille, die einst selbst unschuldig im Gefängnis saß, beginnt zu recherchieren und stößt dabei auf entsetzliche Zusammenhänge, die selbst die hartgesottene Reporterin tief erschüttern. Sie kommt einem Thema auf die Spur, das bis heute in den Medien totgeschwiegen wird. Als sie mit ihren Recherchen skrupellose Mitglieder eines international agierenden Syndikats aufschreckt, findet sie sich zusammen mit Jonas, dem überlebenden Sohn, gefesselt auf dem Boden eines DHL-Transporters wieder …

Ein Wiedersehen mit Sybille Thalheim, der Heldin aus „Der 7. Tag". Auch diese Krimi ist von der Produktionsgesellschaft *moovie* von Oliver Berben optioniert worden.

Mord auf Seite 3

Als die Leiche der kleinen Zoe als Engel drapiert in einem Berliner Wald gefunden wird, soll die Journalistin Jessica ihre Geschichte für die Seite 3 schreiben. Kurz darauf erschüttert ein weiterer Mord die Öffentlichkeit – und diesmal ist Jessica direkt betroffen. Ihre geliebte Tante Angela, eine berühmte Krimiautorin, wurde in ihrem Landhaus erdrosselt, offensichtlich das Werk eines in Brandenburg fieberhaft gesuchten Frauenmörders. Jessica erbt nicht nur das Landhaus, sondern erfährt hier auch mit Schrecken von der dunklen Seite ihrer Verwandtschaft. Noch ahnt sie nicht, dass sie mit ihren Recherchen nicht nur einem Serienmörder zu nahe kommt.

Der 6. Geburtstag

Bei einem Ausflug in die White Mountains hat Joleen einen schweren Autounfall und fällt ins Koma. Ihre vierjährigen Zwillinge schweben ebenfalls in Lebensgefahr. Als wäre das nicht schon schlimm genug, will der Staatsanwalt Joleen des versuchten Mordes an ihren Kindern anklagen. Ihr Mann Robert glaubt nicht an Joleens Schuld, auch wenn viele Indizien gegen sie sprechen. Während Robert um das finanzielle Überleben der Familie kämpft, macht er eine dramatische Entdeckung. Sollte Joleen sterben, weil jemand ein entsetzliches Verbrechen zu verbergen sucht? Robert stürzt sich in die verzweifelte Suche nach der Wahrheit. Kann er seine Frau vor lebenslanger Haft bewahren und den Schleier von einem düsteren Geheimnis in ihrer Vergangenheit reißen?

Die 12. Nacht

Nicole und Sarah wollen ihre Weihnachtsferien auf einem einsam gelegenen Hof im Thüringer Wald verbringen. Nach einem heftigen Schneesturm ist der Hof von der Außenwelt abgeschnitten. Die Frauen vertreiben sich die Zeit mit alten Märchen und Thüringer Sagen. Aber es sind nicht nur die gruseligen Geschichten von den zwölf Raunächten, die sie zunehmend beängstigen, sondern vor allem die unheimlichen Geräusche, die sie Nacht für Nacht aus dem Schlaf reißen. Als tagsüber wie aus dem Nichts unbekannte Spuren im Haus auftauchen, steigert sich ihre Angst bald zur Panik: Gibt es einen nächtlichen Besucher? In der zwölften Nacht wird aus den alten Mythen blutiger Ernst.

Im 8. Kreis der Hölle

Daniela ist acht Jahre alt, als ihre große Schwester Franzi in einer Sommernacht spurlos verschwindet. Die Polizei geht von einem Tötungsdelikt aus, doch Franziskas Leiche wird nie gefunden. Daniela fühlt sich mitschuldig am Zerbrechen ihrer Familie, denn seit jener Sommernacht hütet sie ein Geheimnis. Zwanzig Jahre später erkennt Daniela die totgeglaubte Schwester auf einem kanadischen Zirkusplakat. Die Suche nach Franzi führt Daniela zurück in die Vergangenheit, sie gerät in einen Strudel aus Verbrechen und Verrat, der sie in den Abgrund zu reißen droht. Statt in den Armen ihrer geliebten Schwester landet sie unter Mordverdacht vor einem Haftrichter in Montreal.

Deck 9 – Tod auf dem Atlantik

Eine mörderische Kreuzfahrt mit Sybille Thalheim, der Heldin aus Nika Lubitschs internationalem Bestseller „Der 7. Tag".

Einst stand Sybille Thalheim wegen eines Mordes, an den sie keine Erinnerung hatte, vor Gericht. Jetzt unternimmt sie als Reporterin für das Magazin Cosmos eine Transatlantikkreuzfahrt, um über Verbrechen auf hoher See zu berichten. Ausgerechnet Sybille wird zwischen Rio und Rom Zeugin, wie eine junge Frau in Panik vor einem Mann flieht, der behauptet, ihr Ehemann zu sein. Sybille hilft der jungen Frau, die ihr Gedächtnis verloren hat, was sie bald bereut. Als ihr angeblicher Ehemann ermordet aufgefunden wird, gibt es nur eine Verdächtige: die Frau, die er Nina nannte. Sybille ahnt nicht, dass sie sich auf ein lebensgefährliches Spiel mit übermächtigen Gegnern einlässt. Als auch Nina niedergestochen wird, ist es bereits zu spät, um auszusteigen. Denn Sybille ist der Wahrheit lebensgefährlich nah gekommen.

Bella, 14

Sie waren das vierblättrige Kleeblatt: Bella, Jana, Funny und Alessa. Bis die vierzehnjährige Bella eines Tages von einem gemeinsamen Badeausflug nicht zurückkehrte.

Zwanzig Jahre später: Alessa hat als Richterin den Vorsitz bei einem Prozess gegen einen Starfotografen. Der Prozess führt sie in die Welt junger Mädchen, die von einer Modelkarriere träumen. Aber nicht nur die Zeuginnen in Alessas Gerichtssaal waren bereit, dafür alles zu geben. Bei der Beweisaufnahme fallen Alessa immer mehr Ereignisse ihrer eigenen Jugend ein. Könnte es sein, dass sie dem Angeklagten schon einmal begegnet ist? Und was hat das mit dem Mord an ihrer Freundin Bella zu tun? Lang Verdrängtes stürzt Alessa in einen Gewissenskonflikt. Als Richterin weiß sie nur zu gut, wie trügerisch Erinnerungen sein können. Deshalb begibt sie sich auf die Suche nach ihren alten Freundinnen und kommt dabei dem Abgrund viel zu nah.

Krimi-Reihe Kudamm 216:

Erbsünde

Die arbeitslose Journalistin Judith, Generation Praktikum, bekommt einen Recherchejob bei der alten Krimiautorin

Alice von Kaldenberg, genannt Lady Kaa, am Kudamm 216. Dass sie bereits bei ihrem ersten Interview Opfer eines Verbrechens wird, stand nicht in ihrem Arbeitsvertrag. Zusammen mit ihren Kollegen soll sie die Hintergründe des Mordes an einem Berliner Schönheitschirurgen aufklären. Dabei wird schnell klar: Der Professor war kein Chorknabe und seine Familie hat so manch dunkles Geheimnis, das weit in die Vergangenheit führt und nicht nur Judith in Lebensgefahr bringt.

Sommernachtsmord

Und noch ein heikler Auftrag für „Lady Kaa" und ihr Team vom Kudamm 216: In Berlin Wannsee werden zwei Leichen gefunden. Die Ermordeten hatten sich 1968 während einer Klassenfahrt abgesetzt, angeblich in das Heiratsparadies Gretna Green. Seitdem fehlte von ihnen jede Spur. Jetzt steht Konstantin von Kaldenberg unter Mordverdacht, denn die Ermordeten waren seine Geliebte und sein bester Freund. Kaldenberg gerät in Panik und bittet seine Exfrau, die Krimiautorin Alice, um Hilfe. Die Suche nach dem wahren Täter führt Alice und ihre Mitarbeiter nicht nur zurück in den „Sommer der Liebe", sondern auch in eine geheimnisvolle und lebensgefährliche Welt aus Tausendundeinem Albtraum.

Erpresst

Panik am Kudamm 216: Alice von Kaldenberg, genannt Lady Kaa, ist spurlos verschwunden. Und das ausgerechnet während der Frankfurter Buchmesse, auf der ihr neuester Krimi vorgestellt werden sollte. Steht ihr Verschwinden in Zusammenhang mit dem Mord an Filmmogul Hermann Wiesenhagen, der Alice kurz zuvor in einer mysteriösen Angelegenheit um Hilfe gebeten hat? Als auch noch ein Schriftstellerkollege, mit dem sie in einer Talkshow über wahre Kriminalfälle diskutiert hat, tot in seinem Hotelzimmer aufgefunden wird, steht Alice plötzlich unter Mordverdacht. Der dritte Fall aus der Reihe Kudamm 216 stellt das Team und Exmann Konny vor große Herausforderungen. Werden sie Lady Kaa retten können?

Blogbuch

Snowbirds – Mein Winter in Florida

Welcome to Paradise: Millionen Menschen träumen davon, den Winter in Florida zu verbringen. „Später mal“, das versprach sich auch Nika Lubitsch jedes Mal, wenn sie aus dem Urlaub zurückkehrte. Jetzt hat sie ihren Traum vom Überwintern im Sunshine State wahr gemacht und festgestellt, dass dort nicht nur Orangen blühen, sondern auch Zitronen wachsen. In ihrer unverwechselbar schnodderigen Art hat die Berliner Bestsellerautorin ihre Erlebnisse gebloggt, in der Nachschau kommentiert und mit Tipps für Snowbirds versehen. Herausgekommen ist ein erfrischend anderer Führer durch den floridianischen Winter: Florida für Fortgeschrittene.

Social Fiction-Thriller

Alligator Valley – Krokodile weinen nicht

Ein 13-Jähriger wird in einem Krankenhaus in Berlin gekidnappt. Im Golf von Mexiko wird ein Casinoschiff entführt. Beide Verbrechen haben das gleiche Ziel: Die Operation von alten Menschen soll erzwungen werden.

»Alligator Valley – Krokodile weinen nicht« führt den Leser ausgehend von den sechziger Jahren des vorigen Jahrhunderts in das Jahr 2053, dessen Realität uns näher ist, als wir denken. Nach einem Cyber-Krieg ist die Welt aus den Fugen geraten. Damit die Jungen genug zum Leben haben, werden Menschen über 75 Jahren nicht mehr ärztlich betreut. Alte, die es sich leisten können, kaufen sich in die Alligatorenstaaten ein. Diese Altenrepubliken sind nach dem Alligator benannt, der doppelt so alt wird wie jedes andere Krokodil.

Der 13-jährige Urs und seine Familie in Berlin sowie die TV-Frau Alice und ihre Freunde im »Alligator Valley« sind die Helden dieses Social-Fiction-Thrillers. Als durch einen rätselhaften Zwischenfall alle Satellitenverbindungen rund um den Globus zusammenbrechen, steht die Welt vor dem Kollaps, auf den sie seit Jahren hintaumelt. Nur in den Alligatorenstaaten haben die Menschen damit kein Problem, denn die Alten haben die Technik und das Know-how von gestern. Ausgerechnet die ausgemusterten Alten könnten jetzt die Jungen retten. Aber wollen sie es auch?

Kurzgeschichten

Strandglut – 27 Short(s) Stories

Eine Weltreise für die Badetasche: Besuchen Sie eine mörderische Familie auf einer Südstaatenfarm oder Istanbul mit einem Berliner Gemüsehändler, stimmen Sie ein in den New York City Blues oder bangen Sie mit der Braut in Las Vegas. Besuchen Sie das Everl auf der Alm oder fliegen Sie mit einer Klatschreporterin in die aufgehende Sonne. Verlieren Sie Ihr Herz in Disney World und erleben Sie einen Sonnenuntergang in Acapulco. Die Daheimgebliebenen finden den Mörder von Adele und das Geheimnis des Brühwürfels, Sie gehen auf einen nächtlichen Raubzug in Berlin und zeigen einem Callboy, wie Mann es richtig macht. 27 hinterhältige Short Stories, mal romantisch, mal spannend, aber immer mit einem überraschenden Ende. Coole Geschichten für heiße Tage.

29202465R00200

Printed in Poland
by Amazon Fulfillment
Poland Sp. z o.o., Wrocław